58년 개띠들의 가출

돈을 갖고 튀어라

돈을 갖고 튀어라

58년
개띠들의
가출

한만수 장편소설

글누림

차 례

"요즘 웬만하면 건물 작은 거 한 채씩은 갖고 있잖아요."

"저는 아직 스물다섯 평짜리 빌라에 살고 있습니다."

광표는 쓰게 웃으면서도 유 부장의 눈치를 살폈다.

"에이, 차장님은 학비 들어가는 것이 없잖습니까? 저는 대학생이 두 명입니다. 요즘 대학생들 한 달에 용돈을 얼마나 쓰는지 아십니까? 지난 겨울방학에는 두 놈이 호주로 어학연수 다녀왔습니다. 두 달간 체류하는데 딱 이천만 원 들었습니다. 자식들이 아니라, 돈 먹는 기계입니다. 기계."

"제 딸은 호주에 워킹홀리데이로 일 년 동안 가 있었습니다."

"호! 일 년간 워킹홀리데이로 있었다면 영어는 잘하겠군요."

"영어 잘하면 뭐 합니까? 지금은 애 보느라고 정신없는데……."

"따님이 차장님을 닮아서 머리가 좋은 모양입니다. 영어가 한물갔다고 하지만 아직은 영어가 대셉니다. 중국 공장에서도 영어만 잘하면 현지 직원들하고 웬만한 대화는 되는 모양이더라구요. 차장님은 중국어 하실 줄 압니까?"

"중국어요?"

광표는 중국어란 말에 말문이 막혔다. 유성기업은 중국에 3만 평 대지에 5천 평짜리 공장이 있다. 직원 수만 해도 이천 명이 넘는다. 공장 초창기에 미래를 보고 중국 공장에 지원을 했었다. 허! 자네는 여기 있어도 돼. 내가 뒤에 있잖나. 딴 생각하지 말고 지금처럼만 열심히 하면 되네. 중국 공장으로 지원했다는 보고를 받은 회장이 은밀하게 불렀다. 용돈이나 하라면서 오십만 원을 내밀고 점잖게 반대를 했었다.

"차장님도 아시겠지만, 부장급 이하 직원 중에 50세 이상 사무직들은 정리 대상 아닙니까?"

"사표를 내라는 말씀이십니까……."

광표는 유 부장의 말이 낯설게 들려왔다. 잠시 눈을 감았다. 이내 눈을 뜨고 다른 사람의 말을 전해 듣는 기분으로 조용히 물었다.

"원칙적으로 한다면 차장님도 정리 대상이십니다. 하지만 저도 잘 알고 있지만, 차장님은 회장님의 총애를 받고 계시지 않습니까? 그 점 때문에 회장님께서 특별히 차장님을 중국 현지로 보내라는 특별지시가 있으셨습니다. 거기서는 최소한 5년 이상 근무를 하실 수 있습니다. 급여도 여기보다는 훨씬 좋으니까 잘된 셈이죠."

유 부장은 비로소 할 말을 했다는 얼굴로 가슴을 폈다. 손가락 끝으로 회의용 탁자를 소리 없이 까닥거리며 광표의 표정을 살폈다. 토사구팽이 멀리 있는 것은 아니다. 회장이 모르긴 몰라도 광표를 매정하게 자를 수 없으니 중국으로 보내는 것이다. 영어는커녕 중국어도 못하니 현지인을 직접 관리하는 업무를 주면 몇 개월 버티지 못하고 사표를 낼 것이라고 판단했을 것이다.

"회장님 지십니까?"

광표는 65세까지 근무를 할 수 있다는 말이 반갑지 않았다. 오늘 정식이를 만나면 술맛 나겠다고 생각하면서도 힘없이 물었다. 차장급 중 상고 졸업자는 한 명밖에 없다. 회장의 배려가 아니었다면 벌써 사직서를 썼을 것이다. 정년을 일 년 앞두고 중국으로 발령을 낸 것도 특별 배려다. 막상 통보를 받고 나니 회장에 대한 애증이 파도처럼 밀려왔다.

"네. 회장님께서 회장님 개인 자금에 대해서는 저한테 인계하라고 말씀하셨습니다."

"사장님도 계시는데……."

"저도 그 말씀을 드렸습니다. 그랬더니 아직은 비자금에 대해서 사장한테 언급할 때가 아니라고 말씀하시더군요. 차장님도 사장님에 대해서 잘 아시잖아요."

유 부장이 손가락으로 테이블을 까닥까닥 치면서도 은근한 표정으로 광표를 응시했다.

"회장님 건강도 안 좋으신데……."

광표는 고개를 끄덕이며 말꼬리를 흐렸다. 회장의 외아들인 사장은 회사경영에 전념하기보다는 골프며 낚시, 사냥 같은 것을 좋아한다. 회사에서 후원하고 있는 여행 잡지를 발간할 정도로 여행도 광적으로 좋아한다. 회장도 그런 자식에게 비자금을 물려줬다가는 국세청 세무조사 받기 딱 좋다는 점을 알고 있을 것이다.

"이번 달 결산 업무는 경리 1과 과장에게 넘기시고, 회장님 비자금은 다음 주 월요일에 저한테 인계해주시고 집에서 쉬십시오. 제가 출근 처리해 드릴 테니까 사모님과 여행도 다니시고 쉬시다가 중국으로 미리 가시면 됩니다. 다음 달 1일부터는 중국 공장 소속이 되는 겁니다."

"본사 직원들이 거주하는 기숙사에 입주하면 되는 겁니까?"

광표는 회장하고 인연은 끝났다고 생각했다. 과장급 이하는 중국

직원들이다. 그들을 다스리려면 최소한 간단한 회화라도 해야 한다. 중국으로 가라는 말은 그만두라는 말과 동급이다. 나이 어린 유 부장 앞에서 절망하는 모습을 보이고 싶지 않아서 담담하게 물었다.

골목 깊숙이 숨어 있는 뒷고기집 천장에는 연기가 자욱하게 고여 있다. 뒷고기는 예전에는 정육점에서 판매하지 않고 도축꾼들이나 즐겨 먹던 고기다. 갈매기살이며 항정살, 가부리살 등이다. 경기가 좋을 때는 듣도 보도 못한 고기가 얄팍한 호주머니와 궁합이 맞아서 초저녁인데도 만석이다.

정식은 직장 팀장 뒷말하며 소주잔을 비웠다. 12월이면 퇴직금도 없이 정년퇴직을 하는 처진데 아침마다 실적 갖고 쪼는데 사람 환장하고 미치겠다며 이를 갈았다.

"경기가 안 좋아서 그렇잖아."

광표는 사돈 남 걱정하는 얼굴로 스스로 잔을 채웠다. 은행에 다니다 IMF 때 명예퇴직을 당하고 치킨점으로 퇴직금을 말아먹은 정식은 채권회사에 다니고 있다. 회사 이름은 정부 기관을 연상하게끔 '중앙신용기금'으로 그럴듯하다. 하지만 정부하고는 아무런 관련이 없다. 금융기관에서 손실 처리된 채권을 채권액의 10%도 안 되는 헐값에 사들인다. 은행에서 손실 처리를 했다면 법적으로 채무관계가 소멸된다. 갚지 않아도 되는 돈이다. 하지만 은행은 신용불량자가 된 채무자에게 당신의 채무는 소멸되었다는 연락을 하지 않는다. 채권회사는 이미 종잇조각이 된 채권서류를 앞세워 계속 변제 독촉을 한다. 천만 원의 채무액을 오백만 원으로 깎아 준다는 말과, 갚지 않으면 경찰에 구속이 될 수 있다는 협박을 섞어가며 신용불량자들을 쥐어짠다. 찰거머리처럼 눌어붙어서 쥐어짜는 통에 결국은 사채를 얻어서 변제를 한다. 직원들은 변제받은 금액 일부를 수당으로 받는다. 그래서 엄밀히 말하면 채권회사라는 공인된 사기 집단이다.

정식의 말에 의하면 그 자리도 꿰차고 싶은 실업자들이 줄을 섰다는 것이다. 당연히 팀장은 늙은 직원을 빨리 쫓아 버리고 싶어 할 것이다.

뒷고기 식당의 문이 활짝 열려 있어서 고개를 돌리면 골목 안을 지나가는 행인들의 모습이 보였다. 여름이 오고 있는지 날이 어스름하게 어두워져도 바람이 부드럽기만 하다. 나이가 들어간다는 증거일까. 광표는 미영이가 고등학교에 다닐 때만 해도 정식을 만나면 무조건 즐거웠다. 미영이가 대학을 가고, 학비가 더 많이 들어가게 되면서 정식을 만나면 가성비부터 따지는 습관이 들어 버렸다.

미영이가 결혼을 하면 월급도 오르고 하니 부담 없이 술잔을 비우게 될 것으로 예상했다. 이번에는 아내가 딸내미 시집도 보냈으니 남은 인생 후회 없이 살겠다며 밖으로 나돌고 있는 중이다.

광표는 정식이 빈 잔을 채워주길 기다리지 않았다. 맥주잔 가득 따른 소맥을 목마른 황소처럼 벌컥벌컥 비웠다. 정식이 걱정스러운 표정으로 회사에서 뭔 일이 있었냐고 물었다.

"중국으로 발령 났다."

"중국? 친구 덕분에 중국 구경하게 생겼네?"

정식은 광표가 부러웠다. 정년퇴직을 앞둔 시점에 중국 공장으로 발령이 났다면 보은 인사일 것이다. 중국 땅은 넓다. 월급은 월급대로 받고 관광이나 다니면서 세월이나 보내게 될 것이다.

"언제든 와라. 설마 내가 친구 하나 책임지고 관광 못 시켜주겠느냐?"

광표는 술을 마실수록 속이 허전했다. 어디 아무도 없는 곳에 가서 실컷 울고 싶기도 했다. 이럴 때 아내라도 옆에서 다독거려 주면 훨씬 마음이 안정될 것이다. 그러나 아내는 오늘 오후에 2박 3일 여정으로 친구들과 태안으로 여행을 갔다.

"진급해서 가는 거냐?"

"진급이 문제가 아니고, 중국어가 문제다. 내가 알고 있는 중국어는 진따에 장화뿐이다. 오 년 동안 더 근무를 할 수 있다고 하는데 한 달이나 버틸지 캄캄하다."

"오 년? 야! 너 회장님 비자금 관리한다더니 드디어 계 탔구나. 정말 축하한다. 오늘 제수씨도 안 계시니까 코가 비틀어질 때까지 마셔야겠다."

"코만 비틀어지냐?"

광표는 답답했다. 12월이면 실업자가 되는 정식이 앞에서 냉가슴을 앓자니 술이 설탕물처럼 달기만 했다.

소파에서 잠이든 광표는 꿈에서 중국 공장으로 발령이 났다. 유창하게 중국말을 하기는 했는데 정작 자신은 무슨 뜻인지 이해가 되지 않았다. 유 부장도 중국으로 발령이 났다. 유 부장은 킬킬 웃으면서 중국말에 능숙하다. 저 양반이 언제부터 중국어를 배웠지? 유 부장은 대학교를 나왔다. 대학교를 나오면 중국어도 잘하게 되나? 중국에 와서도 나이 적은 유 부장한테 채이고 있다고 생각하니까 은근히 화가 났다. 유 부장이 느닷없이 웃어 재끼는 소리에 눈을 떴다.

청소차가 도착했는지 트럭 엔진 회전하는 소리가 뒷베란다에서 들려온다.

저 혼자 밤을 새우고 있는 텔레비전 불빛으로 테이블에 있는 족발이며 술병들이 보인다. 창문 밖은 깜깜하다.

유 부장이 왜 웃었지?

유 부장이 웃는 모습은 선명하게 떠오르는데 왜 웃었는지는 기억이 나지 않았다. 목이 따갑도록 갈증이 밀려왔다. 소파에서 웅크리고 잤더니 어깨며 목덜미도 아프다. 어렴풋하게 주방 식탁이 보이는 걸 보니 거실이다. 비틀거리며 일어나 냉장고에서 생수를 꺼내 마시는데 뒷베란다 창문 밖에서 트럭이 들어오는 소리가 들린다. 청소차가 온 걸 보니 5시다.

광표는 안방으로 들어가려고 방문을 열었다. 어둠 속으로 침대 쪽을 바라보다가 뒤로 돌아섰다. 한 시간쯤 있으면 날이 샐 것이다. 아침이나 먹고 푹 자는 것이 좋을 것 같아서 소파에 도로 누웠다. 쓰레기차가 빌라 뒷마당을 떠나는 소리가 멀어지면서 유 부장 얼굴이 떠오른다.

사람은 누구나 자존심이 있다. 상고 출신으로 회장의 신임을 받은 덕분에 차장으로 진급을 할 때까지는 나름대로 자긍심이 있었다. 대졸 사원으로 입사를 한 후배 차장이 부장으로 진급을 했을 때는 회장에 대한 배신감으로 치를 떨었다. 고졸도 4년을 근무하면 대학 4년을 다닌 직원과 같이 고가점수를 줘야 한다. 아니, 대학에서 실무를 배우지 않기 때문에 4년 동안 실무를 했으면 대졸자보다 우선 진급을 시켜줘야 한다.

"서운하지? 일찍 승진하면 일찍 그만둬야 해. 똥은 가늘게 싸는 놈이 오래 산다구."

승진발표를 하던 날 은밀히 부른 회장의 말이 아니더라도, 승진은 못했지만 매달 월급을 받아 가족을 먹여 살릴 수 있다는 점에 감사하기로 했다. 실무도 부족하고 나이도 어린 부장을 모시려면 쓸개를 빼놓고 다녀야 한다. 쓸개를 빼놓고 다니는 줄도 모르고 충청도 사람이라 호인이라는 말은 수시로 듣는다.

어느 날인가 호인이라는 말 속에 새카만 후배인 유 부장을 상관으로 모실 바에 사표를 내고 말지, 라는 비아냥거림이 숨어 있다는 것을 알았다. 그래도 회사 바깥세상보다 낫다는 생각에 땅에 떨어진 자존심을 추스르며 살았다. 그래서일까 유 부장이 꿈속에서 나온 날은 이상하게 일진이 안 좋다.

사소하게는 바쁜 출근길에 바지 지퍼를 올리지 않은 것부터, 과장이 올린 결재 안이 잘못된 것을 발견하지 못해서 질책을 받기도 했다. 회장과의 약속을 잊어버려서 머리가 땅에 닿도록 용서를 빈 적도 있다. 3년 동안 모은 비상금 400만 원 돈을 아내에게 몽땅 털리고 어디 하소연할 때가 없었다. 그날 스스로에게 화가 나서 새우깡 안주 삼아 소주를 세 병이나 마신 적도 있다.

암튼 오늘은 토요일이니까 유 부장 얼굴 볼 일은 없을 것이다. 소파 등받이를 향해 모로 누우며 잠을 청했다.

몇 시나 됐을까? 광표는 갈증과 동반된 두통에 얼굴을 찡그리며 눈을 떴다. 창문 밖은 햇살이 요란하다. 물을 마시면 갈증이 사라지면서 두통도 녹아들 것 같았다. 소파에서 잠을 잤더니 목이며 어깨가 뻐근해서 움직이기가 싫었다.

응접 테이블에 어지럽게 늘어져 있는 소주병과 맥주병이 한 폭의 정물처럼 보인다. 삼 분의 일도 먹지 않은 족발을 바라보는데 속이 메슥거렸다.

창문 밖의 환한 햇볕 사이로 멀리 35층의 편하지움 아파트가 한눈에 들어온다. 편하지움 아파트가 들어서면서 아내의 바가지가 부쩍 심해졌다. 편하지움 아파트에 살아 보지는 못할망정, 25평 빌라에서 평생을 살아갈 걸 생각하면 속에 열불이 나서 견딜 수가 없다는 것이다.

어제 정식이한테는 끝내 중국으로 가서 개망신을 당하고 쫓겨나야 하느냐, 사표를 내야 하느냐 고민 상담을 하지 못했다. 정식이는 나름대로 감당하기 어려운 고민을 안고 있다. 요즘 하나밖에 없는 자식 재민이가 커피전문점을 차리게 아파트를 담보로 대출을 받아 달라고 조른다며 고민 중이다.

"너도 알다시피, 마누라가 재민이 말이라면 껌벅 죽잖아. 당장 대출받아서 재민이 커피전문점 차려 달라는 거야. 나도 올 연말이면 회사에서 나와야 하니까, 커피점에 가서 일하면 된다고 당장 은행으로 달려가자는데 사람 환장하겠다.”

정식이는 재산이라고는 달랑 아파트 한 채 남았는데 그것까지 날리면 알거지가 된다. 아내가 말리지는 못할망정 팔 벗고 나서서 은행으로 가자고 조르는 통에 집에만 가면 머리에 쥐가 난다며 한숨을 안주 삼아 술잔을 비웠다.

정식이와 헤어져 집에 와 보니 음식물쓰레기 봉지가 현관 신발장 밑에 점잖게 대기하고 있었다. 아내가 여행을 떠나기 전에 버리라고 내놓은 것이다.

은근히 화가 치밀어 올랐다. 여행가는 길에 빌라 뒤편에 있는 쓰레기통에 버리고 가도 된다. 평소에 남편 알기를 헌신짝처럼 여기지 않으면 음식물쓰레기를 현관 앞에 남겨두고 떠나지는 않을 것이다. 생각 같아서는 쓰레기봉지를 도로 베란다 쓰레기통에 집어넣고 싶었다. 그래, 언제 버려도 내가 버릴 거니까. 아내는 집에 있어도 쓰레기를 버리지 않는다.

“들어오기 전에 이것 좀 버려요.”

퇴근하기를 기다렸다가 일회용 비닐장갑과 함께 쓰레기 봉지를 내미는 건 습관이다. 처음에는 힘들게 일하고 온 사람한테 이게 뭔 짓이냐고 화를 냈다. 아내는 남자가 힘 안 들이고 돈 버는 집이 어디 있냐? 옆집이며 앞집 아저씨도 당신보다 월급이 많아도 쓰레기 버린다, 라고 쏘아붙이는 통에 속 편하게 쓰레기를 버리기 시작했다.

취기에 비틀거리며 음식물 쓰레기봉지 위에 있는 비닐장갑을 꼈다. 동성빌라 뒤편에는 5촉짜리 전등이 희미하게 밝히고 있는 지붕만 있는 쓰레기 수거장이 있다. 음식물쓰레기통은 계절에 민감하다. 슬슬 날씨가 풀리기 시작하니 뚜껑을 열자마자 악취가 코를 찌른다. 비틀거리는 몸짓으로 코를 싸매고 쓰레기를 버렸다.

저게 뭐지?

음식물수거통에서 몇 미터 거리에 재활용품을 버리는 곳이 있었다. 재활용수거함에 들어가지 못할 정도의 크기의 박스와 책, 신문지 옆에 007가방처럼 생긴 밤색 가방이 던져진 것처럼 누워있다. 가까이 다가가서 휴대폰 플래시를 비췄다. 중국어 교재 테이프 케이스다.

중국으로 가라는 운명의 계시인가?

테이프 교재면 적어도 10년 전에 출간된 교재일 것이다. 발로 괜히 툭 차고 돌아서려는데 다음 달 1일부터 중국에서 근무를 해야 한다는 것이 생각났다.

그래, 이건 우연이 아냐. 숙명이다. 숙명.

다행히 집 어딘가 찾아보면 예전에 영어 공부를 할 때 사용하던 찍찍이 카세트가 있을 것이다. 일단 집에 갖고 가서 사용해 보는 것이 좋을 것 같았다. 완성도가 떨어지면 다시 버리면 된다는 생각에 교재가 들어 있는 가방을 들었다. 제법 묵직하다. 책도 몇 권 들어 있는 것 같았다.

그때까지만 해도 12시가 넘도록 혼자서 술을 마실 것이라는 생각은 꿈도 안 꿨다.

출근할 때 입고 갔던 양복을 갈아입고 거실에 앉았다. 교재 세트 가방을 막 열려고 하는데 전화가 왔다.

"어디야?"

아내가 대뜸 물었다.

"집에……."

오는 말이 고와야 가는 말이 곱다. 저녁 맛있게 먹었느냐는 말이 목구멍 안으로 쑥 들어가고 말았다.

"진짜 집이야?"

"내가 거짓말하는 거 같아?"

여행 간 마누라가 집에 전화를 할 때는 남편 끼니 때문이 아니고, 개 때문이라는 생각이 불쑥 났다. 술도 적당히 마셨겠다 화가 치밀어 올랐으나 애써 참고 퉁명스럽게 물었다.

"그럼 화장대 위에 있는 거 사진 찍어서 나한테 보내 봐."

"이 여자가 사람을 거짓말쟁이로 아나……."

습관은 무섭다. 아내가 성난 암탉처럼 쪼아대기 시작하면 툴툴거리면서도 심부름을 하는데 익숙해진 지 오래다. 전화를 끊고 단숨에 안방으로 들어갔다. 화장대 위에는 샤넬브로치가 있다. 이건가? 하는 생각이 들어서 휴대폰으로 각도를 맞춰서 잘 나오게 찍었다.

이 여자 뭐 하는 거야?

사진을 보내고 나니 거짓말처럼 화가 가라앉았다. 소파에 앉아서 텔레비전을 켰다. 아내가 즐겨보는 드라마가 방영중이다. 그때야 사진을 보냈는데 아내로부터 이렇다 할 반응이 없다는 걸 알았다.

사진을 받았으니 문단속 잘하고 자라거나, 아침에는 무얼 먹으라, 그것도 아니면 일요일에 저녁 먹고 집에 들어가니까 그리 알라는 정도의 응답이 있어야 한다.

가만있어 봐. 내 말을 못 믿으니까 일부러 화장대 위에 브로치를 놓고 간 거 아냐?

아내가 남편이 외박할지 모른다는 생각에 일부러 브로치를 놓고 갔을 것이라는 생각이 슬그머니 들었다. 젊었을 때는 혈기를 주체하지 못해 술집 여자를 껴안고 여관에 들어간 적은 있지만 맹세코 외박을 한 적은 없다. 더구나 아내는 여행 중이다. 저는 탱자탱자 노래 부르며 퍼질러 놀면서 집을 지키는 남편을 의심한다는 것은 참을 수가 없었다.

"당신 나 지금까지 의심하고 있었어?"

"무슨 말야?"

아내의 목소리는 천하태평이다.

"내가 외박할까 봐, 일부러 브로치를 화장대 위에 올려놓고 사진 찍어 보내라고……."

"그, 그게 아니고……."

"그게 아니면?"

"아! 당신이 매일 술 마시고 늦게 퇴근하니까 걱정되잖아."

"내가 나 좋다고 매일 술 마셔? 속 버려가며 술이라도 마셔 주니까 부장님이며 이사님한테 잘 보여서 아직도 회사에 붙어 있다고 입이 닳도록 말할 때는 화장실 가 있었나……."

"어이그, 그 꼴난 회사?"

"꼴난 회사? 그 꼴난 회사 때문에 미영이도 대학까지 보내고 시집 보내고 당신이 여행 다닐 수 있다는 거 몰라?"

"남들이 들으면 혼자만 딸자식 공부 가르쳐 시집보낸 줄 알겠네. 그리고 내가 비행기 타고 유럽여행이나 다니는 여잔 줄 알겠네."

"야! 너 말 다 했어?

아내의 말투는 평소에도 상냥한 편은 아니다. 거친 말투에 길들여 있기는 하지만 평생 몸담아 온 회사를 꼴난 회사라고 하니 참을 수가 없었다. 입사 때부터 휴일도 모르고 헌신했다. 상고졸업자를 차장까지 진급시켜 준 고마운 회사다. 피가 거꾸로 솟는 것 같아서 고함을 질렀다.

"어이구! 잘하면 이혼서류에 도장이라도 찍겠다는 목소리네."

"그래, 나도 더 못 참겠어. 이혼 도장 찍어!"

아내의 목소리는 머리카락 한 올만큼도 흔들리지 않았다. 너 혼자 떠들어라. 나는 잠이나 잘란다, 라고 비웃는 목소리로 들렸다. 너무 화가 나서 천장이 찌렁 울리도록 고함을 지르며 전화를 끊었다. 내가 이런 여자를 믿고 평생 살아 왔나 하는 생각이 들면서 눈물이 핑 돌았다.

2

 광표는 족발 포장지 옆에 있는 휴대폰을 들었다. 아내로부터 아침은 먹었느냐는 메시지 한 줄도 없다, 우울하게 일어나 주방으로 갔다. 뭐든 먹어야 다시 잠이 올 것 같아서 냉장고를 뒤졌다.

 하여튼 대책 없는 여자네. 밑반찬을 해 놓기 싫으면 라면이라도 사다 놓을 것이지……

 결혼해서 바깥 음식을 먹은 날이 집에서 먹은 음식보다 두 배는 많다. 나이가 들어가고 있다는 증거일까, 해를 거듭할수록 집밥이 좋다. 아내는 2박 3일 여행을 떠나면서 곰국을 끓여 놓는 호사는 못 누리게 할망정 라면도 보이지 않는다.

 그는 편의점으로 라면을 사러 가느냐? 중국집에 자장면을 주문하느냐, 갈등을 하며 소파에 앉았다. 중국어 교재 가방을 열어보고 싶은 생각도 뚝 떨어져 버렸다. 발뒤꿈치를 이용해서 가방을 소파 밑으로 밀어 버렸다.

 뚜껑을 열지 않은 소주병이 보였다. 생각 없이 소주병의 뚜껑을 열었다. 병째 몇 모금 마셨다. 굳어 버린 족발 고기 조각을 새우젓에 쿡 쿡 누르고 있는데 차임벨이 울린다.

택밴가?

11시가 넘었다. 이 시간에 찾아올 사람은 없다. 인터폰을 눌렀다. 푸석한 얼굴의 정식의 얼굴이 모니터를 가득 채웠다.

"웬일이야?"

"웬일이긴. 제수씨 여행 갔다는 거 알고 의문 공연 왔지."

정식이 잠을 못 잔 얼굴로 슈퍼에서 사 가지고 온 소주며 맥주가 들어 있는 비닐봉지를 들어 보였다.

"잘됐네. 나도 이제 막 시작하려던 참인데."

"뭐야? 밤새웠나?"

정식이 테이블에 있는 술과 족발을 보며 놀랐다.

"쫓겨났나?"

정식은 캐주얼 바지에 얇은 재킷만 걸치고 있다. 광표가 주방으로 가서 맥주컵 두 개를 들고 왔다. 소파 앞에 퍼질러 앉으며 물었다.

"쫓겨나긴, 아직 마누라한테 쫓겨 날 군번은 아니다. 넌 제수씨하고 전화로 싸웠나?"

"싸우긴……."

"족발 보니까 어제저녁에 먹던 거 같은데?"

광태는 정식의 잔에 소주부터 적당히 따르고 맥주로 채웠다.

"뭘 좀 시켜야지. 짜장면이라도 시킬까?"

"야, 넌 평생 짜장면 먹고도 질리지 않냐?"

"어렸을 때 보릿고개가 되면 나물죽만 먹고 살았잖아. 나물죽 생각하면 짜장면은 씹지도 않고 삼킨다."

"그래도 오늘 같은 날은 좀 고급스러운 걸 먹어 보자."

"짬뽕?"

"못 말리겠네. 그럼 일단 족발부터 치우고 생각해 보자. 어제 술이 적었냐?"

정식이 대충 짐작이 간다는 표정으로 물었다.

"쫓겨 난 야기부터 읊어 봐."

"내 참!"

정식은 생각할수록 화가 나고 기가 막혀서 얼른 말이 나오지 않았다. 광표의 잔에 소맥을 따르고 자기 잔을 들었다. 단숨에 술잔을 비우고 잘게 썬 무김치를 손으로 집어 먹었다.

"왜? 또 제수씨가 대출받아서 재민이 커피점 차려 주자든?"

"야, 아파트는 내 생명줄하고 같다는 거 너도 알고 있잖아. 재민이 커피점이 잘 된다는 보장이 있는 것도 아니고, 내가 대출 갚을 능력이 있는 것도 알잖아."

정식은 은행에 다녔던 덕분에 일찌감치 내 집 마련에 성공했다. 그때만 해도 노후 걱정은 남에게 닥쳐올 미래일 뿐이었다. 상황이 180도 바뀐 것은 IMF 사태 이후다. IMF가 터지기 전에는 은행 상호만 다르지 다 같은 은행원인 줄 알았다. 월급도 비슷하고 복리후생도 비슷해서 타 은행을 부러워하지도 않았다. IMF가 터지고 합병을 당한 은행은 졸지에 쪽박을 차는 신세가 되어 버렸고, 합병한 은행원은 승리의 전사가 되어 버렸다.

명예퇴직금으로 프렌차이즈 치킨 가게를 차렸다가 말아 먹는데 딱 1년 걸렸다. 아내는 아파트 대출을 받아서라도 브랜드 운동화 대리점을 해 보자고 재기를 다졌지만, 장사는 아무나 하는 것이 아니라는 걸 알았다. 공사판에서 막노동하는 한이 있더라도 대출은 받지 않겠다고 버틴 끝에 채권 회수 회사에 취업하는 데 성공했다. 그마저 연말이면 퇴직을 해야 한다. 이 상황에서 자식 사업자금으로 아파트 대출을 받겠다는 건 아파트까지 국말아 먹자는 것과 다름없다는 생각에 부들부들 떨었다.

"그래서 싸웠냐?"

광표는 정식이 구구절절 사정을 읊지 않아도 알 것 같았다. 너나 나나 그놈의 마누라가 문제라고 생각하며 한숨 섞인 목소리로 물었다.

"이놈의 마누라가 대출 안 받으려면 이혼을 하자는 거야. 아파트를 반반으로 나눠서 제 몫으로 커피점 차려 주겠단 거야."

"제수씨는 어떻게 살고?"

"어디 절 같은 데 가서 공양주 보살을 하면 한 달에 백오십만 원씩은 받는다는 거야. 하루 세끼 먹는 거 하고 잠자는 돈은 안 들어가니까 당장 이혼하자고……."

정식은 차마 욕은 할 수 없다는 얼굴을 하며 스스로 잔을 채웠다.

"그럼 진작 사찰 공양주 보살로 갔으면 지금쯤 형편이 좋아졌을 거 잖아."

"아! 내가 그 말을 왜 안 했겠어. 젊은 나이는 절에서 안 받아 준다는 거야."

"왜? 스님 잠 못 주무실까 봐?"

"그걸 내가 어떻게 알아. 이 여자가 잊을 만하면 한 번씩 속을 뒤집어 놓는 통에 진짜로 이혼하고 싶다니까……."

"피장파장이네."

"너도 제수씨가 이혼하자든?"

"에이그, 과부 속은 과부가 안다고 너나 알아주지 누가 알아주겠나?"

"제수씨 태안으로 이박 삼일 여행 갔잖아?"

"내 말 좀 들어 봐라. 너 같으면 아침부터 소주를 까야 하는지 말아야 하는지 정확히 판단해 줄 거다."

광표는 한숨부터 내쉬며 강 건너 불구경하는 목소리로 어제저녁에 아내와 통화했던 내용을 털어놨다.

"소주를 짝으로 마셔야겠네……."

정식은 남 일이 아니라는 얼굴로 광표를 물끄러미 바라보다 고개를 숙였다. 마음 같아서는 백 번 이혼하고 싶다. 그놈의 정이 무엇인지, 은행에 다닐 때만 해도 알콩달콩 살았던 날을 생각하면, 칼로 무 자르듯 매정하게 끊을 수가 없어서 답답했다.

"방송에선가 나왔잖아. 어떤 딸이 그러는데 아빠 순서는 집에서 기르는 개 다음이라고……."

"우리가 잘못했어. 마누라는 신혼 때 콱 잡아 놨어야 하는 건데……."

"마누라를 잡는 것도 돈이 있을 때 하는 말이지."

"우리가 젊었을 때 돈 따졌냐? 몸뚱이 하나 믿고 열심히 일만 하면 나중에 잘살게 될 것이라는 희망 하나만 믿고 살았지."

정식은 사람 팔자는 하느님만 안다고 하더니, 손자 재롱이나 볼 나이에 마누라와 싸우고 쫓겨나다시피 집을 나올 줄은 몰랐다. 분하기는 하지만 한편으로는 해방감도 없진 않았다.

"그래도 너는 옛날에 은행에 다녔으니까 나보다는 사정이 좋았잖아. 난 신입사원 때 월급 얼마 받았는지 아느냐? 내가 군대 갔다 와서 팔십일 년도에 입사를 했는데 딱 대기업의 절반 수준이었어."

은행원이었던 정식은 할 말이 없었다. 아침부터 아내와 싸우느라 아침도 먹지 않았다. 빈속을 채우는 취기가 빠르게 얼굴을 덥히는 것을 느끼며 묵묵히 잔을 채웠다.

"십오만 원 받아서 월세 오십에 오만 원짜리 셋방에 살았다. 너도 알고 있는 것처럼 광철이 하고 광숙이 공부는 누가 시켰냐?"

광표는 동생들을 생각하니까 갑자기 가슴이 처연해졌다. 광철이는 나름 용돈까지 아껴가며 학비를 보내줬지만 대학 졸업장을 안겨주지 못했다. 광숙이는 여상을 졸업하고 건설회사 경리로 취직을 했다. 광숙이가 도움을 줬더라면 광철이는 대학 졸업장을 받았을 것이다. 광철이 재수를 하고 군대 가 있는 사이에, 사귀던 직원의 아이를 임신해서 갓 스무 살에 결혼하고 말았다. 스무 살 철부지에 결혼을 했으면 잘 살아야 되지만 2년도 못 살고 이혼을 했다. 남편 복이 지지리도 없는지 오토바이센터를 경영하는 남자와 재혼을 했다. 이마저 5년을 넘기지 못하고 오토바이 사고로 남편과 사별을 했다. 지금은 재혼을 포기하고 작은 식당을 운영하며 그냥저냥 살고 있다.

"우리 나이 때는 자갈밭을 팔아서라도 장남만 공부시켜 놓으면 동생들은 장남이 죄다 책임질 줄 알았잖아……."

"세상이 이렇게 변할 줄 알았냐? 그때는 형제지간에 안 도와주면 천하 불상놈이 되는 줄 알았잖아."

광표가 술잔을 들어서 정식이 앞으로 내밀었다. 그는 정식이 잔에 가볍게 술잔을 부딪치고 단숨에 비웠다. 빈속에 술을 마셔서 얼굴이 시뻘겋게 달아오른 것 같았다.

"넌, 그래도 마누라 이박삼일로 여행 보내는 걸 보니 나보다는 형편이 낫다. 난 지금 다니는 데 그만두면 당장 아파트 경비자리 알아봐야 한다."

"내가 무슨 돈이 있어서 마누라를 이박삼일 동안 여행을 보내겠냐? 미영이 엄마가 친구들끼리 한 달에 얼마씩 일 년 동안 모은 돈으로 갔는데……."

광표는 휴대폰을 슬쩍 들었다. 점심 먹을 시간이 됐는데도 점심 먹었냐는 문자 하나 없다. 부부 사이라는 것이 젊었을 때는 사소한 것을 가지고도 치고받고 싸우기도 하지만, 나이가 들수록 서로 의지하고 믿으며 살아야 한다. 아내는 그 반대의 삶을 살고 있다. 살아가면 살아갈수록 트집을 잡지 못해 원한을 가진 여자처럼 행동할 때가 많다. 집에서 기르는 강아지도 때가 되면 밥을 먹었는지 걱정할 것이다. 남편 알기를 개보다 못하게 여기고 있지 않다면 전화 한 통 없지는 않을 것이다.

"왜?"

정식이 휴대폰을 들여다보고 맥없이 내려놓는 광표를 바라봤다.

"암 것도 아녀. 술이나 마시자."

정식이 아내 험담을 해 봤자 누워 침 뱉기라는 얼굴로 술잔을 들었다.

"제수씨가 문자 보냈냐? 점심 잘 먹었냐고?"

정식이 광표 잔을 채우며 부러운 눈빛으로 바라봤다.

"봐라, 봐. 점심 먹었느냐는 전화라도 왔으면 빌라 마당에 나가서 홀딱 벗고 춤이라도 추겠다."

광표가 휴대폰을 정식이 앞에 흔들어 보이며 어이가 없다는 표정을 지었다.

"돈, 그놈의 돈이 문제야. 돈만 있으면 마누라하고 싸울 이유도 없잖아. 안 그래?"

정식은 길게 말을 해야 그 말이 그 말이라는 생각에 소파에 등을 기댔다. 리모컨으로 채널을 돌렸다.

"돈이 문제가 아니라, 우리 능력이 문제인 것 같다. 우리 나이 때 빌딩 몇 채씩 갖고 있는 부자들도 많잖아."

"우리도 진작 젊었을 때부터 부동산에 눈을 돌렸으면 몇십 층짜리는 못 돼도, 로터리에 오 층짜리 정도는 갖고 있었겠지."

"맞는 말이다. 우리나라에서는 법대로 살았다가는 절대로 빌딩 못 사지. 로또라도 한 장 됐으면……."

정식은 눈을 지그시 감았다. 로또복권만 당첨되면 흔히 하는 말대로 인생역전이 될 것이다. 하지만 말 그대로 꿈같은 꿈일 뿐이다.

"로또? 좋은 말이지."

텔레비전에서 뉴스가 방영되고 있었다. 자동차 수출 증가로 관련 산업이 무섭게 성장하고 있으나 인력 충원은 이루어지지 않는다는 내용이다. 맞는 말이다. 기업이 살아야 사람도 산다라는 말은 옛말이다. 경영자들은 매출이 늘어나면 늘어날수록 컴퓨터로 대체시키거나 제조 분야는 로봇으로 채우려 한다.

화면이 바뀌고 삼천 억대 '바다이야기' 사기도박단이 검거되었다는 뉴스가 흘러나오기 시작했다. 도박단은 서버를 필리핀에 두고, 대포통장을 이용해서 자금을 관리했다는 멘트와 함께 몇 대의 슈퍼카 사진을 내보냈다. 도박단을 운영하는 주범의 고급주택 주차장에 주차되어 있는 수입차들이다.

"광표야!"

정식이 손가락으로 텔레비전 화면을 가리켰다. 화면에는 오만 원짜리가 가득 들어 있는 몇 개의 자루가 펼쳐졌다. 서랍 안에서는 귀금속이 쏟아져 나왔다. 카메라는 손잡이와 헤드 부분에 금장식이 된 골프채를 클로즈업했다.

"설마?"

광표가 정식이와 같은 생각을 하고 있다는 표정을 지었다.

"내 상식으로는 인터넷에 사기도박 프로그램을 구한다는 내용을 올리면 하루에 수십 건이 올라온다는 거야? 천만 원 정도면 충분히 살 수 있다는 거지."

"너 몇 살이냐?"

광표가 정식의 말에 빨려 들어가는 것을 느끼면서도 코웃음을 쳤다.

"필리핀에서 오백만 원이면 단독주택 전세로 얻을 수 있다잖아. 컴퓨터 할 줄 아는 애들 두 명만 데리고 들어가면 한 달에 몇십억은 그냥 들어온다고."

"하나는 알고 둘은 모르네. 대포통장은?"

"너, 지금 당장 인터넷에 대포통장 산다고 글 올려 봐. 벌떼처럼 댓글이 달릴걸."

"회사에서 채권 추심은 안 하고 사기도박 연구만 했구나?"

"노후 준비를 해야 하잖아. 쥐꼬리만 한 연금이라도 나오려면 아직 몇 년 남았고, 힘이 있어서 노가다를 할 수 있는 체질도 아니고, 벌어 놓은 돈이 있어서 건물 임대료 받아서 먹고 살 형편도 못 되고, 운 좋으면 아파트 경비 자리. 그것도 경쟁자가 많아서 이삼 년밖에 못 해 먹잖아."

정식은 처음부터 진실은 아니었다는 표정을 지으며 응접테이블 앞에 당겨 앉았다. 이럴 때는 술이나 마시는 수밖에 없다고 생각하며 소주병을 들었다.

"답답하기는 나도 마찬가지다……."

광표는 정식의 마음을 충분히 헤아릴 수 있었다. 노후 준비를 걱정하지 않았던 것은 아니다. 오히려 다른 사람들보다 일찍 눈을 떴다. 하지만 노후 준비라는 것이 마음만 먹는다고 저절로 이루어지는 것은 아니다.

노후준비는 돈이 기본이다. 돈을 모으기만 하면 꼭 사용처가 나온

다. 건물 주인이 전세금을 올리겠다고 으름장을 놓지 않나, 어제까지
만 해도 건강하던 어머니가 갑자기 수술을 받을 일이 생기거나, 25평
짜리 빌라라도 내 집을 구하려니까 대출까지 받을 상황이 벌어지지
않나, 딸이 해외로 어학연수를 간다고 조르지 않나, 기본 재산 한 푼
없이 월급 받아 노후 재산 만들기는 말처럼 쉽지는 않다.

"길 가는데 하늘에서 몇십억 원 들은 돈 가방이라도 안 떨어지나?"

"야! 가능한 상상을 해라. 어렸을 때 본 부시맨이라는 영화중에 비
행기에서 콜라병이 떨어지는 장면은 봤어도, 멀쩡한 하늘에서 무슨
돈 가방이 떨어지냐?"

"백날 기도를 해봤자, 돈 가방이 떨어지는 일은 없겠지?"

"우리, 그러지 말고 점이나 한번 보러 갈까?"

"점?"

정식이 구미가 땅긴다는 얼굴로 광표를 바라봤다.

"우리 회사 경리과 박 대리라는 여자가 있거든. 지난번에 회식할
때 들은 야긴데, 강남 어디 가면 족집게 무당이 있다고 하더라……."

"요새는 잘 나가는 무당도 강남에다 판을 벌이는 모양이구나."

"무슨 오피스텔에 신당을 꾸며놨다고 하더라. 거울 보살이랴."

"거울보살?"

"거울을 보는 것처럼 똑같이 맞춰서 붙여진 이름이라고 하드만."

"그럼 복채가 꽤 비싸겠네?"

"한 번 보는데 오만 원씩이라고 하던 것 같던데."

"나, 돈 없다."

"카드로 서비스 받으면 되잖아."

"야, 이 미친놈아. 너 같으면 현금 서비스 받아서 점 보러 가겠냐?"

"답답해서 한번 해 본 말이다."

광표는 습관처럼 휴대폰을 확인했다. 아내로부터 아무런 흔적이 없다. 은근히 기다리다 지쳐서 화도 나지 않았다.

"니네 회사 경비는 몇 살까지 근무하냐?"

"우리보다 짧아. 오십오센가?"

"하긴 연 매출이 1조 원이나 되는 회사에서 늙다리 경비를 뽑겠냐? 이럴 줄 알았으면 치킨집 엎었을 때 기술방면으로 나갔어야 했는데. 텔레비전 보니까 요즘 젊은 애들도 용접이나 타일이며 벽지도배 기술 같은 걸 배우려고 난리더구먼."

"젊은 애들이야 이민 가려고 배우는 거지. 노후 준비는 아닐 거야. 타일공이나 도배공은 기술 이민이 가능하다잖아. 중국어 한마디도 못 하는데 중국으로 발령을 내는 거는 그만두라는 말보다 더 지독한 말 아니냐?"

광표가 소파 옆에 세워 두었던 교재 가방을 끌어당겼다. 가방을 눕혀 놓고 열려는데 전화벨이 울린다.

이 여자가, 이제 정신을 차렸나?

아내 전화일 것이라고 생각하며 얼른 휴대폰을 들었다. 시집가서 사는 딸 미영이 번호가 찍혔다.

"엄마, 우리 집에 좀 보내 줘."

"엄마 없다."

딸은 엄마를 닮는다고 하든가. 대학 다닐 때만 해도 절대로 시집 안 가고 아빠, 엄마 모시고 평생 살겠다던 딸이다. 결혼하고 애를 낳더니, 그 흔한 안부 전화도 없다. 대뜸 엄마를 찾는 걸 보니 또 무슨 부탁을 하려는 것 같아서 입이 썼다.

"어디 갔는데?"

"어디 가긴. 이박삼일로 여행 갔다."

"어머! 요즘 엄마 잘 나가네. 그럼 아빠가 좀 우리 집에 와 줄래?"

"왜?"

"오늘 저녁에 오빠하고 부부동반으로 뮤지컬 보러 가기로 했거든. 아빠가 와서 우리 수진이하고 같이 놀아 줘. 응?"

"일 없다."

"아빠, 왜 그래? 엄마 혼자 여행 갔다고 삐졌어? 우리 집에 오면 내가 뽀뽀해 줄게."

"뽀뽀는 이 서방한테나 많이 해 줘라. 친구가 옆에 있어서 끊는다."

"아빠! 정말 이러기야?"

"인석아! 아빠 술 취해서 못 나가."

"어머머, 대낮부터 웬 술."

"그건 네 엄마한테 물어봐."

광표는 예전과 다르게 입을 꾹 다물며 전화를 끊었다. 내가 너무했나 하는 생각이 잠깐 들었으나 이내 고개를 흔들었다.

"내 집 새끼나, 넘 집 새끼나 애비를 못 잡아먹어서 안달이구먼…… 중국어 공부를 시작한 지 한참 됐구먼. 그래 놓고 나한테는 퇴직 후에는 뭘 해 먹고 사나, 엄살을 떨었단 말이지…….”

정식은 말꼬리를 흐리며 가방을 세웠다. 금색으로 도금이 된 잠금 장치가 녹이 슬었다. 최소 10년 이상은 중국어 공부를 했을 것이다. 그동안 내숭 떤 걸 생각하니까 밉기도 하고 질투심이 일어났다.

“잘 안 열려?”

광표는 딸에게서 다시 전화가 올 것 같아서 휴대폰을 들여다보고 있었다. 예상과 다르게 전화는 오지 않았다. 도우미를 불렀거나, 시어머니에게 도움을 청했을 것이라는 생각이 들면서 씁쓸했다. 정식이 교재 가방을 열려고 애쓰는 모습을 바라보며 물었다.

“잘 안 열리네…….”

“이리 줘 봐.”

광표가 드라이버를 들고 와서 가방 옆에 앉았다. 드라이버를 이용해서 잠금쇠를 밀었다.

“뭐! 뭐야!”

가방이 열리면서 옆으로 엎어졌다. 거의 동시에 달러 다발 뭉치와 오만 원 다발 뭉치가 쏟아졌다. 가방 열리기를 고대하고 있던 정식이 비명을 지르며 뒤로 벌렁 나자빠졌다.

“도, 돈이잖아…….”

광태도 정식이 못지않게 놀랐다. 벌린 입을 다물지 못하고 돈뭉치를 바라봤다.

“이, 이게 뭐야!”

정식이 보기에도 가방에서 쏟아진 것들은 돈이다. 그런데도 돈으로 보이지 않았다.

"뭐, 뭐긴 돈이지?"

광표가 가방에서 물러나 앉아서 돈을 바라보고 있다가 간신히 말했다.

"장난감 돈인가?"

"내가 볼 때 진짜 돈 같은데?"

"진짜 돈이면 누가 이 많은 돈을……."

정식이 놀란 얼굴로 오만 원 뭉치를 꺼내 들었다. 은행원 출신답게 차르르 소리가 나는 것이 진짜 돈이다. 문질러 보니 지폐 특유의 반들거리면서도 질긴 촉감이 살아난다.

"진짜, 돈 맞지?"

광표는 너무 가슴이 떨려서 돈을 만질 수 없었다. 빈틈없이 가방을 가득 채운 돈뭉치를 바라보며 침을 꼴깍 삼켰다.

"이, 이거 어디서 났어?"

"쓰레기장에서 주워 왔어. 어젯밤에……."

광표는 언뜻 집히는 것이 있어서 벌떡 일어섰다. 뒷베란다 창문 앞으로 갔다. 쓰레기장에는 어젯밤에 보이던 파지며 박스 등이 보이지 않는다. 아침마다 들리는 노파가 주워갔거나, 청소차가 실어갔을 것이다.

3

중국어 교재 가방에 들어 있는 돈은 정확히 5만 원 다발 뭉치가 2개 1억 원, 1,000달러 뭉치가 18뭉치다. 정식이 마른 침을 삼키며 휴대폰으로 환율 검색을 해 봤다. 1달러는 우리 돈 1,100원이다. 10만 달러짜리가 18개니까 180만 달러라는 말이 된다.

"처, 천 달러짜리 구경 좀 해 보자."

광표가 떨리는 목소리로 중얼거리며 천 달러 뭉치 한 개를 들었다. 주머니에 있는 천 원짜리는 돈이지만, 처음 보는 천 달러짜리는 돈이라는 느낌이 들지 않았다.

"내가 은행에 다닐 때도 천 달러짜리는 구경 못 해 봤어."

"그럼 이거 한 장이, 우리 돈으로?"

"은행에 가져가서 환전을 하면 백십만 원을 받을 수 있다는 거지."

"그럼 누군가 이백만 달러를 만들려다 못 채운 거 같은데?"

"나도 그런 생각이 든다. 아니면, 일억 원은 국내에서 사용하고 백팔십만 달러는 외국으로 가져갈 생각이었던 거 같다."

정식은 어느 틈에 취기가 말갛게 달아나 버렸다. 달러를 집에서 보관하기 위해서라면 5만 원짜리와 따로 보관했을 것이다. 한 가방에 넣어 둔 것을 보면 어떤 목적이 있었을 것이라는 생각이 들었다.

"이렇게 큰돈을 외국으로 가지고 나갈 수 있나?"

"내가 알기로는 만 달러 이상은 가지고 나갈 수 없는 것으로 알고 있거든."

"그럼 백팔십만 달러나 되는 돈을 어떻게 갖고 나갈까?"

"지금 그런 걸 따질 때가 아니잖아. 이 가방을 정말 쓰레기장에서 주워 왔단 말이지?"

정식이 갑자기 무언가 생각났다는 얼굴로 벌떡 일어났다. 현관문을 열고 밖의 동정을 살폈다. 3개 동으로 구성이 되어 있는 동성빌라는 한 층에 여섯 가구가 산다. 2층 복도가 비어 있다는 것을 확인하고 테이블 앞에 앉아서 목소리를 죽이고 물었다.

"몇 번이나 말해야겠어. 이 가방을 보는 순간 중국어를 배워서 퇴직 후에 중국 공장에 재취업……."

광표는 문득 거대한 공포가 밀려오는 것을 느꼈다. 납처럼 굳은 얼굴로 다시 일어났다. 뒷베란다 창문 앞으로 갔다. 눈을 씻고 노려봐도 어젯밤에 보이던 박스며 파지들이 보이지 않는다. 흰색 스티로폼 박스에 햇볕이 박살나고 있을 뿐이다. 햇살을 받은 부분이 새하얗게 보이는 스티로폼 박스가 괴이하게 보여서 슬쩍 뒤로 물러섰다.

"뭐 하는 거야?"

정식이 일어나서 자신도 모르게 살금살금 걸어 광표 옆으로 갔다.

광표는 얼른 벽에 찰싹 달라붙었다. 손가락으로 창문 밖을 가리켰다. 정식이도 긴장한 얼굴로 광표 옆에 얼른 붙었다. 조심스럽게 목을 빼고 광표가 손가락질하는 곳을 바라봤다. 쓰레기수거장이다.

"아무도 안 보이지?"

"스티로폼 박스밖에 안 보이는데?"

광표가 속삭이는 말에 정식이도 속삭였다.

"차, 창문 밖을 바라보지 마."

광표는 정식의 손을 잡고 창문 앞을 피해서 테이블 앞으로 갔다. 대단한 모험을 했다는 얼굴로 주저앉았다. 소주병 뚜껑을 여는 손가락이 떨린다.

"아까, 거기 지붕 밑에 있는 재활용분리함 옆에서 주워 왔단 말이지?"

정식이 광표가 들고 있는 소주병을 받았다. 마른침을 소리 나게 삼켰다. 손가락에 힘을 주고 뚜껑을 따며 은근히 물었다.

"바로 거기야. 어젯밤에는 빈 박스며 무슨 책 같은 것이 있었는데 청소차에서 실어갔거나 누가 다 주워 간 것 같아. 우리 빌라는 재활용품을 따로 모으지 않거든."

"누가 이 돈을 거기다 버렸을까? 내가 볼 때 여긴 외진 곳이라 사람들이 일부러 오지 않을 거 같은데……."

"동성빌라에 사는 사람 중 누가 쓰레기인 줄 알고 버린 것이 틀림없어."

정식은 광표의 잔에 소주를 따르는 손이 떨렸다. 술이 컵 밖으로 흘렀지만, 광표는 그냥 바라보고만 있었다.

"너도 아는 것처럼 내가 여기 산 지 십오 년째라고. 최근에 이사

온 젊은 사람들은 그냥 얼굴만 아는 정도지만 이십억 원이 넘는 돈을……."

광표는 꿈을 꾸는 것 같아서 말이 나오지 않았다. 술잔을 단숨에 비워 버리고 족발을 손으로 집어서 새우젓에 찍지도 않고 우걱우걱 씹었다. 고기를 씹는 맛은 나지 않고 그냥 고무껌을 씹는 것 같은 느낌만 들었다.

"여기 모두 몇 가구가 살지?"

"우, 우선 이 돈부터 치우고 말하자. 돈을 바라보니까 너무 무서워서 말이 나오지 않는다."

"소, 솔직히 나도 은행에 다닐 때 마대가 터지도록 담긴 돈을 땀나도록 들고 다닌 적도 있지만……."

정식이 말꼬리를 흐리며 가방을 닫았다. 80년대 초만 해도 모든 기업체에서 월급을 동전까지 헤아려서 봉투에 넣어줬다. 대부분의 기업체 월급날은 25일이다. 24일 아침이 되면 총각 직원들은 승용차를 몰고 한국은행으로 가서 수표를 지불하고 돈을 찾아 왔다. 그때는 돈이 돈으로 보이지 않고 그냥 무슨 물건처럼 보였었다. 지금은 아니다. 마음먹기에 따라서 내 돈이 될 수도 있다고 생각하니 떨리는 마음이 쉽게 진정되지 않았다.

광표와 정식은 말을 잃어버렸다. 텔레비전에서는 개그 프로가 재방영되고 있었다. 둘은 약속이나 한 것처럼 텔레비전을 응시하다가 갑자기 생각났다는 얼굴로 술을 마셨다. 술을 마시고 서로의 얼굴을 잠깐 바라봤다. 이내 천장을 바라보거나, 괜히 거실 바닥을 손가락으로 문지르며 침묵을 삼켰다.

정식은 갑자기 참을 수 없을 정도의 요의가 밀려왔다. 아침부터 술을 마셔서 일 것으로 생각하며 일어났다.

"어, 어딜 가려고?"

광표가 깜짝 놀란 얼굴로 정식의 바짓가랑이를 움켜잡으며 물었다.

"오, 오줌 누러."

정식은 광표가 갑자기 바짓가랑이를 잡는 통에 깜짝 놀라서 주저앉을 뻔했다. 비틀거리다 중심을 잡고 화장실로 향했다.

화장실로 들어가서 변기 뚜껑을 열고 바지 지퍼를 열었다. 오줌을 갈기려다 말고 바지를 끌어 내리고 변기에 걸터앉았다.

오만 원짜리가 1억 원, 달러가 19억 8천만 원이다. 모두 20억 8천만 원이라는 돈이다. 누가 그 거액을 쓰레긴 줄 알고 버렸는지는 모른다. 경찰에 신고를 하게 되면 몇 프로인지 모르지만, 사례금을 받게 될 것이다. 경찰에 신고를 하지 않고 보관하다가 경찰에 걸리게 되면 점유이탈물횡령죄에 해당한다.

정식은 변기에서 일어났다. 바지 뒷주머니에 있는 지갑을 꺼내 펼치며 다시 변기에 걸터앉았다.

지갑 안에는 은행 신용카드가 두 장, 채권추심회사 명함이 몇 장 꽂혀있다. 돈은 만 원짜리가 두 장에 오천 원짜리가 한 장, 천 원짜리가 석장, 모두 이만팔천 원이 들어 있다. 바지 옆 주머니에 들어 있을 백 원짜리 동전 두 개를 포함하면 정확히 이만팔천이백 원이 전 재산이다.

경찰에 신고하면 최소 몇백만 원은 사례금으로 받을 것이다. 광표와 나눈다 해도 삼백만 원은 손에 쥐게 될지 모른다. 그 돈이면 당분간 용돈은 풍족하게 쓸 수 있을 것이다. 하지만 20억 8천만 원을 광표와 나누게 된다면…

정식은 갑자기 생각이 멎어버렸다. 가끔 취한 김에 로또를 산다. 로또를 사면 혹시 당첨될지도 모른다는 생각에 행복하다. 온갖 상상을 다 해 보기도 한다. 아내가 집 담보로 대출을 받자고 전쟁을 선포한 후로는 작심하고 매주 복권을 샀다.

요즈음 로또에 당첨되면 제일 먼저 투자를 해야 할 곳은 재민이 커피점을 차려 주는 것이다. 재민이 커피점만 차려 주면 아파트는 무사하다. 남은 돈으로 원룸을 지을 생각이다. 원룸에서 일정 수익이 나오면 고향 근처에 전원주택을 지어 편하게 살 계획을 하고 있다.

현실과 이상은 타협을 할 수 없다. 정식은 막상 문밖에 내 돈 10억 4천만 원이 있다고 생각하니까 커피점의 'ㅋ'도 떠오르지 않았다. 어떡하면 돈을 감쪽같이 차지할 수 있을까 하는 생각이 마음에 가득 차서 과부하가 일어날 지경이다.

급할수록 돌아가라고 했다. 천천히, 천천히 생각해 보자.

정식은 머릿속이 이런저런 생각이 가득 차서 화장실에 앉아 있다는 것도 잊어버렸다. 머리를 싸매 쥐고 고개를 숙였다. 엄청난 죄를 지은 것처럼 다시 가슴이 떨리기 시작했다. 시간은 계속 흐른다. 어쨌든 돈을 차지할 수 있는 방법을 연구해야 한다며 눈을 감았다. 갑자기 경찰이 범인의 동선을 추적할 때 CC카메라부터 살핀다는 것이 떠올랐다.

"어이, 이 빌라에 CC카메라 설치되어 있나?"

"CC카메라…… 어, 없는데."

광표는 화장실 안에서 갑자기 튀어나오는 말에 깜짝 놀라며 뒤로 물러나 앉았다. 언젠가 1동, 2동, 3동 반장 회의에서 CC카메라 설치 문제를 토론한 적이 있긴 하다. 하지만 경비가 없는 상황에서 관리를 누가 하느냐는 문제에 봉착해서 흐지부지되어 버렸다.

CC카메라는 왜 묻는 거야? 혹시?

정식이 CC카메라 설치 여부를 묻는 이유를 알 것 같았다. 가방을 들고 집에 오는 모습을 본 사람은 아무도 없다. 발자국에 지문이 남아 있을 리는 없고, CC카메라만 없다면 누가 돈 가방을 가지고 갔는지는 하느님밖에 모른다. 하지만 다른 사람이 실수로 버린 돈을 차지하는 것은 엄연한 범죄다.

그래, 경찰에 신고를 하는 것이 도리겠지. 이 돈이 무슨 돈인지도 모르고 절취를 했다가는 정년퇴직을 감옥에서 하게 될 수도 있어.

회사에 입사해서 경리부에서 근무를 시작했다. 요즈음은 경리부에서 일 년 내내 현금 구경할 일은 없다. 예전에는 월급날이면 전 직원이 모든 업무를 밀어 버리고 월급봉투에 월급 넣는 일을 했었다. 그럴 때는 책상에 만 원짜리 뭉치가 가득 쌓여 있었다. 그 많은 돈 중에 1원짜리 하나라도 내 것이라고 생각해 본 적은 없었다. 가방에 있는 거액도 누군가의 돈이다. 다른 사람의 돈을 속여 뺏는 것은 범죄행위다.

왜 이렇게 덥지…….

광표는 돈 가방을 들고 경찰서에 가야 한다는 생각이 들수록 몸이 더워지기 시작했다. 티셔츠를 벗었다. 벗은 티셔츠를 소파 위로 던지고 러닝셔츠 차림으로 일어섰다. 자신도 모르게 뒷베란다 창문 앞으로 살금살금 걸어갔다. 창문 벽에 찰싹 달라붙어서 쓰레기 수거장을 살폈다. 남편이 공무원인 C동 205호 아줌마가 음식물쓰레기를 들고 빌라 모퉁이를 돌아오는 모습이 보인다.

내가 왜 이러지? 돈 가방을 경찰서에 갖다 주면 그만인데…….

지방에서 상고를 졸업하고 군대에 갔다. 전역 후 사회생활을 하면서 법을 어겨 본 적이 없다. 아니, 법을 너무 지키느라 그 흔한 부동산 투기도 한 번 안 해서 여태 빌라에 살고 있다. 회사에서도 공금으로 밥 한 끼 사 먹어 본 적이 없고, 회장의 비자금을 차명 관리하면서 딴생각 한 번 해 본 적이 없다. 그런데도 얼굴이 화끈화끈거렸다.

40인치 LED 텔레비전 뒷벽에는 텔레비전 크기의 가족사진이 붙어 있었다. 하나밖에 없는 고명딸 미영이 결혼하기 전에 일부러 시간을 내어 사진관에 가서 찍은 사진이다. 시집가기 전에는 눈에 넣어도 아프지 않더니, 지금은 아내 못지않게 상전 중의 상전으로 군림하고 있다.

정식은 변기에 계속 앉아 있어도 엉덩이가 아프지 않았다. 건너편 벽에 붙어 있는 세면기 위 거울에 얼굴이 보인다. 염색을 하지 않았다면 하얀 백발이다. 염색할 때가 됐는지 헤어라인 쪽은 흰머리가 희끗거린다. 아침에 아내와 싸우느라 면도를 하지 않은 턱수염은 고슴도치 같다. 흰색이 검은색보다 많아서 길거리 앉아 있으면 노숙자처럼 보일 것 같았다.

그래, 어떤 놈들은 나랏돈을 몇백억씩이나 해 먹고도 교도소는커녕 잘만 살잖아.

젊음은 다시 오지 않는다. 재운이 있는 사람들처럼 조상이 숨겨 둔 땅을 찾아가라고 정부에서 연락이 올 건더기도 없다. 게다가 도둑질을 한 돈도 아니고, 광표 말대로 쓰레기장에서 주워 온 돈이다. 만약 광표가 가지고 오지 않고 쓰레기차가 실어갔다면 한 줌 재로 변해 버릴 돈들이다.

정식은 돈 가방을 경찰서에 갖다 주는 행위는 굴러 들어온 복을 차 버리는 결과라고 판단했다. 돌이켜 보면 양심껏 살겠다며 굴러 들어온 복을 차 버린 적이 한두 번이 아니다. 미용사로 근무를 하던 첫사랑 여자를 차 버린 것하며, 명예퇴직금을 준다는 말에 덜컥 사표를 냈던 것, 강남 쪽에 아파트를 사고 싶었는데 아내가 친정 근처에 사자고 조르는 통에 포기했던 것도 그 결과다.

첫사랑이었던 미용사는 요즘 직원을 열 명이나 데리고 있는 헤어숍 사장이다. 은행 합병을 할 때 사표를 내지 않고 끝까지 버틴 동기들은 50세가 넘어서 명퇴를 했고, 강남에 아파트를 사서 몇 번 굴렸다면 지금쯤 최소한 5층짜리 건물 소유주가 되어 있었을 것이다.

정식은 오늘 새벽부터 아내가 아파트 대출 건 때문에 염장을 지른 것은, 그동안 손해 본 것을 보상해 주기 위한 신의 배려라는 생각이 들었다. 아내가 아침을 지으면서 오늘은 어떤 일이 있어도 대출 건은 결판 짓자고 선전포고를 하지 않았다면, 이 시간 집에서 텔레비전을 보고 있거나, 낮잠을 자고 있었을 것이다.

"어디 가려고?"

정식은 돈을 차지하겠다는 결심을 하고 밖으로 나갔다. 광표가 어느 틈에 외출복을 입고 소파에 앉아 있었다.

"경찰서에 가는데 러닝셔츠만 입고 갈 수 없잖아."

"겨…… 경찰서에는 왜 가는데?"

정식은 깜짝 놀랐다. 광표가 경찰서에 가려는 이유를 알면서도 두 눈을 동그랗게 뜨고 바라봤다.

"너 설마?"

광표가 자신도 모르게 돈 가방을 움켜잡으며 반문했다.

"경찰서에는 못 가. 아니 가서는 절대 안 돼."

"무슨 말을 하는 거야? 화장실에서 지금까지 이 돈을 차지할 궁리를 하고 있었냐?"

"광표야, 너 지금 나중에 뼈가 저리도록 후회할 짓을 하려고 한다는 거 알아?"

정식이 광표의 앞을 가로막았다. 광표 앞에 무릎이라도 꿇고 앉겠다는 표정으로 간절히 말했다.

"너야말로, 왜 그래? 우리 지금까지 양심껏 살아왔잖아. 우리가 앞으로 살면 얼마나 더 산다고 인제 와서 비루하게……."

"그래, 나 양심껏 살아왔어! 우리 아버지가 지어준 이름 부끄럽지 않게 살겠다고 결심하며 산 놈이야. 하지만 더는 아냐. 그렇다고 우리가 도둑질하자는 것도 아니잖아. 그러니 가방 내려놓고 생각 좀 해 보자."

정식은 양심이라는 말이 너무 진실하게 들려와서 다리가 휘청거릴 정도였다. 그럴수록 지금 마음이 약해지면 평생 후회하게 될 것 같았다. 목에 힘줄이 돋도록 부들부들 떨며 광표를 노려봤다.

"지금 네 이성이 제어되지 않으면 재민이를 생각해 봐. 재민이 아들을 생각해 보라고. 그럼 왜 이 돈을 경찰서에 갖고 가야 하는지 금방 이해가 될 거니까."

"너는 내가 나 혼자 평생 잘 살겠다고 이러는 줄 아니? 우리 아들하고 손자 잘 먹고 잘살라고 내 양심을 팔아먹으려는 거야?"

정식은 아들을 생각하라는 말에 하마터면 그래, 경찰에 신고하자. 라고 말할 뻔했다. 아내와 대출 문제로 싸우던 장면이 떠올라서 광표가 잡은 가방 손잡이를 움켜잡았다.

"이 손 놔!"

광표가 가방 손잡이를 잡은 정식의 손을 뿌리치려고, 가방을 뒤로 잡아당겼다. 그 통에 정식이 광표의 가슴에 안기면서 뒤로 벌렁 나자빠졌다.

"이 가방 절대 경찰서에 못 간다."

광표 위로 넘어갔던 정식이 가방을 낚아채서 들고 일어섰다. 광표에게 뺏기지 않겠다는 얼굴로 가방을 가슴에 꽉 껴안았다.

"이리 내."

광표가 일어나자마자 정식에게 달려들었다.

"모, 못 줘."

"좋아. 그럼 내가 지금 112에 신고한다. 돈 가방 주웠는데 내 친구가……."

"야, 너 친구 맞아? 친구란 놈이 전화할 수 있어?"

정식이 가방을 뒤로 감추고 광표를 험악하게 노려봤다.

"친구니까 전화하는 거다……."

광표가 전화를 걸겠다는 얼굴로 휴대폰을 들었다. 정식이 거의 동시에 달려들어서 휴대폰을 빼앗으려고 움켜잡았다. 광표는 휴대폰을 빼앗기지 않으려고 어깨로 정식을 힘껏 밀어냈다.

"어! 날 쳐?"

정식이 가슴의 통증을 느끼며 광표에게 달려들었다. 광표를 양손으로 잡으며 그대로 넘어졌다. 정식은 재빠르게 광표 위에 올라타서 양손으로 목을 잡았다.

"너, 이 새끼."

정식이 목을 잡는 순간 광표는 공포가 밀려왔다. 돈 때문에 친부모도 죽이는 세상이다. 방심하다가는 죽을지도 모른다는 생각에 정식의 양손을 밀어내면서 옆으로 빙그르르 돌았다. 광표는 정식의 양발 사이에서 빠져나왔다. 그와 거의 동시에 정식의 가슴팍을 차 버렸다. 정식이 뒤로 벌렁 나자빠졌다. 일어서서 정식 위로 올라타려는데 정식의 발이 광표의 정강이를 걷어찼다. 하마터면 넘어갈 뻔했으나 간신히 중심을 잡았다.

정식은 어느 틈에 머릿속이 텅 비었다. 오직 광표를 제압해야 한다는 생각에 온몸을 다하여 광표에게 달려들었다. 광표는 정식이 돈 때문에 돌아버렸는지 모른다는 공포감에 주먹을 휘둘렀다. 성인이 된 이후 처음으로 얼굴을 얻어맞은 정식이도 발로 광표의 사타구니를 힘껏 차 버렸다.

"악!"

광표가 사타구니를 움켜잡으며 무릎을 털썩 꿇었다. 이내 얼굴이
새하얗게 변하는가 했더니 옆으로 픽 쓰러졌다. 사타구니가 너무 아
파서 숨을 쉴 수가 없었다. 파르르 떨며 입술만 달싹거렸다.

"과, 광표야!"

깜짝 놀란 정식이 광표의 위아래를 번갈아 바라보며 앉았다.

"마, 많이 아프냐?"

광표는 대답을 할 수가 없었다. 입술을 악물고 고통을 참으려고 눈
을 질끈 감았다. 놀란 정식이 얼른 냉장고 앞으로 달려갔다. 생수병을
꺼내 와서 입에 머금었다. 정식의 얼굴에 힘껏 뿜었다. 이어서 넓적다
리를 번갈아 가며 주무르기 시작했다.

"너, 저, 정말……."

광표는 정식이 자신을 살해하려는 의도는 없다는 걸 알았다. 공포
감에서 벗어나자 극심한 통증이 밀려왔다. 정식의 손을 힘없이 밀어
내며 억지로 일어나 앉았다.

"미, 미안하다. 괜찮냐? 물 좀 마셔 봐."

정식은 할 말이 없었다. 광표 입에 생수병을 갖다 댔다. 광표가 물
을 흘리면서 몇 모금 마시는 것을 보고 안심했다는 얼굴로 한숨을 내
쉬었다.

"마, 말 시키지 마."

광표는 이마에서 흐르는 식은땀을 닦아내며 엉덩이 걸음으로 소파

앞으로 갔다. 정식이 얼른 그의 양쪽 겨드랑이에 손을 넣어서 소파에 앉혔다.

"미안하다. 너도 모르게 급소를 차 버린 점에 대해서는 입이 열 개라도 할 말은 없다. 하지만 너도 생각해 봐라. 너도 양심껏 살아서 이익 본 것이 뭐가 있냐?"

광표는 통증이 조금씩 사라지고 있었지만 말할 기분은 아니었다. 테이블 앞에 앉아서 술을 찾았다. 빈 술병뿐이다. 정식이 들고 온 비닐봉지 안에 소주만 한 병 남아 있다. 그는 그것을 꺼내 들고 뚜껑을 열었다.

"너, 니네 회사 재산 관리한 지 얼마나 됐냐? 과장 때부터 했으니까 십 년 넘었지?"

"그래서?"

"다른 놈이 회장 비자금을 십 년씩이나 관리했으면 벌써 이사로 승진했을 것이다."

"나도 대학 졸업했으면 벌써 이사 달았지. 우리 회사에서 상고 출신 중에 차장급은 나 하나밖에 없다는 걸 알아야지……."

"이 돈은 정당한 돈이 아냐. 너 같으면 이십억 원이 넘는 돈을 이런 낡은 가방에 보관하겠냐?"

정식은 광표가 심각한 표정을 짓는 것을 보고 손을 덥석 잡았다. 동생을 타이르는 표정으로 손등을 부드럽게 쓰다듬었다.

"냉정하게 생각해 봐. 이 돈을 버린 사람은 이 가방에 이십억 원이 넘은 돈이 있다는 사실을 몰랐어. 그게 무슨 뜻이야? 만약 남편이 아내 모르게 돈을 숨겼다면 정당한 돈이겠어?”

“그러니까, 네 말은 이 돈이 검은돈이라는 거냐?”

“내 판단이 틀림없다면 이 돈은 나쁜 짓 하기 위한 돈이 틀림없어. 그러니까 양심의 가책을 느낄 필요가 없는 돈이라구.”

정식이 스스로 잔에 소주를 채워서 광표 앞으로 내밀었다.

“우리가 이 돈을 가로채면, 이 돈으로 나쁜 짓을 못하게 방지한다는 거냐?”

“바로 그거야. 이 돈이 뇌물이라고 생각해 봐. 이십억 원이 넘는 돈을 뇌물로 바칠 때는 엄청난 대가를 기다릴 거잖아.”

광표는 정식의 말이 맞을지도 모른다고 생각했다. 영국 속담에도 좋은 거짓말은 용서가 된다고 했다. 나쁜 일에 사용할 돈을 가로채면 양심을 속이는 일이 아닐 것 같았다.

“당연하지. 법의 그늘에서 정의를 실천하자는 거지.”

“그래, 이 돈이 떳떳한 돈은 분명 아닐 거야.”

광표는 회장의 비자금이 생각났다. 차명계좌에 입금되어 있는 돈이 120억 원 된다. 회장은 정치인이며 관료들에게 돈을 쓸 때는 비자금을 사용한다. 가방의 돈도 차명계좌에서 나온 돈일 것이다. 차명계좌에서 나온 돈이면 경찰에 분실신고도 못할 것이라는 생각에 고개를 끄덕거렸다.

“우리가 차지해도 아무런 하자가 없다는 거지.”

“그럼 이 돈을 어떻게 쓰지? 은행에 저금할 수는 없잖아.”

광표는 돈을 처음 봤을 때처럼 떨렸다. 돈 가방을 끌어당겼다. 가방 안에 이십억 원이 넘는 돈이 있다고 생각하니까 입안이 말랐다.

"우선 이 가방을 잘 감춰두고 동네를 한 바퀴 돌아보자. 수상한 사람들이 설치고 있는지 알아보자구."

"그…… 그게 순서겠지."

광표는 벌떡 일어나기는 했지만, 어디다 돈 가방을 감춰야 할지 생각이 나지 않았다.

정식이도 광표를 따라 일어났다. 광표와 함께 돈 가방을 들고 안방으로 들어갔다. 광표가 고개를 흔들며 밖으로 나가자고 했다. 미영이 쓰던 방으로 들어갔다. 정식이 침대 밑을 손가락으로 가리켰다.

"세탁기 안에 감추자."

광표가 마침내 생각났다는 얼굴로 뒷베란다 쪽으로 갔다. 세탁기 안에는 빨래가 들어 있었다. 젠장, 이박 삼일이나 여행을 가면서 뭐가 그렇게 급하길래…… 세탁기에 들어 있는 빨래들을 보니 그는 은근히 화가 치밀어 올랐다.

광표와 정식은 밖으로 나갔다.

4월 말인데도 한여름 날씨다. 동성빌라 앞은 조용하다. C동에 혼자 사는 창원댁이 유모차를 앞에 두고 목련 나무 밑 벤치에 앉아 있다. 그녀에게 어색하게 웃으며 인사를 하고 쓰레기 수거장 가는 쪽을 바라봤다.

"그쪽은 바라보지 말고 나가자."

정식이 광표의 옆구리를 툭 쳤다. 이십 대 후반으로 보이는 여자가 마트에라도 다녀오는지 묵직해 보이는 비닐봉지를 들고 다가온다.

"안녕하세요."

서향미는 광표를 처음 본다. 하지만 동성빌라에 사는 주민일 것이다. 앞으로 신병태와 함께 살려면 동성빌라 사는 사람들에게 잘 보일 필요가 있다. 그래야 룸살롱에 다녔던 사실이 감춰질 것이다. 무조건 활짝 웃는 얼굴로 고개를 까닥 숙여 보였다.

"에…… 에."

광표도 얼떨결에 고개를 숙였다.

"아는 여자냐?"

"모, 몰라 처음 보는 여잔데."

광표는 슬쩍 뒤를 돌아다봤다. 청바지에 티셔츠를 입은 몸매가 쭉 빠졌다. 동성빌라에 사는 여자 같지는 않다. 뉘 집에 가는지 몸매만 잘 빠진 것이 아니다. 마음도 착하다고 생각하며 빌라 마당을 나섰다.

4

서향미는 B동 안으로 들어갔다.

곧장 2층으로 올라가서 203호 문을 열었다. 신병태는 아직 일어나지 않았는지 집안이 조용하다.

마트에서 사 온 것은 맥주와 소주, 안주가 될 만한 것들이다. 그녀는 그것들을 깨끗이 청소가 된 냉장고 안에 집어넣었다.

신병태는 눈을 뜨자마자 시간을 확인했다. 오후 1시 10분이다.

서향미는 무엇을 하고 있는지 집안이 절간처럼 조용하다. 슬슬 일어나서 대충 배를 채우고 나가봐야 할 때다. 길게 기지개를 하며 밖으로 나갔다.

노브라에 헐렁한 티셔츠에 반바지만 걸친 서향미는 소파에 앉아 있었다. 양반다리를 하고 앉아 캔맥주를 홀짝거리고 있다. 개 버릇 소 못 준다고 하더니, 룸살롱에서 피우던 담배를 아직 끊지 못했다. 소파 팔걸이에 있는 재떨이에 담뱃불이 붙은 담배에서 모락모락 연기가 피어오르고 있다.

"자기 보약 좀 먹어야겠네. 어제 몇 시에 들어왔는지 알기나 해?"

신병태의 머리카락은 까치집을 짓고 있다. 어젯밤만 해도 멀쩡하던 턱수염이 지저분하게 자랐다. 서향미가 토끼처럼 빨갛게 충혈된 신병태의 눈을 바라보며 혀를 찼다.

"너, 벌써부터 바가지 긁는 거냐?"

신병태는 서향미를 흘끔 바라보고 냉장고 앞으로 갔다. 냉장고 문을 열고 안을 살폈다. 냉장고를 깨끗하게 청소해 놨다. 제기랄! 내 팔자에 무슨 해장국. 캔맥주와 소주와 음료수만 칸에 가득하다. 쇠고기 육포며, 포장용기에 들어 있는 어묵, 소시지 등 맨 술안주뿐이다.

"세 시에 점심 약속 있다고 하지 않았어?"

"젠장! 아직 시간 많이 남았잖아……."

신병태는 페트병에 든 사이다를 꺼냈다. 한 모금 마실까 하다가 내려놨다. 생수를 몇 모금 마시고 돌아섰다.

"도시락 컵라면 있는데……."

서향미는 담배를 들고 일어섰다. 몇 모금 남지 않은 캔맥주를 마시면서 주방 앞으로 갔다.

"그거라도 먹고 나가야겠는데."

신병태는 화장실로 들어가려다 걸음을 멈췄다. 거실 분위기가 바뀐 것 같은데 술이 덜 깨서 정확히 뭐가 바뀌었는지 알 수 없었다.

"청소했나?

"왜?"

컵라면을 끓일 요량으로 커피포트에 물을 받은 서향미는 웃음을 깨물며 물었다.

"뭔가 바뀐 거 같은데?"

"보는 눈은 있구먼. 어제 자기 집에 왔다가 친구들 만난다고 다시 나갔잖아. 그 사이에 큰맘 먹고 대청소를 했지. 깨끗하니까 좋지? 집에는 여자가 살아야 해. 여자가 없으니까 집 구석구석이 쓰레기 천지지."

서향미는 커피포트 스위치를 눌렀다. 담뱃불을 수돗물에 껐다. 꽁초를 쓰레기통에 버리고 찬장에서 컵라면을 꺼냈다.

"베란다에 있는 빈소주병이며 박스 같은 것도 다 버렸겠네?"

신병태가 손가락을 세워 머리를 긁으면서 기특하다는 얼굴로 물었다.

"나, 자기 존경할 뻔했어."

"대한민국에 신병태 존경하는 여자도 있구먼."

신병태는 피식 웃으면서도 이상하게 불안했다.

"중국어 공부는 끝까지 하지, 왜 포기를 했어?"

서향미가 컵라면 포장지 뚜껑을 열고 수프를 뿌리다 말고 돌아섰다. 겉보기와 다르다는 얼굴로 신병태를 바라봤다.

"중국어 공부라니? 공부하고는 초딩 때부터 담쌓은 놈한테 뭔 소리를 하는지 모르겠네……."

신병태는 대충 샤워를 할 생각으로 화장실 문을 열었다. 한쪽 발을 화장실 안에 들여놓는 순간 뒷베란다에 감추어 둔 돈 가방이 번뜻 떠올랐다. 근원을 알 수 없는 불안감에 등골을 날카롭게 후려갈기는 것을 느끼며 홱 돌아섰다.

"수건, 목욕탕 안에 있잖아?"

"서…… 설마!"

신병태는 서향미 말이 귀에 들려오지 않았다. 뒷베란다로 뛰어갔다. 빈 박스와 소주병, 맥주병에 컵라면이나 우유포장지 같은 것이 어지럽게 쌓였었는데 깨끗하다. 눈을 헤집고 봐도 돈 가방이 보이지 않았다.

"왜 그래?"

"여, 여기 있던… 바, 밤색 가방. 이, 이만한 거 어, 어디로 치웠어."

신병태는 정신이 아득해졌다. 비틀거리다 간신히 중심을 잡고 벽에 기댔다. 놀란 표정을 짓고 있는 서향미를 바라보며 손가락으로 가방 형태를 그렸다.

"바, 밤색 가방이라니?"

"여, 여기 있었잖아. 소, 손잡이가 달린…….'"

"아! 중국어 교재 가방?"

"그게 중국어 교재 가방이었나?"

신병태는 가방이 없어졌다면 죽은 목숨이나 다름없다고 생각했다. 가방에 중국어 교재라는 글씨가 있었다는 것이 기억나지 않았다.

"밤색 가방이라고 했잖아?"

"가, 가방은 그거 하나밖에 없었잖아! 그거 어디 있어? 설마 버리지는 않았겠지?"

"그…… 그거 안 본 지 몇 년은 되는 거 같아서 버렸는데. 왜?"

"어, 언제!"

"아, 아까 말했잖아. 어제 자기 들어오기 전에 대청소했다고."

"다, 당장 찾아와."

"왜?"

"이 썅! 빠…… 빨리 갖고 오라니까?"

신병태는 숨이 막혀 말이 제대로 나오지 않았다.

"지, 지금 가 봐야 벌써 청소차가 실어갔을 건데……."

신병태는 머리카락이 쭈뼛 일어서는 것 같았다. 한가하게 따질 때가 아니다. 신발을 꿰 신는 둥 마는 둥 밖으로 뛰쳐나갔다.

가방 안에 뭣이 들어 있길래.

서향미는 신병태가 왜 유부녀하고 섹스하다 남편한테 걸린 간통남처럼 문을 박차고 뛰어나갔는지 그 이유를 알 수 없었다. 커피포트의 물 끓는 소리가 들렸다. 컵라면에 물을 부을까 하다가 신병태가 들어온 다음에 붓기로 했다.

"야! 할망구야. 도대체 몇 시에 갖고 갔단 말야!"

뒷베란다 창문 밖에서 신병태 고함이 들려왔다. 서향미는 오전부터 누군가 싸우는 모양이라고 생각하며 뒷베란다 창문 앞으로 달려갔다. 신병태가 파지를 줍는 노파 앞에서 방방 뛰며 화를 내고 있었다. 파지를 엉성하게 적재한 리어카 앞에 서 있는 노파는 황당하다는 표정을 짓고 있다.

"빨리 말해! 어떤 고물상에 갖다 줬어?"

"허! 이눔이 보자보자 하니까, 아! 파지 줍는 할망구는 사람으로 안 뵈는 모양이지? 얻다 대고 삿대질여. 삿대질이긴."

황당하다는 표정을 짓고 있던 노파가 더는 참을 수 없다는 얼굴로 악을 쓰며 삿대질을 했다.

"너! 쌍! 오늘 땅에 묻히고 싶어?"

"주, 중앙자원센터라고 말했잖여! 거기 갖다 줬단 말여?"

신병태가 노파의 멱살을 움켜잡고 흔들었다. 파랗게 질린 노파가 캑캑거리면서 동성빌라에서 산 쪽을 손짓했다.

서향미는 무언가 모르지만, 상황이 심각하게 돌아가고 있다는 걸 감지했다. 브래지어를 할 여유가 없었다. 입고 있는 옷에 원피스만 걸치고 밖으로 뛰어나갔다. 계단을 한 층 내려가는데 신병태가 시뻘겋게 달아오른 얼굴로 뛰어 왔다.

"이! 쌍! 여기서 기다려."

신병태는 서향미를 바라보지도 않고 이 층으로 뛰어 올라갔다. 놀란 서향미도 계단을 뛰어 올라갔다.

신병태는 신발을 신은 채 안방으로 뛰어 들어가서 바지를 껴입었다. 지퍼를 올리면서 후다닥 뛰어나왔다. 서향미는 덩달아서 신병태를 따라 뛰어갔다.

파지 줍는 노파가 달려오는 신병태를 보고 깜짝 놀라며 리어카 뒤로 숨었다. 신병태는 가쁜 숨을 고를 여유가 없었다. 노파를 불끈 들어 올려서 리어카에 수북하게 쌓여 있는 파지 위에 앉혔다.

"어디야?"

"워, 워디가 어디여?"

"아! 중앙자원센터……."

"거, 거긴 왜?"

"자꾸 말 걸래? 어디야, 썅!"

신병태가 주먹을 흔들어 보이며 인상을 썼다. 노파가 주눅 든 얼굴로 빌라 밖을 손짓했다. 신병태는 리어카 손잡이 안으로 들어갔다.

서향미는 너무 쪽팔렸다. 세수도 하지 않고 머리카락은 까치집을 지은 신병태다. 멀건 대낮에 다 늙어빠진 노파를 리어카에 태우고 달리는 꼴이 너무 창피해서 움직이고 싶지 않았다.

"뭐해, 밀어."

"아, 알았어."

신병태가 뒤를 돌아보며 버럭 소리 질렀다. 팔짱을 끼고 있던 서향미는 엉겁결에 달려들어 리어카를 밀기 시작했다.

동네 사람들 대부분 파지 줍는 노파의 얼굴을 알고 있었다. 달리는 리어카에서 떨어지지 않으려고 겁먹은 얼굴로 납작 엎드려 난간을 잡고 있는 모습이 영락없는 환자 모습이다. 리어카를 끄는 이십 대 청년도 머리카락 하며 몰골을 보니 노파의 아들로 보였다.

"어허! 119에 전화만 하면 득달같이 달려올 것인데……."

"병원은 저쪽으로 가야해유!"

동네 사람들이 혀를 차든 말든, 신병태는 중앙자원센터를 향해 무작정 달렸다. 노파가 손짓하는 곳에 드디어 중앙자원센터가 보였다.

중앙자원센터는 문이 닫혀 있었다. 함석으로 울타리를 한 마당에는 파지들이 산더미처럼 쌓여 있다.

철망으로 엉성하게 만든 문에 자물쇠가 매달려 있었다. 신병태가 뒤로 물러서는가 했더니 문을 차 버렸다. 엉성하게 생긴 문이지만 쉽게 열리지 않았다. 주변을 두리번거리다 제법 묵직한 돌멩이를 주웠다. 그것으로 자물쇠를 내려치는 신병태의 눈에는 광기가 번쩍번쩍거렸다.

광표와 정식은 동네를 두 바퀴나 돌았다. 형사나 검찰의 수사관이 된 것처럼 은근슬쩍 사람들의 동정을 살폈으나 눈에 띄게 행동하는 이들은 없었다. 그래도 믿을 수 없어서 지구대 근처로 갔다.

지구대 앞에 있는 도로 건너에서 택시를 기다리는 지구대를 살폈다. 지구대 마당에는 경찰차와 오토바이가 한 대씩 주차되어 있었다. 활짝 열려 있는 지구대 안에 정복을 입은 경찰들 외는 일반 사람들의 모습은 보이지 않았다.

"돈 가방을 버린 사람이 아직 모르는 모양이지?"

날씨가 제법 더웠다. 광표는 재킷의 지퍼를 반쯤 열었다. 지구대를 바라보던 시선을 거두며 속삭였다.

"내 생각이 틀림없다니까. 건물이나 땅을 살 돈이면 왜 달러로 준비를 했겠어?"

정식은 돈 가방을 찾는 사람들이 보이지 않으니까 배가 고팠다. 그러고 보니 아침도 먹지 않았다. 술도 마셨겠다. 술 한잔하면서 늦은 점심을 먹을 만한 식당을 찾아 두리번거렸다.

"영화에서 본 것처럼 조폭들이 마약 같은 걸 사려고 준비한 돈이겠지?"

정식이 슬슬 걷기 시작했다. 광표가 따라 걸으면서 속삭였다.

"그럴 가능성이 커. 조폭하고 경찰은 상극이지."

정식은 광표의 추리가 그럴듯했다. 조폭들이 마약을 구하기 위해 일본의 야쿠자나 홍콩의 삼합회, 어쩌면 미국 마피아들에게 줄 돈일 것이다. 국내 조직들이 사용할 돈이라면 처치하기 힘든 달러를 준비하지 않았을 것이다.

"그럼 우리 빌라에 조폭이 살고 있다는 거네? 내가 볼 때는 조폭으로 보이는 사람들은 안 살던데?"

광표가 놀란 얼굴로 속삭였다.

"조폭이 이마에다 다 조폭이요, 라고 써 붙이고 다니든? 요새는 조폭 하려면 대학 졸업장은 필수라잖아."

정식은 갈빗집 앞에서 멈췄다. 점심시간이 지났는데도 손님들이 많았다. 다시 걸으면서 두리번거렸다.

"A동…… B동…… C동…… 하긴, 열 길 물속은 알아도 한 치도 안 되는 사람 속은 모른다잖아……."

광표는 걸으면서 각 동에 사는 주민들의 얼굴을 그려봤다. 동성빌라는 신축한 지 15년이 넘어서 이사를 오는 사람들이 별로 없다. 생활 수준도 거의 비슷하다. 시장에서 자영업을 하거나, 중소기업에 다니든지, 공사판이나 식당 같은 데서 일을 하는 덕분에 이웃 간에 인정도 있는 편이다. 그중에 조폭처럼 느껴지는 인물은 떠오르지 않았다.

"뭣 좀 먹어야지."

정식이 골목 안쪽에 있는 중국음식점을 손짓했다.

"간짜장에 소주나 한 병 까자."

광표는 중국음식점 간판을 보니까 갑자기 식욕이 동했다.

"조용한 데 없어요?"

정식은 중국음식점 안으로 들어갔다. 홀에 몇몇 손님들이 음식을 기다리거나 먹고 있다. 카운터 앞으로 가서 주인에게 물었다.

"방으로 들어가셔."

뚱뚱한 여주인이 부채로 방을 가리켰다.

"오랜만에 간짜장 먹겠는데."

광표가 상 앞에 앉아서 물을 컵에 따르며 중얼거렸다.

"오늘은 비싼 거 한번 먹어 보자."

정식은 광표에게 묻지 않고 깐풍기와 난자완스를 주문했다. 소주 두 병하고 맥주도 시켰다.

"돈 있어? 나 만 원짜리 한 장밖에 없는데……."

광표가 메뉴판을 끌어당겼다. 깐풍기는 이만 오천 원 난자완스는 이만 원이다. 술까지 더하면 육만 원 정도다.

"언제까지 궁색 떨래, 카드 있잖아."

"너무 무리하는 거 아냐?"

"세탁기 안에 들어 있는 돈이 얼만 줄 아냐?"

정식이 물 한 모금을 마시고 귓속말로 속삭였다.

"아! 그렇지. 내가 그 생각 못 했네. 어디 횟집 같은 데로 갈걸."

광표는 물수건을 포장한 비닐을 벗겼다. 손등이며 손가락을 꼼꼼히 닦기 시작했다. 얼굴을 닦으려다가 경리과 직원이 물수건으로 얼굴 닦으면 불결하다는 말이 생각났다. 물수건을 착착 접어서 앞에 내려놨다.

"요새 같은 환절기에 회 먹으면 노로바이러스 걸려. 우리 같은 놈은 건강이 최고야. 솔직히 가진 것이 있나? 마누라가 알뜰히 챙겨 주기나 하나, 자식 놈이 철 따라 보약이라도 해 주나. 우리 스스로 건강을 챙기지 않으면 양로원으로 쫓겨난다구."

"맞는 말이다. 미영이 엄마도 화장품 사는 데는 돈 안 아껴도, 여름에 그 흔한 소 잡뼈 사는 데는 벌벌 떤다구. 기력 없으니까 곰국 좀 끓여 달라면 뭐라고 하는 줄 알어?"

술과 단무지와 양파가 먼저 차려졌다. 광표가 소주 뚜껑을 열면서 기가 막힌다는 표정을 지었다.

"뭐라는데?"

정식이 술잔을 내밀면서 물었다.

"회사에서 나오는 음식이 죄다 영양식이고 보양식인데 따로 돈 들여 곰탕 끓일 이유가 뭐냐는 거여?"

"재민이 엄마하고 개찐 또찐이네. 된장찌개든 콩나물국이든 잘 먹고 잘 싸는 것이 보약이라나 뭐라나…… 단무지 먹을 때 생각나는 거 없어?"

맥주컵에 따른 소맥을 절반 정도 마신 정식이 젓가락으로 단무지를 집으며 물었다.

"단무지하고 짜장면이 찰떡궁합이지. 김밥에도 좋고…"

"옛날에는 짜장면이 최고였지."

"나도 초등학교 졸업식날 짜장면 첨 먹어봤어. 너무 맛있어서 면가

닥이 입으로 들어가는지 코로 들어가는지 모를 지경이더라. 참말로 맛있게 먹었는데……."

"초등학교나 중고등학교 졸업식 날은 짜장면집 불티났잖아."

"기억 날련지 모르겠다. 군대 가서 죽은 우리 중학교 동창 있잖아,"

"김윤호, 삐쩍 말랐지만, 축구 잘하던 아?"

"그래, 김윤호가 우리 동네 살았잖아. 윤호가 뭐라고 했는지 아나? 저는 이다음에 커서 취직하면 하루 세끼 짜장면만 먹는다고 노래를 불렀잖아……."

주인이 난자완스와 깐풍기를 들고 왔다. 광표는 말을 멈추고 주인이 요리접시를 내려놓는 모습을 지켜봤다.

"윤호, 군대서 맞아 죽었다며?"

"그런 소문이 돌긴 했어. 윤호 아버지하고 형이 부대 가보니까 벌써 벽제 화장터에서 화장을 해 버렸다는 거야. 왜, 자식 얼굴도 못 보게 화장을 했냐고 따지니까 여름이라서 시체를 오래 보관할 수가 없었다고 변명을 하는 통에 그냥 왔다드만."

"그때는 군인들 세상이었으니까 어디 하소연할 데도 없었을 겨."

정식이 앞접시에 요리를 담으면서 혼잣말로 중얼거렸다.

"죽은 놈만 억울하지 뭐. 윤호 엄마도 화병으로 얼마 못 사시고 돌아가셨잖아…"

광표는 오늘따라 김윤호의 얼굴이 선명하게 떠올랐다. 웃을 때 입 안이 훤히 보이도록 잘 웃어 재끼던 친구다. 요즘도 꿈에서 김윤호가 휴가 나왔다며 깔깔 웃으며 손을 내밀기도 한다.

광표와 정식은 난자완스와 깐풍기를 절반도 먹지 못했다. 소주는 한 병 더 주문해서 각각 한 병꼴로 마셨다. 젓가락을 들고 있기는 했지만, 버섯 조각을 재미 삼아 먹거나, 깐풍기의 새우 조각을 집어 먹었다.

홀에는 손님들이 없는지 조용하다. 간간이 주문을 받는 주인의 목소리가 방안으로 들려왔다. 파리 한 마리가 어디서 날아와 상 위에서 비행을 했다. 정식이 젓가락으로 쫓아 버리면 어디론가 날아갔다. 잊을 만하면 다시 날아와 접시 가장자리에 착륙하려고 맴을 돌았다. 이번에는 광표가 손바닥으로 파리를 쫓았다.

정식이 말없이 광표를 바라봤다. 대낮부터 마신 술에 얼굴이 홍시 같다. 입맛을 다시고 있는 얼굴 어디에서도 돈 가방을 처음 봤을 때의 긴장하고 벌벌 떨던 모습은 찾아볼 수가 없다. 광표도 정식을 바라봤다. 문득 여기가 고향 강가나 삼거리에 있는 중화식당이었으면 하는 생각이 들었다.

"어떻게 할 생각이냐?"

정식이 벽에 기대어 두 다리를 쭉 뻗으며 광표를 바라봤다.

"난, 우선 편의점에 들어가서 아르바이트 직원에게 십만 원쯤 쥐여 주고 싶다."

"편의점 직원한테 신세 진 거 있냐?"

"편의점에서 물건을 살 때마다 최저임금도 안 되는 돈을 벌기 위해 종일 서 있는 직원들이 불쌍해 보였어. 복권이 당첨된다면 십만 원이나 백만 원쯤 웃으며 주고 싶다는 생각을 가끔 했다."

"난 동네 어른들을 단체로 삼박 사일쯤 제주도 여행을 보내드리고 싶다. 우리 동네가 옥천 박씨 집성촌이잖아. 어머니가 그래도 고향에서 건강하게 사실 수 있는 것은 친척 어르신들이 계시기 때문이니까 꼭 보답을 해 주고 싶었거든."

"진짜 돈이 필요하기는 필요하다. 그지?"

"그걸 말이라고 하냐? 우리 어차피 돈을 차지하기로 했으니까 내일부터 쓰자."

"우선 상황을 지켜볼 필요가 있잖아. 안 그래?"

정식은 고개를 끄덕였다. 파리가 다시 날아왔다. 이번에는 물수건의 귀퉁이만 잡고 파리가 접시 가까이 오길 기다렸다. 너, 오늘 초상날인 줄 알아라. 파리가 착륙을 하려는 찰나에 물수건으로 후려갈겼다. 파리가 용케 피해서 날아갔는지, 죽어서 어디 다른 곳에 떨어졌는지 보이지 않는다.

"일단 은행에 넣어둘까? 외화예금에 넣어두면 되잖아. 오만 원짜리는 둘이 한 뭉치씩 나눠 갖고."

"생각해 봐라. 우리 같은 놈들이 천 달러짜리를 그렇게 많이 갖고 가면 은행에서 실눈뜨고……."

"그럼 도대체 어떻게 할 생각이냐?"

광표가 사사건건 반대를 하자 정식이 짜증난 얼굴로 물었다.

"지금은 그것이 중요한 것이 아냐. 돈을 버린 사람이 나타날지 모르니까 증거를 없애려면 돈을 안전하게 숨기는 것이 먼저라구."

"언젠가 텔레비에 나온 것처럼 땅에 묻어 둘까?"

"맞아, 일단 땅에 묻어두자. 시골 우리 집 뒤안에 묻어두면 금고보다 더 안전해. 일단 묻어두고 상황을 지켜보자."

"좋은 생각이다. 거긴 감쪽같을 거야."

광표가 반짝이는 눈으로 정식을 바라보며 엄지손가락을 흔들어 보였다. 정식의 집에는 고등학교 다닐 때 여러 번 가 봤다. 뒤뜰이 제법 넓어서 상치며 오이며 가지 같은 것을 키우다 가을이면 김장 채소를 가꾸는 텃밭이 있다. 다른 사람들은 들어오지 못하는 담장 안에 있으니까 안전할 것이다.

"오늘은 술을 마셨으니까 운전을 할 수 없잖아."

"다른 일로 가는 것도 아니고 음주로 걸리면 큰일 나지."

광표가 큰일 날 소리 하지도 말라는 얼굴로 손사래를 치면서 물러나 앉았다.

"내일 아침 일찍 출발하는 거로 하고, 오늘은 이왕 시동 걸린 김에, 노래방에나 갈까?"

"좋지. 마누라도 없는데 도우미도 부를까?"

광표는 갑자기 이십 년은 젊어진 기분이 들었다. 정식이 은근하게 속삭이는 말에 소리 없이 웃으며 물었다.

"아! 돈 쓸 일이 또 생각났다. 오늘 도우미에게 팁으로 한 이십만 원씩 주자. 직원들하고 노래방 갈 때마다 노래방 도우미들이 불쌍하다는 생각이 들었었거든."

"까짓거, 그까짓 이십만 원 노래방 주인한테 카드 할인해 달라고 하지 뭐."

정식이 유쾌하게 웃으며 광표의 어깨를 쳤다. 광표는 씩 웃으며 노래방이 있는 쪽으로 걸었다.

주택가를 벗어난 산 밑에는 공장처럼 보이는 건물이 서 있다. 건물 뒤로는 야산이고 앞으로는 동네가 한눈에 보이는 지점이다. 조립식 패널로 지은 건물 벽의 "대일도매주류'라는 글씨는 비바람에 시달려 검은색이 회색으로 변했다. 문 앞에는 1톤이며 2.5톤 탑트럭이 각각 한 대씩 주차해있다. 그 옆으로 햇살에 번쩍번쩍 빛을 발하고 있는 검은색 벤츠도 있었다.

주류창고 안에서 가끔 남녀의 비명소리가 날카롭게 흘러나왔다. 울타리에 철조망이 쳐져 있는 데다 주변에 인가가 없었다. 비명은 금방 바람에 흩어져 날아갔다. 비명이 잦아들면 뒷산에서 콩새들이 떠드는 소리가 조용히 바람을 흔들었다.

검은색 에쿠스 한 대가 빠르게 주류창고를 향해 달려갔다. 에쿠스는 마당 구석으로 들어가서 멈췄다. 운전석과 조수석이 동시에 열리면서 건장한 남자 두 명이 빠르게 내렸다. 그들은 지체하지 않고 문 앞으로 뛰어갔다.

주류창고 안에는 맥주며 소주, 양주 등의 술 박스와 음료수들이 쌓여 있었다. 지게차도 한 대 주차되어 있다. 구석에 있는 사무실 앞에 대여섯 명의 건장한 남자들이 모여 있었다. 그들은 시체처럼 널브러져 있는 신병태와 서향미를 바라보고 있다가 고개를 돌렸다.

"형님, 집구석을 이 잡듯이 뒤져봤습니다."

보통 사람들 같으면 얼굴을 찡그리거나 고개를 돌릴 만도 하다. 짱구와 창세는 신병태와 서향미를 본체만체하고 하익수 앞으로 갔다. 하익수는 의자에 앉아서 위스키를 홀짝거리고 있는 중이다. 짱구가 긴장한 얼굴로 보고했다.

"혀, 형님, 미, 믿어 주십시오."

축 늘어져 있던 신병태가 퉁퉁 부은 입술을 달싹거렸다.

"저 새끼 아직 살았냐?"

하익수의 말이 떨어지자마자 부하 중 한 명이 신병태의 복부를 내갈겼다. 신병태는 비명과 함께 축 늘어졌다.

사람 돌겠군…….

하익수는 눈을 감았다. 신병태로부터 돈 가방을 실수로 버렸다는, 벌써 돈 가방을 누군가 채갔다는 보고를 받았을 때부터 이건 꿈이다. 절대 현실이 아니라고 골백번도 더 중얼거렸지만 엄연한 현실이다.

"형님, 혹시 자원센터 사장 놈이 챙긴 것이 아닐까요?"

짱구가 조심스럽게 입을 열었다.

"그놈 만나봤냐?"

하익수가 털끝만 한 희망이라도 걸어 보자는 표정으로 물었다.

"병태가 그놈하고 대판 싸웠다고 해서 만나보지는 않았습니다."

"저 새끼가 뭐라고 하던데?"

"박스 쪼가리를 주워 간 노파한테 산 파지들을 주인 놈이 그냥 파지 더미에 섞어 버렸답니다. 원래 늙은이들이 파지 주워오면 무게만 달고 곧바로 섞어 버린다고……."

72

"캄온."

하익수가 더 이상 짱구의 말을 들어 볼 필요가 없다는 얼굴로 중지 손가락을 까닥거렸다.

"아, 알겠습니다."

짱구는 이내 자신이 실수했다는 것을 알았다. 말 잘 듣는 강아지처럼 하익수 앞으로 달려갔다. 하익수 앞에 멈추기도 전에 구둣발이 날아와 아랫배를 올려붙였다. 뒤로 벌렁 나자빠질 정도로 충격은 아니다. 그런데도 그는 고통스러운 얼굴로 나동그라졌다. 짱구는 하익수의 시선이 와 닿기 전에 오뚝이처럼 벌떡 일어나서 부동자세를 취했다.

"병태하고 저년 일으켜."

하익수의 말이 떨어지기 전에 부하들이 신병태에게 달려들었다. 일부는 서향미를 일으켜 앉혔다. 축 늘어진 서향미의 스커트 사이로 팬티가 드러났지만, 누구 하나 관심을 두지 않았다. 그들은 정신을 차리라고 신병태와 서향미의 얼굴을 두들기고 어깨를 흔들었다.

"고개 들어."

신병태는 하익수가 뭐라고 하는지 들리지 않았다. 고개를 축 늘어트리고 간신히 시선을 틀어 서향미를 곁눈질했다. 얼굴만 멀쩡하지 팔이며 허벅지 등 군데군데 시퍼렇게 멍이 들어 있다. 재수가 더럽게 없는 년이다. 돈 가방 심부름을 하고 한몫 잡은 다음에 동거하자고 했더니, 이왕 살림 합칠 바에 당장 합치는 것이 좋다며 따라 들어와서 떡이 되도록 얻어맞았다.

"야, 이 새꺄. 고개 들라잖아."

부하 한 명이 신병태의 머리카락을 움켜잡아 당겼다.

"내 말 똑똑히 들어. 노파가 빌라에서 박스를 갖고 간 시간이 분명 아침 일곱 시쯤이라고 했지?"

"네, 트, 틀림없습니다."

"짱구 내 말 잘 들어. 너 지금 창세하고 같이 저 새끼 사는 동성빌라에 가서 잠복하고 있어."

하익수는 대책 없이 앉아 있는 것보다 100% 중에서 1%라도 가능성이 있으면 시도를 해 봐야 한다고 생각했다. 돈이 들어 있는 가방은 플라스틱 재질로 된 중국어 교재 가방이다. 동성빌라에 사는 사람 중에 중국어를 배울 생각으로 가방을 들고 갔을지도 모를 일이다. 짱구를 날카롭게 노려보며 지시를 했다.

"알겠습니다. 야, 가자."

"아! 차는 업소에 두고 택시를 타고 가라. 내 말 무슨 뜻인지 알겠지."

"넷, 명심하겠습니다."

짱구는 짤막하게 대답하고 돌아섰다. 하익수한테 맞을 때는 별로 아프지 않던 아랫배에서 뒤늦게 묵직하게 통증이 일어난다. 창세가 보는 앞에서 쪽팔리게 배를 문지를 수가 없었다. 일부러 잔기침을 하며 밖으로 나갔다.

정식은 택시에서 내렸다. 온종일 마신 술에 비틀거리는 걸음으로 아파트 단지로 들어섰다. 걸음을 멈추고 805호가 있는 지점을 바라봤다. 불이 환하게 켜져 있다. 고개를 갸웃거리며 휴대폰을 꺼냈다. 12시가 넘은 시간이다. 이 시간까지 잠을 안 자고 기다릴 아내가 아니다. 재민이 놈이 와서 기다리고 있나? 놈이 하는 짓을 봐서 못 이기는 척 아파트 대출을 해 줄 생각을 하니까 기분이 좋았다.

어?

정식은 문이 잠겨있는 줄 알았다. 주머니에서 열쇠를 꺼내 구멍에 넣는데 스르르 문이 열린다. 이상하다고 생각하며 안으로 들어갔다. 커피점 창업 문제로 와 있을 것 같은 재민이 부부는 보이지 않았다. 소파에 앉아서 텔레비전을 보고 있는 아내에게서 찬 바람이 쌩쌩 불고 있다.

"여기가 어디라고 감히 끄대 들어 와!"

정식이 비틀거리며 신발을 벗고 있을 때다. 정식의 아내 금옥이 쌩하니 안방으로 들어갔다. 정식은 아내가 안방 문을 잠글 줄 알고 피식 웃었다. 그것도 잠깐 이내 아내가 여행용 캐리어를 끌고 나왔다.

"뭐야!"

"보면 몰라? 네 놈 옷가방이니까 그거 갖고 노래방 그년한테 가서 살아."

"노, 노래방 그년이라니?"

"그걸 왜 나한테 물어. 삼십만 원씩이나 카드 결제한 인간이 더 잘 알 텐데. 어서 나가!"

금옥은 살이 떨려서 참을 수가 없었다. 캐리어를 끌고 현관문 앞으로 갔다. 문을 열어 재끼고 캐리어를 복도로 밀어 버렸다.

"흥, 후회할 텐데……."

정식은 아파트 대출을 해 주겠다는 생각이 싹 가시는 것을 느꼈다. 벗으려던 구두를 다시 신으면서 실실 웃었다.

"후회? 내가 이혼 안 해줄까 봐 노래방 도우미 불러서 그 짓을 했구 먼. 꼴도 보기 싫으니까 어서 나가 이 인간아."

금옥이 악을 쓰며 정식의 등을 떠밀었다. 술 취한 정식이 힘없이 밖으로 떠밀려 나가자 이내 현관문을 잠가버렸다.

허! 기가 막힌 신의 한 수군.

정식은 캐리어를 일으켜 세웠다. 굳게 닫혀 있는 문을 바라봤다. 아내가 왜 화를 내는지 알 것 같았다. 노래방에서 도우미를 불렀다. 광표의 제안대로 삼십만 원을 주인한테 카드깡 했을 때 아내의 휴대 폰에도 결제명세가 떴을 것이다. 일부러 아내가 보라고 노래방 상호 로 결제를 한 것은 아니다. 너무 좋아서 아무 생각 없이 결제를 했다. 지금 생각해 보니 잘 된 것 같았다. 마침 광표도 혼자 있으니 거기로 가면 된다고 생각하며 엘리베이터 앞으로 갔다.

밤이 깊어서 일까. 얼굴을 부드럽게 쓰다듬던 바람이 제법 무거워 졌다. 하지만 마음은 홀가분했다. 아내와의 인연은 여기까지일 것이 다. 그렇지 않으면 카드사용 명세가 아내 휴대폰으로 전송된다는 것 을 알면서도 도우미 비용을 결제하지는 않았을 것이다. 도우미 비용 을 결제한 것은 실수지만 운명이라고 생각하니 쓸쓸하기는 했다. 그 러나 후회하고 싶지는 않았다.

거리를 질주하는 차들은 많지만 좀처럼 빈 택시는 오지 않았다. 광표가 잠들었는지 모른다. 광표도 꼭지가 돌도록 취했다. 잠이 들면 쉽게 일어나지 않을 것이다. 잠을 자더라도 문을 따 놓고 자라고 해야 할 것 같아서 전화를 걸었다.

광표는 좀처럼 전화를 받지 않았다. 잠들었을 확률이 높지만 포기하기 싫어서 계속 신호를 보내고 있는데 택시가 왔다.

정식은 택시에 올라타서 다시 전화를 했다. 광표는 곯아떨어졌는지 신호만 웽웽거린다. 이 상황에서 문을 두들겨 봐야 문을 열어줄지, 말자는 미지수다. 모텔에서 자고 내일 아침 일찍 일어나 전화를 걸어 만나는 수밖에 없을 것 같았다.

5

구로동 신림천을 끼고 있는 4차선 도로다. 인도 쪽으로는 대형화물차들이 1차선 도로를 점령하고 있었다. 가끔 승용차 드문드문 서있는 가로등 불빛을 징검다리 삼아 질주를 했다. 25톤 트럭과 15톤 트럭 사이에 검은색 승용차 한 대가 주차되어 있었다.

승용차 안에는 두 명의 남자가 앉아 있었다. 운전석에는 늦은 밤인데도 긴장한 얼굴로 하익수가 앉아 있었다. 그는 가끔 룸미러로 뒷자리에 앉은 배두철을 흘끔거렸다. 뒷자리가 캄캄해서 얼굴은 보이지 않는다. 반대차선에서 달려오는 차량의 라이트 불빛이 차 안을 훑고 지나갈 때도 얼핏 윤곽만 보일 뿐이다.

"긴말 필요 없어. 내가 목숨을 담보로 사흘 시간을 연장했어. 네 놈업소를 파는 한이 있더라도 그 돈은 모레까지…… 정확히 화요일 밤 10시까지 이 자리로 가져와야 될 거야."

"명심하겠습니다."

"더 이상 날 실망시켜 주지 않는 것이 좋을 거야."

배두철이 문손잡이를 잡았다. 하익수가 재빠르게 내려서 문을 열어줬다. 차에서 내리는 배두철의 몸에서 감히 근접할 수 없는 카리스마가 물씬 풍긴다. 얼른 뒤로 물러서서 부동자세로 섰다.

배두철이 도로 쪽으로 걸어갔다. 검은색 승용차 한 대가 부드러운 엔진소리와 함께 다가왔다. 배두철 앞에서 차를 세운 운전사가 뛰어내렸다. 하익수는 배두철이 탄 승용차가 보이지 않을 때까지 서 있었다.

사람 돌겠군.

아직 열두 시가 넘지 않았으니 넉넉잡아서 72시간이 남았다. 차라리 한강에 빠진 바늘 찾기가 쉽다. 흔적도 없이 사라진 돈 가방을 찾을 생각을 하니 답답했다. 진흙으로 가슴 안에 착착 이겨 놓은 것 같은 답답한 심정은 분노로 변했다.

배두철의 성격으로 볼 때 약속한 시각까지 돈을 준비해 놓지 않으면 주류도매상은 물론이고, 나이트클럽 '오아시스'까지 손을 떼라고 협박을 할 것이다.

하익수는 차에 올라탔다. 주머니에서 스마트키를 꺼내 시동을 걸까 하다가 그냥 핸들을 잡았다. 핸들을 잡은 손에 지그시 힘이 들어갔다. 신림동에 있는 나이트클럽 '오아시스'는 지금 한참 영업 중일 것이다.

똥 밟아도 분수가 있지.

어젯밤에만 해도 좋았다. 오아시스 나이트클럽 VIP룸에서 새파랗게 젊은 21살짜리 여자 두 명을 양쪽에 끼고 술을 마셨었다. 일주일 전에 배두철은 천 달러짜리로 이백만 달러를 환전해 달라고 했다. 명동 달러 아줌마들 사이에서 백 달러짜리는 흔하다. 천 달러짜리로 구하기 힘들어서 심복 몇 명이 발품을 팔아서 백팔십만 달러를 만드는데 그쳤다. 남은 돈은 오만 원 뭉치 그대로 가방에 담았다.

생선회를 쳐도 부족할 손님 놈이, 가짜 양주를 판다는 제보 전화를 세무서며 구청, 심지어 경찰서까지 마구 돌리지 않았어도 지금쯤 몰디브 바닷가 야자수 나무 그늘 해먹에 누워 코코넛 주스를 마시고 있었을 것이다.

"30분 후다!"

관할 경찰서 정보과에서 급하게 전화가 온 것은 손님들이 피크를 이룰 밤 10시쯤이다. 구청하고 형사들만 오는 것이 아니고 세무서까지 온다는 말에 직원들을 불렀다. 가짜 양주를 모두 비밀 창고로 옮기라고 지시했다. 카드영수증도 감추고, 매입 매출 전표도 감추다 금고 안에 있는 돈 가방이 생각났다.

일이 안 되려고 작심을 했는지 때마침 신병태가 들어왔다. 신병태가 혼자 살고 있다는 것이 떠올라서 돈 가방을 내밀었다.

"너, 빌라에 혼자 살지? 이 돈 가방 집에 숨겨났다가 내일 3시까지 들고나와라."

"왜, 왜요?"

"시팔, 어떤 새끼가 가짜 양주 판다고 코발랐다."

"도, 돈 가방이면 얼마나 들었어요?"

"이십억 원이 넘는다는 것만 알아 둬. 지금 바로 택시 타고 집으로 가."

신병태에게 한가하게 전은 이렇고 후는 이렇다 설명할 여유가 없었다. 무조건 신병태에게 돈 가방을 안겨주고 등을 떠밀었다.

밤이 깊어도 경찰서 건물의 창문에는 드문드문 불이 환하게 켜져 있다.

1층에 있는 수사과 사무실에도 불이 환하게 켜져 있다. 당직 형사는 모니터를 응시하며 빠르게 키보드를 치고 있었다. 키보드를 두들기는 소리가 단조롭게 흘러 다니다 조사실 문 앞에서 멈췄다.

조사실 안에서 형광등 불빛을 받는 서향미의 얼굴은 멀쩡해 보였다. 개처럼 얻어맞은 흔적은 찾아볼 수가 없었다. 하지만 눈을 자세히 보면 겁에 질려서 떨고 있다는 것을 알 수 있다.

노중평은 일회용 컵에 탄 커피를 내밀었다.

서향미가 양손으로 커피잔을 천천히 감쌌다. 다섯 평 정도 되어 보이는 사무실에는 아무런 장식이 없다. 구석에 정수기가 보였다. 생수통 위에는 커피믹스통이 있다. 식당처럼 넓은 탁자와 의자 몇 개가 있을 뿐이다. 노 형사라고 자신을 소개한 형사의 뒷면에는 대형거울이 붙어 있다. 고개를 들면 상반신이 보였다. 얼굴을 들어서 슬쩍 옆모습을 살폈다. 그년 팔아먹어야 하니까 얼굴에는 기스 내지 마. 주류창고에 끌려갔을 때 하익수가 내뱉던 말이 끔찍하게 떠올랐다.

너, 이 새끼 피박 뒤집어쓴 줄 알면 틀림없을 거다.

서향미는 이를 지그시 악물고 뒤로 시선을 돌렸다. 들어올 때는 몰랐지만 문이 철문이다. 밖에서는 분명 나무문이었다. 서향미는 무언지 알 수 없는 중압감 같은 것이 밀려오는 것을 느끼며 커피를 홀짝 마셨다. 믹스커피 맛이 달지도 쓰지도 않고 밋밋하다.

"병원에 입원해야 되는 거 아닙니까?"

노중평은 일단 서향미를 안심시키는 것이 중요하다고 생각했다. 룸살롱에서 일을 했으면 담배를 피울지도 모른다. 주머니에서 담배를 꺼내서 피울 생각이 있느냐는 표정으로 내밀었다.

"겨, 견딜 만은 해요…….."

서향미는 자신도 모르게 뒤를 돌아다봤다. 굳게 닫힌 철문에서 냉기가 뿜어 나오는 것 같은 느낌이 들었다. 커피잔을 들었다. 입술만 축이고 내려놓았다.

"고향이 원래 서울입니까?"

"아, 아니에요. 수원에서 학교 다녔어요."

"대학을?"

"이, 일 학년 다니다 그만두었어요."

서향미는 눈물이 솟구쳤다. 룸살롱에 다니는 선배의 꼬임만 아니었다면, 지금쯤 대학을 졸업하고 회사에 다니고 있었을 것이다. 겨울 방학 동안만 일하면 3년 등록금은 충분히 벌 수 있다는 말에 넘어가서 인생 종친 걸 생각하면 눈물이 멈추지 않았다.

"진정해요. 지나는 것은 생각하지 말고 앞으로 잘 살 생각하면 됩니다. 누구나 젊었을 때는 실수하기 마련이니까…….."

노중평은 화장지를 찾아 두리번거렸다. 화장지가 보이지 않았다. 서향미가 눈치채지 못하게 오른손을 들어 신호를 보냈다.

노크 소리와 함께 노중평의 파트너 최성준이 화장지통을 들고 들어왔다.

　노중평은 최성준에게 나가 있으라고 눈짓을 보냈다. 화장지 몇 장을 뜯어서 서향미 손에 쥐여 주었다.

　"틀림없이 간첩들이에요. 간첩이 아니라면 달러를 그렇게 많이 갖고 있지 않았을 거예요."

　서향미는 화장지로 눈물을 닦았다. 콧물까지 닦고 목이 잔뜩 잠긴 목소리로 말했다.

　"요즈음 간첩들은 달러를 가지고 다니지 않습니다. 하지만 특별한 목적이 있으면 갖고 있을 수도 있을 겁니다. 그러니까 분명히 그 뭡니까? 중국어 교재라고 쓰여 있는 가방 안에 천 달러짜리 달러가 가득 들어 있었다는 겁니까?"

　"제 눈으로 직접 보지는 못했어요. 하지만 제 귀로 분명히 들었어요. 가방 안에는 천 달러짜리 뭉치가 열여덟 개하고, 오만 원짜리 뭉치가 두 뭉치 들어 있다고 열 번도 더 말했어요."

　"가만, 천 달러짜리 한 뭉치라면?"

　"그놈들 말로 한 뭉치가 십만 달러라고 했어요. 제 생각에는 한 뭉치가 천 달러짜리 백 장을 말하는 거 같아요. 그러니까 십만 달러 아닌가요? 물 좀 주시겠어요?"

　"아, 물요."

　노중평은 얼른 일어나 정수기 물을 받아서 내밀었다. 의자에 앉으면서 수첩에 천 달러짜리 18뭉치라고 썼다.

　"오만 원짜리는 두 뭉치 일억이라고 했어요. 오백만 원짜리 열 개씩 묶은 거 두 뭉치라는 뜻이겠죠. 그쵸?"

"오만 원짜리 두 뭉치에 일억이면 그렇겠네요. 그 돈이 중국어 교재 가방에 들어 있었단 말이죠?"

"네, 제가 그 가방을 빌라 뒤에 있는 쓰레기장에 버렸거든요."

"그 가방이 이렇게 생겼습니까?"

노중평이 스마트폰으로 중고 사이트에서 검색한 사진을 내밀었다.

"네, 이것하고 똑같이 생겼는데 색깔이 어두운 브라운색이었어요."

"어두운 브라운색이라면 갈색?"

노중평이 수첩에 메모를 하면서 긴장한 얼굴로 물었다.

"네…… 저는 가방 안에 책하고 중국어 테이프 같은 것이 들어 있는 줄 알았어요. 무게가 묵직하더라구요."

서향미가 얼굴을 찡그리며 무거운 가방을 드는 흉내를 내보였다.

"신병태 씨가 중국어 공부를 할 만한 성격인가요? 이를테면 평소에 책을 좋아하는 성격이라든지, 중국에 가서 사업을 하고 싶다는 말을 한 적이 있습니까?"

"그…… 그 인간을 알게 된 것은 두 달밖에 안 됐어요."

서향미는 두 번 다시 신병태를 만날 생각은 없었다. 식은 커피를 홀짝거리고 이가 갈리는 목소리로 말했다.

"어떻게 알게 됐습니까? 업소 단골손님입니까?"

"우리 업소에 자주 오더라구요. 수금하러 오는 것 같았어요. 그놈들이 제가 근무하던 업소에 술과 음료를 대주고 있었거든요……."

"신병태하고 끌려간 곳이 대일주류라고 써 있는 창고라고 했죠?"

"네. 산 밑에 있는 건물이에요. 술이며 음료수 같은 것이 잔뜩 쌓여 있더라구요. 사무실도 있었어요. 거기서 놈들이 저를 개 패듯 팼다구요. 솔직히 제가 그 가방 안에 돈이 들어 있는지, 쓰레기가 들어 있는지 알게 뭐에요. 안 그래요?"

서향미는 또 눈물이 났다. 까맣게 잊고 있던 몸 여기저기가 쑤시고 저리고 아프지 않은 곳이 없었다.

광표는 핸드폰이 들썩거릴 정도로 울리는 소리에 눈을 떴다. 창문 유리를 하얗게 비추는 햇살을 보니까 시간이 제법 된 것 같았다.

"어제 얼마나 퍼마셨기에 전화를 몇 번이나 했는데도 안 받아."

아내가 대뜸 핀잔부터 퍼부었다. 세탁기에 빨래 넣어놨는데 돌리고 있느냐고 물었다.

"알았어. 지금이라도 하면 될 거 아냐?"

광표는 신혼 때부터 고생하는 아내의 심기를 건드리지 않으려고 노력했다. 그 시절에는 여고를 졸업한 여자가 이름도 없는 자동차 부품 회사에 다니는 가난한 월급쟁이에게 시집을 왔다는 것만으로 충분히 대우를 받아야 한다고 생각했었다. 아내의 말에 순종하며 살다 보니 집안에서 큰 소리 날 이유도 없었다. 몸은 좀 고단하지만, 맘은 편했다. 거실을 비추고 있는 햇볕을 보니 시간이 제법 됐을 것이라고 생각하며 일어났다.

휴대폰을 보니까 정식으로부터 전화가 20여 통이 더 와 있다. 정식이하고는 아침에 만나기로 했다. 그런데도 전화를 스무 번이나 넘게 한 것을 보면 급한 일이 생긴 것 같았다. 바쁘게 뒷베란다로 뛰어갔다. 세탁기 전원 스위치를 눌렀다. 세탁기 돌아가는 소리를 들으며 정식이 전화번호를 눌렀다.

정식이도 늦잠을 자는지 전화를 받지 않았다. 소파에 앉아서 습관처럼 텔레비전을 켰다. 일요일이라서 가족 대항 노래자랑을 하고 있다. 건성으로 화면을 바라보며 다시 정식의 전화번호를 눌렀다.

"여기 모텔이라고. 씻고 갈 테니까 기다려."

"모텔은 왜?"

"왜긴 쫓겨났지. 하여튼 이따 봐."

정식이 졸린 목소리로 전화를 끊었다. 세탁기 돌아가는 소리가 유난히 크게 귓전을 울린다. 기분이 이상했다. 뭔가 잊어버린 것이 있는 것 같기도 하고, 꼭 해야 할 무엇을 하지 않은 기분이 들기도 했다. 고개를 갸웃거리는데 전화벨이 울렸다.

"돈 가방은 잘 있지?"

"도, 돈 가방!"

정식이 목소리가 들리는 순간 광표는 베란다로 뛰어갔다. 물이 가득 찬 세탁기가 거칠게 돌아가고 있었다. 전원 스위치를 힘껏 눌렀다. 오래된 세탁기라 쉽게 꺼지지 않는다. 급한 대로 전원을 뽑아 버렸다. 그때서야 세탁기는 가르르! 거리는 거친 숨소리와 함께 멈췄다.

세탁기 뚜껑을 열고 빨랫속을 헤집어 가방을 끄집어냈다. 다행이다. 가방은 닫혀 있었다. 가방을 거실로 들고 가는데 물이 줄줄 흐른다. 거실에 퍼질러 앉아서 가방을 열었다. 예상대로 돈뭉치는 물걸레가 되기 일보 직전이었다. 오 만 원짜리 중에서 한 다발을 꺼냈다. 펼쳐 보니 다행히 안에 있는 돈은 젖지 않았다.

"뭐야! 광표야! 광표야!"

휴대폰에서 정식이 목이 터져라. 부르는 소리가 들렸다.

"괜찮아. 마누라가 빨래하라는 전화가 왔지 뭐냐. 잠결에 세탁기를 돌렸지만, 돈은 무사하다."

"저, 정말 돈은 무사한 거지?"

"물에 젖기는 했지만 무사해. 그러니 빨리 와. 벌써 열 시가 넘었다."

"아, 알았어. 여기 네가 사는 아파트 근처니까 지금 바로 달려갈게."

광표는 전화를 끊고 돈다발을 모두 꺼냈다. 가방이 찢어질 것처럼 풀어졌다. 자세히 보니 재질이 플라스틱이 아니고 니스칠을 한 종이다. 가방을 책 크기로 착착 접어서 쓰레기봉지 안에 쑤셔 넣었다.

가만있어 보자.

광표는 쓰레기 봉지 안에 쑤셔 넣은 가방을 다시 꺼냈다. 그것을 신문지로 쌌다. 다기 검은색 비닐봉지에 넣어서 쓰레기봉지 안에 집어넣었다. 그 위에 음식물쓰레기를 집어넣었으면 안성맞춤이다. 어제 쓰레기를 모두 버린 뒤라서 쓰레기들이 없다. 신문지를 대충 구겨서 비닐봉지 위쪽을 채웠다.

거실에 유성기업 카렌다를 찢어서 쭉 깔았다. 그 위에 돈다발을 늘어놓았다. 돈다발을 쭉 늘어놓으니까 누군가 보고 있을지 모른다는 두려움이 밀려왔다. 얼른 베란다 쪽 문 커튼을 쳤다. 이게 모두 돈이란 말이지? 소파에 앉아서 돈을 내려다봤다. 달러는 돈처럼 보이지 않지만 오만 원짜리 다발은 돈처럼 보였다. 하지만 이것이 모두 내 돈이라는 점은 실감이 나지 않았다.

가만있어 보자. 시골 다녀오려면 경비가 있어야 하잖아.

오만 원짜리 다발 중에서 스무 장을 뺐다. 지갑에 넣은 백만 원도 내 돈이라는 생각이 들지 않았다. 회사에서 무슨 행사 때 사용할 공금 같다는 느낌이 더 강했다.

정식이 여행용 캐리어를 끌고 들어왔다. 광표는 캐리어를 보고 놀라서 할 말을 잃어버렸다. 정식은 거실 바닥에 널려 있는 돈다발을 보고 놀랐다. 주춤 뒤로 물러서서 침만 꿀꺽꿀꺽 삼켰다.

"아…… 아침은 먹었냐?"

"너 같으면 이 돈을 보고 밥이 목구멍에 넘어 들어가겠냐?"

"근데 가방은 뭐냐?"

"곡절을 야기하자면 길다. 마누라하고 이참에 산뜻하게 찢어질란다. 커피 같은 거 없냐? 목이 타서 견딜 수가 없다."

"목이 타면 물을 마셔야지."

광표는 냉장고에서 생수를 꺼내서 정식에게 내밀었다. 텔레비전에서는 70대 노인 부부가 성주풀이를 부르고 있다. 에라! 만수…… 에라, 대신이야! 소파에 앉아서 걱정된다는 얼굴로 정식을 바라봤다.

"우선 이 돈부터 챙기자. 돈 가방처럼 보이면 안 되니까 쓰레기봉투 좀 가져와 봐라."

정식이 서두르는 말에 광표가 말없이 20L짜리 쓰레기봉투를 찾아서 내밀었다. 정식은 돈다발을 쓰레기봉투에 담았다.

"돈은 쓰레기봉투에 들어가도 돈이구나."

광표의 말에 정식은 긴장한 얼굴로 소리 없이 웃으며 캐리어를 열었다. 캐리어 안에는 엉덩이 부분이 거미줄처럼 헤진 팬티에 양말까지 들어 있었다. 정식이 헤진 팬티를 입고 다녔을 것을 생각하니까 기분이 짠해졌다.

"똥이 묻어도 돈은 돈이다."

"너, 진짜 쫓겨났구나."

광표는 정식의 농담을 거들고 싶은 기분이 아니다. 다 헤진 팬티와 양말까지 싸서 보냈다면 정식의 아내가 더 이상 보지 않겠다는 것과 다름없을 것 같았다.

"진짜 쫓겨난 것이 아니고, 진짜 이혼할 거다. 그 여자 이 돈이 있는 줄 알면 잘못했다고 두 손 싹싹 빌며 눈물콧물 날리겠지."

정식은 캐리어 안에 있는 낡은 팬티며 양말, 러닝셔츠, 속내의 같은 것을 끄집어냈다. 그 자리에 돈다발이 들어 있는 쓰레기봉투를 채웠다.

"시간 없다. 출발하자."

"일요일이라 내려가는 차는 밀리지 않겠지?"

광표는 서둘러 옷을 갈아입었다. 세탁기 따위는 하얗게 잊어버렸다. 2012년에 중고로 구입 한 무쏘 키를 찾아 들었다.

"잠깐, 너 무쏘 끌고 갈 생각이냐?"

광표의 무쏘는 1996년산이다. 정식은 광표가 무쏘를 구입할 때만해도 20만 킬로 이상 탄 차였다는 걸 떠올리며 물었다.

"왜?"

"요즘 장거리 뛰어 본 적 있냐?"

"아무리 똥차지만 부산까지는 충분히 갈 수 있어."

"고속도로에서 퍼지면 큰일 난다."

"보험 들어 났잖아. 퍼지면 긴급 서비스 신청하면 된다구."

"왠지 불안한데……."

"마누라 차는 서비스 센터에 가 있어. 여편네가 주차하다가 다른 사람 차를 박아 버렸다구."

광표 말에 정식은 할 말 없다는 얼굴로 캐리어를 챙겨 들고 신발을 신었다. 무쏘는 자주 이용하지 않아서 빌라 옆에 세워 두고 있었다. 무쏘 앞으로 가다 쓰레기 하치장에서 파지를 정리하는 노파를 발견했다. 노파에게 다가가서 만 원짜리 한 장을 내밀었다.

"할머니 이것으로 맛있는 거 사드세요."

"웬 돈을 준다? 난 공짜는 싫은데…

파지를 줍는 노파는 한사코 돈을 받으려 하지 않았다. 광표가 노파의 재킷 주머니에 억지로 돈을 넣어 주고 무쏘가 있는 곳으로 갔다.

"파지 할머니에게 용돈 주는 것도 돈 많으면 해 보고 싶은 일이냐?"

정식이 트렁크 안에 캐리어를 실으면서 물었다.

"너는 파지를 줍는 할머니들 보면 어머니 생각 안 나냐?"

"나는 어머니가 살아 계셔서 그 정도까지는 아니다."

"우리 어머니는 평생 일만 하시다 돌아가셨다. 아마, 하늘나라에서도 일하고 계실 거다."

광표는 유리창 밖으로 하늘을 바라봤다. 햇빛에 눈이 부시다. 어머니 얼굴이 떠오르면서 눈물이 났다.

B동 203호는 조용했다.

창세는 베란다 앞에 의자를 갖다 놓고 끄덕끄덕 졸면서 가끔 마당을 오가는 사람들을 살폈다. 아침을 컵라면으로 먹은 짱구는 소파에 편하게 누워 자고 있다. 텔레비전에서는 영화가 방영되고 있었다.

짱구의 휴대폰이 울리는 소리가 들렸다. 창세는 새벽부터 앉아 있었더니 허리가 뻐근했다. 우거지상으로 인상을 쓰면서 일어나 거실로 들어갔다.

"형님, 형님 전화 왔습니다."

짱구는 창세가 흔들어 깨우는 기척에 눈을 떴다. 휴대폰이 징징 울고 있다. 하익수의 이름이 떠 있는 것이 설핏 보였다. 스프링처럼 튕겨 일어나 전화를 받았다.

"왜 이제 전화 받아?"

"네, 저……."

"너, 이 새끼 설마 여태 자고 있었던 거 아냐?"

"아, 아닙니다. 차, 창세하고 베란다에 앉아 있었습니다. 저, 전화는 깜박 잊고 거실에 두고……."

짱구는 천부당만부당하다는 표정으로 고개를 살래살래 흔들었다.

"수상해 보이는 놈은 없었냐?"

"계속 마당을 살피고 있었는데 돈 가방을 들고 나가는 놈은 못 봤습니다."

짱구가 창세를 바라보며 내 말이 맞지? 라는 표정을 지어 보였다. 창세가 짱구의 말이 맞는다는 얼굴로 고개를 끄덕거렸다.

"하여튼 눈알에 쥐가 나도록 지켜 봐. 조금만 수상해 보이는 놈들이 있으면 즉시 전화하고……."

하익수는 일방적으로 전화를 끊었다. 짱구는 목이 말랐다. 뭘 처먹고 사는 놈이 냉장고에 먹을 것이라고는 술안주밖에 없다. 그 흔한 김치도 없다. 컵라면을 먹었더니 잊을 만하면 갈증이 일어난다.

"수상해 보이는 놈들은 없었지?"

짱구가 캔맥주를 홀짝이며 창세를 노려봤다.

"돈 가방처럼 보이는 걸 들고 나가는 놈들은 안 보였습니다."

창세가 베란다 의자에 앉으며 대답했다.

"야, 임마. 꼭 돈 가방뿐만 아니라, 그 뭐야. 쇼핑백 같은 걸 들고 나가는 놈도 있는지 살펴봤어야지."

짱구는 백날 지키고 있어 봤자 헛일이라고 생각했다. 쓰레기장에 버린 돈 가방을 누군가 주워 갈 확률은 백에 1%도 안 될 것이다. 설령 돈 가방을 주워서 집으로 갖고 갔다고 하더라도, 하익수의 말대로 돈 가방을 들고 밖으로 나가는 팔푼이는 없을 것이다. 그렇다고 상황이 종결될 때까지 술타령만 하고 있을 수는 없다. 지켜보는 시늉이라도 하고 있으려니까 은근히 화가 났다.

"쇼핑백을 들고 나가는 사람은 못 봤습니다. 캐리어 같은 걸 무쏘에 싣고 나가는 남자들을 보기는 했지만 요따만한 것이 아니고…"

동성빌라 B동은 북향이라 햇볕이 따가웠다. 블라인드를 내리고 빨래집게로 밖이 보일 정도로 틈을 벌려 놓기는 했지만 더워서 땀이 났다. 창세가 이마의 땀을 문지르며 혼잣말로 중얼거렸다.

"요, 요따만한 것이 아니라니?"

캔맥주를 마시면서 리모컨으로 채널을 돌리고 있던 짱구가 벌떡 일어서서 창세를 노려봤다.

"대충 이만한 겁니다. 무쏘 차에 싣고 가던데요?"

창세가 대수롭지 않다는 얼굴로 일어서다. 손가락으로 캐리어 크기를 그렸다.

"왜, 나한테 보고 안 했어?"

짱구는 예감이 안 좋았다. 금방이라도 창세를 후려갈겨 버릴 표정으로 물었다.

"제가, 장담하는데 절대로 돈 가방처럼은 안 보였습니다. 진짭니다."

창세는 뭔가 잘못했을 것이라고 생각하며 바짝 긴장했다. 이럴 때는 박박 우겨야 덜 맞는다는 생각에 단호하게 말했다.

"네놈이 캐리어 안을 확인해 봤어?"

"아, 아닙니다. 그냥 구경만 했습니다."

"그때가 몇 시쯤야?"

"하, 한 시간 정도 지났습니다."

"사람 돌겠군."

짱구는 창세를 후려갈길 수도 없고, 참으려니까 가슴이 터져 나가

버릴 것 같았다. 불끈 쥔 주먹을 흔들어 보이며 이를 바드득 갈았다.

"제, 제가 틀림없이 봤습니다. 그냥 어디 여행 좀 가는 사람들처럼 보였다니까요."

"너, 내 말 똑똑히 들어. 너 큰형님 앞에서는 캐리어에 대해서 입도 뻥긋하지 마. 알겠어?"

"네, 알겠습니다."

"만약, 큰 형님 귀에 캐리어 들고 가는 놈들 그냥 보냈다는 말이 들어가면 우린 죽은 목숨들이라고……."

짱구는 창세를 노려보다가 차임벨이 울리는 소리에 말을 멈췄다. 중지로 입술을 막으며 창세에게 조용히 하라고 속삭였다.

"반장이에요. 문 좀 열어주세요."

차임벨이 다시 울렸다. 짱구와 창세는 긴장한 얼굴로 숨을 멈추고 현관문을 바라봤다.

"안에 계신 거 알아요. 어서 문 좀 열어주세요."

차임벨 소리와 함께 다시 여자의 목소리가 들려왔다. 짱구가 하는 수 없다는 얼굴로 창세에게 눈짓을 보냈다.

"뭐, 뭡니까?"

창세가 인터폰 모니터 앞으로 갔다. 낡은 건물이라 화면이 뜨지 않는다. 현관문의 잠금쇠를 풀고 뒤로 물러섰다.

"실례하겠습니다. 경찰입니다."

문이 열리면서 사십 대로 보이는 여자와 남자 두 명이 나타났다. 짱구는 남자들을 보는 순간 짭새들이구나! 하는 생각에 바짝 긴장한 얼굴로 바라봤다.

"신병태 씨?"

노중평이 B동 반장과 창세를 번갈아 바라봤다.

"처…… 처음 보시는 분들이에요."

B동 반장이 두려움에 뒷걸음치며 고개를 흔들었다.

"신병태 씨는 어디 갔습니까?"

노중평이 거실 안을 둘러보며 물었다. 최성준은 말없이 반장에게 그만 가보시라는 눈짓을 보냈다. 긴장한 얼굴로 서 있던 반장이 기다렸다는 얼굴로 얼른 돌아섰다. 빌라 안으로 들어가서 문을 잠갔다.

"왜, 그러십니까?"

창세가 쩔쩔매는 것을 보고 짱구가 다가가서 물었다.

"신병태 씨하고 어떤 관계십니까?"

노중평은 짱구가 묻는 말에 대답을 하지 않았다. 여전히 거실 안을 살펴보며 물었다.

"치, 친굽니다."

"신병태 씨는 어디 갔습니까?"

"모, 몸이 안 좋아서 병원에 있습니다."

"어느 병원에 있습니까?"

노중평은 짱구와 창세가 의심스러웠다. 서 있는 자세나 옷 입은 스타일이 조폭 똘마니다. 짱구보다 한 수 아래로 보이는 창세를 노려보며 물었다.

"그, 글쎄요. 벼, 병원에 입원했습니다."

창세는 신병태가 병원에 입원했다는 말은 금시초문이다. 하지만 짱구가 병원에 입원했다고 하니 밀고 나가는 수밖에 없었다.

"친구가 병원에 입원했는데 어느 병원에 입원해 있는지 모른다. 주민등록증 좀 봅시다."

노중평은 뒤에 서 있는 최성준에게 눈짓을 보냈다. 최성준이 휴대폰을 꺼내 들고 짱구 앞으로 갔다.

"신분증은 왜요?"

짱구가 상황이 엿같이 흘러간다고 생각하며 볼이 멘 표정으로 물었다.

"서에 가서 조사받을래?"

노중평은 가늘게 웃었다. 조직의 똘마니들처럼 보여서 가소롭다는 얼굴로 짱구를 노려봤다.

"주, 주민등록증은 없고, 며, 면허증은 있습니다."

창세가 얼른 주머니에서 지갑을 꺼냈다. 면허증을 꺼내서 노중평에게 내밀었다.

"너는?"

요즘 국민들은 경찰 알기를 우습게 안다. 신분증 좀 보자면 경찰 신분증부터 보자고 큰소리친다. 뒤가 구리다거나 법을 등지고 사는 조폭 같은 놈은 일단 꼬리를 내린다. 노중평은 대뜸 짱구를 쏘아봤다.

"아, 잘못한 것도 없는데 왜 그러십니까?"

짱구가 하는 수 없다는 얼굴로 주민등록증을 내밀었다.

"김상구?"

최성준이 짱구의 주민등록증을 확인했다.

"거…… 거기 적혀 있잖아요. 김상구라고?"

짱구의 목소리가 흔들렸다. 최성준은 보나 마나 전과가 있을 것이고 생각하며 휴대폰으로 본서에 전화를 걸어 조회를 의뢰했다.

"신병태는 어디 갔어? 잠수 탔냐?"

"자, 잠수를 타다니요?"

"프로끼리 왜 이래?"

노중평은 짱구가 돈 가방과 관련이 있을 것이라고 예측했다. B동 반장이 제대로 찍어줬다고 생각하며 차갑게 웃었다.

"무슨 말씀을 하시는지 모르겠네. 우린 아무 죄 없어요. 병태가 잠깐 집 좀 봐 달라고 해서 와 있는 거라구요."

"좀 들어가자."

노중평은 일부러 거칠게 짱구의 가슴을 밀었다. 놀란 창세는 노중평이 떠밀기 전에 안으로 들어가서 소파 옆에 착 멈췄다.

"김상구! 주인 허락 없이 남의 집에 함부로 들어오면 주거침입죄인데?"

"절도 미수로 엮어 줄까?"

최성준이 휴대폰을 주머니에 집어넣으며 끼어들었다. 짱구는 폭력으로 형을 살지는 않았지만 경찰서는 자주 들락거린 폭력범이다. 이런 놈들은 강하게 나가야 고개를 숙인다. 바지 뒷주머니에서 수갑을 꺼내 들고 노중평 앞으로 나섰다.

"저, 절도미수라뇨?"

"주인 없는 집에 왜 들어왔어? 뭐 뚜룩칠 거 있는지 찾아보고 있던 거잖아."

척하면 삼척이다. 노중평은 최성준의 의도를 눈치챘다. 그는 창세의 얼굴 표정을 살피며 다그쳤다.

"절도라니? 생사람 잡지 마슈."

짱구가 어이없다는 표정으로 말했다.

"대낮에 주인 없는 집에 낮털이하면 특수절도라는 거 알지?"

노중평은 일부러 짱구는 상대하지 않았다. 당황한 기색이 역력한 창세만 다그쳤다.

"생사람 잡지 말아요. 벼, 병태한테 말하고 와 있는 겁니다. 병태 전화 바꿔줘요?"

창세가 짱구의 눈치를 살피며 휴대폰을 꺼내 들었다.

"나 바꿔줘 봐."

노중평은 회심의 미소를 지으며 팔짱을 꼈다. 창세가 전화번호를 눌렀다. 신호가 가는지 눈을 끔벅끔벅거린다.

"아! 여보세요. 벼, 병태냐?"

"짱구냐? 너 마침 전화 잘 왔다. 정미 그 쌍년이 토꼈다……."

창세가 신병태와 통화를 하고 있을 때다. 노중평이 재빠르게 휴대폰을 낚아챘다. 당황한 창세가 도로 휴대폰을 빼앗으려고 손을 뻗었다. 최성준이 그보다 빠르게 차단을 했다.

"정미가 토꼈다고?"

"당신 누구야?"

"돈 가방 찾으러 온 사람이지. 돈 가방 어디 있어? 신병태네 놈이 돈 가방 감췄다는 거 다 알고 있어?"

"이 썅! 어떤 상판대기냐?"

"창세가 그러는데 네 놈이 돈 가방을 가로챘다든데?"

"창세?"

신병태의 놀란 목소리가 노중평 귀로 파고들었다.

"그래, 창세가 다 불었다. 네놈이 돈 가방을 가로챘다고."

"그 새끼 좀 바꿔 봐. 돈 가방 때문에 개작살 나는 걸 보고도 개소리를 한단 말이지?"

"만나서 얘기하자. 거기 어디냐?"

노중평은 신병태가 묻는 말에 대답하지 않고 넘겨짚었다. 서향미의 말이 사실로 드러나는 순간 저절로 주먹이 쥐어졌다. 오랜만에 큰 거 한 건 하게 생겼군. 이십억 원이 넘는 돈 가방이다. 더구나 거의 달러다. 폭력 전과가 있는 놈들이 잃어버린 돈 가방을 찾으려고 혈안이 되어 있다. 백 프로 거대 범죄가 벌어지고 있다는 증거다.

"당신 도대체 누구야?

신병태의 목소리에 긴장이 팽팽하게 묻어 있었다.

노중평은 일방적으로 전화를 끊었다. 승자가 패자를 바라보는 시선으로 짱구를 슬쩍 바라봤다. 답답한 쪽은 신병태다. 너무 조여 놓으면 놈이 그물 밖으로 빠져나갈 수가 있다. 두 놈을 족치면 신병태의 소재를 파악하는 것은 식은 죽 먹기다.

"어떡할래?"

"뭐…… 뭘 어떡합니까?"

짱구가 찔끔한 얼굴로 반문했다. 병원에 입원해 있는 신병태가 가만히 있지 않고 득달같이 하익수에게 보고를 할 것이다.

"너, 선수끼리 자꾸 헛소리 지껄일래?"

최성준이 날카롭게 내뱉으며 냉장고 앞으로 갔다. 냉장고 문을 열었다. 소주며 맥주만 가득하고 김치나, 무슨 반찬 같은 건 보이지 않는다. 정상적으로 생활을 하는 놈들이 아니라는 점을 단적으로 보여주고 있는 증거다. 캔맥주 한 개를 꺼냈다. 뚜껑을 따서 거품이 입 밖으로 흘러나오도록 마셨다.

"형님, 우린 아무것도 모릅니다."

짱구는 버텨봤자 경찰서 끌려가는 일만 생긴다고 판단했다. 이럴 때는 꼬랑지 감추고 살살 기는 것이 최고다. 하익수에게 떡이 되도록 얻어맞는 것은 나중 문제라는 생각에 슬그머니 목소리를 낮췄다.

"짜식, 언제 봤다고 형님이냐? 의리 찾다가 개박살 나는 놈 한두 번 봤는지 아냐?"

노중평은 강력계 형사 생활 20년이다. 씩 웃는 얼굴로 짱구의 어깨를 툭툭 쳤다. 놈은 의리보다 실리를 선택했다. 적당히 겁을 주면 돈 가방에 대해서 앵무새처럼 노래를 부를 것이다.

일요일이라 고속도로 하행선은 한가했다.

광표는 서울만남휴게소며 기흥휴게소는 그냥 지나쳤다. 안성휴게소가 2km 남았다는 이정표를 확인하는데 식욕이 밀려왔다. 차선을 3차로로 이동하면서 정식을 바라봤다. 정식이 말없이 오른손으로 무언가 먹는 흉내를 냈다.

"안성휴게소 해장국 유명하지."

"한우국밥이지?"

광표가 4차로로 접어들며 물었다. 앞에는 대형탑차가 느릿하게 달리고 있다. 휴게소까지는 1km 남았다. 추월할 생각을 않고 느긋하게 달렸다.

"원래 옛날에는 안성 우시장이 대단했잖아."

"옥천도 우시장이 컸지?"

"그래, 우리 학교 다닐 때만 해도 우시장에 가보면 컴컴한 새벽부터 해장국을 팔았잖아. 소 잡뼈를 우린 국물에 선지 넣은 거."

"나도 아버지 따라 송아지 팔러 갔다가 선지해장국 한번 먹어봤다. 진짜 맛있데. 결혼하고 그 맛이 생각나서 미영이 엄마하고 그 식당으로 갔었거든."

정식은 우울하게 웃었다. 아버지는 소를 좋아했다. 처음으로 송아지를 사신 날 흥분하여 잠을 이루지 못하셨다. 그것도 잠깐, 동생이 중학교를 가야 했고, 고등학교 입학금 때문에 송아지를 팔았다. 아버지는 그 후에도 소를 기르고 싶었지만 어찌 된 일인지 소와 인연이 닿지 않았다. 논밭을 갈 일이 생길 때는 이웃에서 소를 빌려서 부렸다. 그때마다 가을 농사 끝나면 송아지를 사겠다며 노래를 불렀지만, 결국 소를 입식하지 못했다.

"우시장 없어진 지 한참 됐잖아."

"맞아. 우시장 자리에 연립주택이 들어서 있드라. 식당이 있던 자리는 이층집인데 철물점이드만."

"우시장을 옮겨서 그래. 우시장을 옮기면 장이 죽는다고 하더라. 영동에서 우시장이 근방에서 가장 컸는데 우시장을 폐쇄하면서 장이 죽었잖아."

"그런 걸 보면 풍수를 전혀 믿지 않을 수 없어. 원래 옛날에 우시장을 세울 때는 풍수지리상 돈이 모이는 자리라잖아."

안성휴게소 주차장은 일요일이라도 한산했다. 광표는 식당가 건물 앞쪽으로 차를 몰고 갔다.

"가만있어 봐. 돈 가방은 어쩌지?"

광표가 시동을 껐다. 차 키를 빼는데 정식이 광표의 팔을 잡으며 긴장한 얼굴로 바라봤다.

"돈 가방?"

광표는 까맣게 잊고 있었다는 얼굴로 뒷자리를 바라봤다. 정식의 캐리어 안에 돈이 들어 있다. 그럴 리야 없지만, 누군가 캐리어를 들고 튄다면 20억 원이 날아가는 것이다.

"문 잠그고 가니까 괜찮겠지?"

"아냐, 고속도로 휴게소에서 도난사건이 자주 일어난다고 하더라. 차털이 전문범들은 차문을 잠가놔도 3초면 연다고 하드라."

"그럼 캐리어를 끌고 가야겠네."

"그러는 것이 낫겠지."

"돈을 몇십억씩 가지고 다니는 사람은 밥이나 똑바로 먹을까?"

광표가 어깨를 주무르면서 혼잣말로 중얼거렸다.

"돈 많은 놈들한테는 돈이 돈으로 보이겠냐?"

"아냐, 돈 많은 사람일수록 돈에 대해서 더 지독하게 군다구. 재산이 이백억 원이 넘는 자치단체 시장이 핸드폰 요금 십만 원을 공금으로 썼다가 발각됐잖아."

"하긴 어떤 서울시장 후보는 재산이 몇백억인데 의료보험 연체를 했잖아. 우리처럼 월급쟁이들만 대출 이자가 연체되는 한이 있더라도 꼬박꼬박 납부를 하지. 돈 많은 놈은 세금 내면 바보 소리 듣는다고 하드라."

정식은 화장실부터 가고 싶었다. 캐리어를 끌고 들어가야 하나 마나 갈등을 하면서 광표를 바라봤다.

"나부터 다녀올게."

광표는 정식이 왜 자신을 바라보는지 알 것 같았다. 빠른 걸음으로 화장실 안으로 들어갔다. 가만있어 봐. 돈은 정식이네 텃밭에 묻는다고 쳐. 정식이는 집을 나왔고…… 오줌을 갈기며 출입문 쪽을 바라봤다. 정식이 캐리어 손잡이를 잡고 주차장을 향해 서 있다. 정식의 인간성을 믿지 않는 것은 아니다. 그러나 돈을 믿어서는 안 된다는 생각이 들면서 정식이 갑자기 낯설어 보였다.

"교대?"

정식은 화장실에서 나오는 광표에게 웃어 보이며 캐리어를 맡겼다.

"살다 보니까 교대로 오줌도 누네……."

광표는 웃으며 말은 했지만, 마음은 심란했다. 사람의 속은 모른다. 서울에서 오면서 정식에게 들어 보니 이혼은 규정 사실이다. 이혼을 하면 지금보다 영혼이 자유로울 것이다. 돈을 갖고 잠적하지 말라는 법은 없다. 캐리어를 바라봤다. 캐리어 안에 이십억 원이 넘는 돈이 있다. 옆을 오가는 사람들 어느 누구도 캐리어를 유심히 보는 이가 없었다. 그런데도 곁눈질로 캐리어를 노려보고 있는 것 같은 느낌이 들었다.

"가자."

정식이 물 묻는 손을 바지에 닦으며 나와서 앞장을 섰다.

광표는 캐리어를 끌고 정식을 따라서 푸드코트 안으로 들어갔다. 테이블에 앉아 있는 사람들 대부분 한우국밥을 먹고 있었다.

"참, 돈이 필요할 것 같아서 백만 원 뺐다."

광표가 지갑 안을 들여다보다가 갑자기 생각났다는 얼굴로 정식을 바라봤다.

"백만 원만 뺐어?"

정식은 이상하게 기분이 안 좋았다. 광표가 돈 가방을 줍기는 했지만, 소유는 공동이다. 단돈 오만 원을 빼더라도 먼저 상의를 하는 것이 옳다는 생각이 들었다.

"필요하면 이따 차 안에서 더 빼. 어차피 너 돈 없잖아."

"일단 밥부터 먹자."

정식은 광표의 말이 기분 나쁘게 들렸다. 마치 제가 돈 주인처럼 구는 걸로 들려서 굳은 얼굴로 메뉴판을 바라봤다.

광표는 한우국밥을 주문했다. 주문번호가 뜨길 기다리며 무심코 정식을 바라봤다. 생각에 잠겨 있는 정식의 얼굴이 굳어 있다. 막상 이혼을 하려니까 마음이 혼란스러울 것이다.

"왜? 제수씨 때문에 맘이 안 좋냐?"

정식의 얼굴은 한우국밥이 나왔을 때도 펴지지 않았다. 광표가 정식의 눈치를 살피며 물었다.

"마누라하고는 찢어지기로 이미 결심을 했잖아."

"그럼 무슨 걱정 있냐? 재민이 때문에?"

"이참에 확실히 짚고 넘어가자."

정식이 광표의 눈을 똑바로 바라보며 말했다.

"뭘?"

"돈은 우리 둘 소유가 맞지."

"야, 그걸 말이라고 하냐? 다, 당연히 우리 둘 거지."

"그럼, 앞으로는 돈을 쓸 때는 꼭 둘이 상의를 해서 쓰는 걸로 하자."

"너, 내가 백만 원 뺀 거 때문에 기분 상했냐?"

광표가 수저를 내려놓으며 어이가 없다는 표정으로 물었다. 정식에게 말을 하지 않고 돈을 뺀 것은 잘못이라면 잘못일 수도 있다. 하지만 경비가 필요해서 뺀 것이고, 나중에 정식에게 말하려고 했다. 그런 걸 가지고 화가 나 있다면 뭔가 꿍꿍이셈이 있을 것이라는 생각이 들어서 입맛이 달아나 버렸다.

"기분 상한 것은 아니지만 좀 그렇잖아."

정식이도 지금 팔자 좋게 국밥이나 먹을 때가 아니라는 생각에 수저를 내려놓았다.

"그래, 너한테 말 안하고 돈 뺀 건 내가 미안하다. 하지만 내가 나

혼자 쓰려고 뺀 것은 아니잖아. 너도 카드 빼놓으면 돈이 없잖아. 노래방비 카드로 결제한 것 때문에 제수씨한테 쫓겨났으면서 또 카드 쓸 수는 없잖아. 그렇다고 내가 돈이 있는 것도 아니고."

"내 말은 앞으로는 돈을 쓸 때는 둘이 상의를 해서 쓰자는 거지. 어서 밥이나 먹자."

정식은 광표의 말을 듣고 나니까 슬그머니 자신이 너무 오버했나 하는 생각이 들었다. 수저를 드는 것에 그치지 않고 김치 접시를 광표 앞으로 밀었다.

"그런데 너 집에는 언제 갈 생각이냐?"

광표가 정식이 오해를 풀었다고 생각하며 물었다.

"무슨 말야?"

정식이 국밥을 한 수저 가득 떠서 들고 물었다.

"제수씨하고 이혼하려면 법원에서 서류도 꾸미고 해야잖아."

"우리나라 법치국간 줄 몰랐어? 당연히 이혼서류를 제출해야, 법적으로 남남이 되는 거지. 변호사 통할 생각야."

"너, 정말 이혼할 생각이구나?"

광표가 젓가락으로 국밥 건더기를 건져 먹으면서 정식을 바라봤다. 정식은 결혼 35년 차다. 은행에 다닐 때는 사모님 소리 들으며 살았지만, IMF로 명예퇴직을 한 후에 고생길로 접어들었다. 하나밖에 없는 아들 결혼시키고 부부끼리 알콩달콩 살 나이다. 황혼이혼을 염두에 두고 있는 정식의 일이 남 일처럼 느껴지지 않았다.

"너도 생각 잘해 봐. 우린 정말 개처럼 살아왔잖아. 우리가 앞으로 살면 얼마나 더 살겠어. 남은 인생이라도 사람답게 살아 보자는 거지."

"아까 서울에서 올 때는 네가 너무 흥분한 거 같아서 말을 안 했지만 잘 생각해 봐. 이혼이 쉬운 게 아니잖아."

"나도 깊게 생각해 봤어. 하지만 이건 분명히 아냐. 요즘 애들은 고생을 안 해봐서 너무 쉽게 살려고 하는 경향이 있거든. 백날 붙잡고 앉아서 내가 고생했던 이야기라도 할라치면, 뭐? 쌀이 없으면 라면 끓여 먹으면 됐지, 뭔 신소리냐고 귀를 막아 버린다구."

"그야, 세상이 변했잖아. 요즈음 애들 다 그래. 우리 미영이도 시집가기 전에는 평생 나하고 산다고 노래를 불렀던 애잖아. 시집가고 나서는 저 아쉬운 거 없으면 전화 한 통 없다고. 그러려니 하고 사는 수밖에 없잖아."

"한마디만 물어보자. 너 중국으로 발령 난 거 제수씨한테 말했냐?"

"여행 가서 재밌게 지내는 여자한테 재 뿌릴 일 있냐?"

광표는 대수롭지 않다는 표정으로 말하기는 했지만, 은근히 걱정이 됐다. 중국어 한마디도 모르는데 중국으로 발령을 낸다는 것은 그만두라는 말과 다름없다. 아내는 무조건 중국으로 가야 한다며 짐을 싸 줄 것이다. 중국 가 봐야 견디지 못할 것이라고 버티면, 차려 준 밥상에서 밥도 못 먹는 남자하고 살지 못한다며 정식의 아내처럼 이혼청구서를 내밀지도 모른다.

"그게 너하고 나의 한계야. 알어?"

정식이 수저로 광표를 가리키며 한심하다는 표정을 지었다.

"그래, 오팔 년 개띠들의 한계겠지. 하지만 어쩌겠냐? 시대가 우릴 그렇게 살아가게 만들었는데. 하지만 난 더 그렇게 살지 않겠다."

"자식들 생각 안 하냐? 재민이도 생각해야지. 손자도 있잖아. 또 시골에 계신 어머니는 또⋯⋯."

"엄마하고 같이 살면 돼."

정식은 쓰게 웃으면서 수저를 내려놓았다. 정수가 앞으로 가서 물두 컵을 따라 양손에 들었다.

"너, 정말 제수씨하고 끝낼 생각이구나?"

"네 몫이 얼마냐?"

정식이 광표에게 물컵을 내밀며 물었다.

"그, 그야 절반은 네 돈이지?"

"그 돈만 있으면 그동안 엄마에게 불효했던 거 어느 정도 보상을 해 드릴 수 있겠지."

정식이 쟁반에 빈 그릇을 챙기면서 혼잣말로 중얼거렸다.

"부럽다."

광표가 자신도 모르게 중얼거렸다.

"너도 생각 잘 해. 꼭 이혼하라는 말은 아니지만 나이 육십이면 인생을 관조 할 나이도 됐잖아. 죽을 때까지 가족을 위해 머슴처럼 살아가든지, 나처럼 훌훌 털어버리든지⋯⋯."

광표는 식판을 들고 가는 정식의 등을 바라봤다. 정식의 성격에 이혼은 규정 사실이 될 것이다. 아내 얼굴이 떠올랐다. 미영이가 초등학교 입학 무렵 경제권을 아내에게 넘겨줬다. 그 시기는 동생들에게 학비를 송금해 줄 의무가 끝날 즈음이다. 아내에게 경제권을 물려주고 나서는 지금까지 용돈을 타서 쓰고 있다. 아내는 늘 쥐꼬리만한 월급으로 그나마 적자 없이 살림을 꾸려나가는 걸 고맙게 생각하라고 생색을 낸다. 그 통에 늘 용돈에 허덕이며 살았다. 지난 금요일도 지갑 안에 있는 돈을 마음속으로 헤아리며 소주를 마셨었다.

6

 광표가 운전하는 무쏘가 안성휴게소 주차장을 빠져나간 지 2시간 정도 지났다. 검은색 카니발이 매끄럽게 주차장으로 진입했다. 카니발이 정차하자마자 노중평이 뛰쳐나왔다.

 노중평은 주차장 바닥보다 높은 벤치에 올라갔다. 주차장에는 승용차가 1백여 대 주차되어 있다. 최성준도 노중평 옆에 있는 벤치로 올라가서 무쏘가 주차되어 있는지 찾아봤다.

 "형님, 저쪽에 무쏘가 있습니다."

 최성준이 화장실 앞에 주차된 무쏘를 손짓했다. 노중평은 최성준의 말이 떨어지기 무섭게 무쏘가 있는 곳으로 향했다.

 최성준은 벤치에서 내려가기 전에 대형 트럭 옆에 있는 무쏘를 또 발견했다. 노중평과 반대 방향에 있는 무쏘를 향해 바쁘게 걸어갔다.

 노중평은 무쏘가 광표의 차가 아니라는 걸 확인하고 최성준을 바라봤다. 멀리 최성준이 팔을 들어 올려 엑스 자를 그으며 다가온다. 이왕 휴게소에 들어온 김에 커피나 마셔야겠다는 생각으로 커피점 앞으로 갔다.

"분명히 여기로 들어왔지?"

노중평이 테이크아웃 커피잔을 최성준에게 내밀며 물었다.

"고속도로 통제센터에서 확인했잖아요."

짱구의 말에 의하면 캐리어를 끄는 남자 둘이 무쏘를 타고 나갔다는 것이다. 반장에게 물어보니까 무쏘 주인은 정광태라는 회사원이다. 빌라 근처의 CC카메라로 무쏘의 차량번호와 동선을 확인했다. 정광태는 유성기업이라는 자동차 부품 제조업체 차장으로 근무를 하고 있다. 동행한 남자는 신원을 확인할 수가 없다.

"답답하네, 부산까지 가는 거 아냐?"

"최소한 두 시간 거리 안에 있는 휴게소는 들리지 않을 겁니다."

"여기서 두 시간 거리 휴게소가 어디지?"

노중평은 의자에 앉아서 커피잔을 테이블에 내려놓았다. 요즘은 서울은 물론이고 웬만한 도시며, 도로에 CC카메라가 거미줄처럼 깔려 있다. 덕분에 세계 최고의 치안을 자랑하기는 하지만 전 국민은 권력기관의 감시를 받고 있다. 그러나 범죄 피의자를 추적하는 데는 획기적인 효과가 있다.

"청원쯤 될 테니까…… 죽암휴게소네요."

최성준이 휴대폰으로 검색을 하고 나서 대답했다.

"그쪽은 도로공사 대전지사 쪽 관리잖아."

노중평은 서둘러야겠다고 생각하며 빠르게 카니발이 있는 쪽을 향해 걷기 시작했다.

서울에서 옥천까지 고속도로 통행료는 8,900원이다. 광표가 요금 정산소 직원에게 5만 원짜리를 내밀었다.

"아줌마, 잔돈은 퇴근할 때 치킨 한 마리 사 갖고 가세요."

정식이 광표에게 그냥 가자는 표정을 지어 보였다. 광표가 고개를 끄덕이자 정산소 직원에게 큰 소리로 말했다.

"어머!"

광표는 기분 좋게 요금정산소 앞을 통과했다. 광표도 온종일 매연을 마시면서도 마스크를 착용하지 않는 정산소 직원에게 가끔 껌이나, 과일 같은 것을 내민 적이 있었다.

"기분 좋다. 너는 안 그러냐?"

"사람들이 이래서 봉사를 하는구나, 라는 생각이 들 정도로 기분이 좋다."

광표는 대형 할인점 앞에서 차를 세웠다. 정식이 왜 그러냐는 표정으로 광표를 바라봤다.

"오랜만에 가는데 뭣 좀 사 가야지. 어머니 뭐 좋아하시지."

"모르는 사이도 아닌데 사긴 뭘 사? 그냥 가."

"아냐, 그래도 그게 아니지."

광표는 무쏘에서 내려 마트 안으로 들어갔다. 정식의 어머니는 80세가 넘었다. 적당히 무엇을 사야 할지 생각이 나지 않았다.

"엄마 커피 좋아하니까 커피 믹스나 사 가자."

정식이 뒤늦게 들어가서 커피 판매대 쪽으로 갔다.

"집에 가서 뭐라고 말씀드릴래?"

광표가 먼저 무쏘에 올라탔다. 정식이 올라타기를 기다렸다가 물었다.

"며칠 쉬러 왔다고 하지 뭐."

"제수씨는?"

"놀러 갔다고 할까? 외국으로?"

"제수씨가 어머님께 전화하지 않을까?"

"난 전화를 하지 않는 쪽에 백만 원 건다. 너는?"

정식은 쓰게 웃었다. 아내의 성격으로 볼 때 최소한 오늘은 전화를 하지 않을 것이다. 월요일쯤에 법원 앞에서 만나자고 큰소리칠지도 모른다. 이미 마음의 결정을 내렸으니까 미룰 필요도 없다. 원하는 날에 만나서 도장을 찍어주면 될 것이다.

정식의 집은 옥천읍내에서 금산 쪽으로 20분 정도 차를 몰고 가야 한다. 도로는 오른쪽으로는 산이고, 왼쪽으로는 하천이 이어지고 있다. 산 너머로 4차선 도로가 생기기 전만 해도 금산에서 옥천을 오가는 차량들로 붐비던 도로가 지금은 농로처럼 한가하다. 가랑비라도 내린다면 드라이브하기 딱 좋을 만큼 오가는 차량도 없었다.

광표는 창유리로 파고드는 햇살이 눈에 부셔서 선글라스를 썼다. 정식의 집에 도착하면, 정식의 어머니 모르게 뒤꼍 땅을 파야 한다. 돈을 묻고 나서 무엇을 할지 아직 결정을 안 했다. 정식의 집이 가까워질수록 돈을 묻은 다음에 어떻게 처신을 하는 것이 현명한지 고민이 되기 시작했다.

설마, 돈을 들고 튀지는 않겠지.

정식을 슬쩍 바라봤다. 무슨 생각을 하는지, 아니면 잠을 자는지 모르지만, 머리를 눈을 감은 채 의자에 머리를 기대고 있다. 고등학교 다닐 때 특별히 친하게 지내지는 않았다. 학교를 졸업하던 해에 은행에 입행을 할 정도로 공부를 잘해서 많은 애들이 친해지고 싶어 할 정도로 모범생이다. 정식의 집에 가본 것은 여러 명이 무전여행을 가기로 한 전날 밤이다. 정식의 어머니가 차려 준 감자밥을 맛있게 먹고, 늦은 밤에 수박 서리를 같이 하게 된 것을 계기로 가끔 어울리던 사이가 됐다.

정식이와 매달 한두 번씩 만나게 된 것은 정식이가 치킨 가게를 말아 먹은 후, 지금 다니고 있는 채권회수회사에 근무를 하면서부터다. 그때는 다니고 있던 회사도 하루가 다르게 발전하고 있을 무렵이기도 하다. 잘 나가던 정식은 소줏값을 아껴야 할 때고, 과장으로 승진해서 아내 모르는 비상금을 짬짬이 꺼내 쓸 때이기도 했다.

사람과 사람의 관계는 남녀를 떠나서 자주 만나면 정이 들게 마련이다. 다른 동창들과 다르게 자주 만나다 보니, 속 깊은 이야기도 주고받게 된다. 여자들은 친하게 되면 남편과 잠자리 문제도 주고받는다고 하는데, 그 정도는 아니지만, 집안의 소소한 일들도 공유하게 되면서 정도 깊게 들었다. 어느 때는 연인이라도 되는 것처럼 만난 지 일주일도 안 돼서 사무치게 보고 싶어 전화를 걸 때도 있다.

그저께 금요일 만났을 때만 해도 정식을 의심한다는 것은 꿈도 꾸지 못할 일이다. 지금도 정식을 믿는 마음은 변하지 말아야 한다. 정식이 캐리어를 들고나온 것도 지독한 우연이다. 금요일 헤어질 때만 해도 이혼을 심각하게 생각하고 있지 않았다. 노래방에 가서 도우미 비용을 카드로 계산하지 않았다면 아내와 티격태격 싸우기는 했지만 쫓겨나지는 않았을 것이다.

산자락 끝으로 귀촌리 들어가는 길이 보였다. 새마을 운동 때 시멘트로 포장했던 길에는 아스팔트가 깔려 있었다.

동네 어귀에는 백 년은 넘게 살았음 직한 느티나무가 있었다. 광표는 내 고향에 온 것처럼 느티나무가 반갑게 다가왔다. 다른 동네도 그렇듯 느티나무 그늘에는 나무로 만든 아담한 정자가 차지하고 있었다. 봄이기는 하지만 노인들이 바깥에서 놀기에는 추운 날이라 정자에는 한해 묵은 낙엽들만 뒹굴고 있었다.

정식의 어머니가 사는 집은 정식이 아버지가 살았을 때 지은 양옥집이다. 집을 지을 때만 해도 동네에서 제일 잘 지은 집이었다. 지금은 시멘트가 떨어져 나가고 페인트가 벗겨져서 시골 동네에서 흔히 볼 수 있는 낡은 양옥이 되었다.

"복돌아!"

정식이 마당으로 들어서면서 복돌이를 불렀다. 셰퍼드 잡종인 복돌이가 제 집 앞에 누워 있다 벌떡 일어섰다. 꼬리를 빠르게 흔들며 정식이를 반겼다. 정식의 어머니는 보이지 않았다.

"어머니는 또 복돌이 목 끈을 풀어주셨네……."

정식은 안채 기척을 살피며 복돌이 목걸이를 잡아서 목 끈 고리에 걸었다.

"개가 순해 보이는데?"

"개는 순하지만, 동네에 돌아다니는 거 안 좋잖아."

"시골인데 어때?"

"복돌이도 개띠다. 개띠 해에 태어났거든."

정식은 어머니가 동네 회관이나 친구 집에 놀러 갔을 것이라고 생각하며 괭이와 삽을 챙겨 들었다.

"우리하고 동갑네."

광표가 정식의 캐리어를 끌고 뒤꼍으로 따라갔다.

"그런 셈이지……."

정식은 걸음을 멈추고 텃밭을 살폈다. 고등학교 다닐 때도, 초등학교 다닐 때도 뒷밭에서는 봄이면 상추나 쑥갓이 자라고 있었다. 오십 평쯤 되는 텃밭에는 지금도 상추와 파, 오이와 가지 모종 등이 자라고 있었다. 담 쪽으로는 오래된 감나무가 서 있다. 감꽃이 매달려 있는 감나무 낮은 가지에는 비닐이 펄럭이고 있다.

광표는 감나무 밑이 적당할 것 같았다. 감나무 밑으로 가서 정식에게 여기가 어떠냐고 물었다. 정식이 말없이 괭이로 땅을 파기 시작했다. 봄비를 적당히 맞은 땅은 잘 파졌다.

"잠깐."

정식이 헛간을 뒤져서 빈 비료 포대를 찾아 왔다. 아직은 축축한 돈다발을 비료 포대에 넣었다. 공기가 들어가지 않도록 플라스틱 끈으로 칭칭 동여매기 시작했다.

"당분간 돈을 캐지 않을 거잖아. 그럼 돈이 좀 필요할 거잖아."

"맞아, 그 생각을 못 했지?"

정식이 비료 포대를 묶었던 끈을 다시 풀기 시작했다.

"어느 정도 필요할까?"

광표가 삽을 땅바닥에 눕혀 놓고 앉으며 물었다.

"이 돈을 언제쯤 꺼낼 생각인데?"

"최소한 몇 개월은 묻어 둬야 하지 않을까? 우리나라 돈이라면 어디다 쓰든 상관없지만, 천 달러짜리는 잘못 사용하면 소문이 날 수 있잖아."

"일단 언제 엄마가 올지 모르니까 그건 나중에 상의하기로 하고, 한 오백만 원 꺼낼까?"

"그러자."

광표의 말이 끝나기 무섭게 정식이 비료 포대를 벌렸다. 5만 원 뭉치에서 500만 원짜리 한 다발을 꺼내 광표에게 내밀었다. 광표는 보는 이가 없는데도 자신도 모르게 주변을 날카롭게 훑으며 돈다발을 품 안에 넣었다.

"가만있어 봐. 그러지 말고 오만 원짜리는 우리가 보관하는 것이 좋을 거 같다. 달러는 당장 사용할 수 없지만 오만 원짜리는 언제든 사용할 수 있잖아."

정식이 비료 포대의 주둥이를 오므리려다 말고 광표를 바라봤다. 광표는 말없이 고개를 끄덕였다. 정식이 비료 포대 주둥이를 열고 5만 원짜리 다발 뭉치를 모두 꺼냈다. 도둑질을 하는 것처럼 가슴을 조이며 사방을 두리번거렸다. 돈뭉치를 감나무 옆에 내려놓았다. 백만 원이 빠지는 일억 원이라는 거금이 감나무 옆에 있으니까 돈처럼 보이지 않았다. 배추나 고추 모종을 담는 포토를 쌓아 놓은 것 같기도 하고, 찬합을 보자기로 싸 놓은 것 같기도 했다.

"이건 가방에 두고 올 테니 어서 땅 파고 있어."

"너무 깊이 팔 필요는 없잖아?"

"그렇지. 나중에 꺼낼 때만 힘들어. 누가 감나무 밑에 돈뭉치가 묻혀 있다는 걸 알겠어?"

"유비무환이라고 돈을 꺼내는 시기가 오래 걸릴지도 모르잖아. 다른 비닐로 한 번 더 싸매는 것이 좋을 것 같은데……."

광표가 괭이로 땅을 찍었다. 세상은 산골 동네라서 바람 소리만 한가하게 들릴 뿐이다. 봄기운이 축축하게 스며들어 있는 땅으로 괭이가 쉽게 박혔다. 양손으로 돈다발을 들고 가는 정식의 등을 바라보며 말했다.

"그게 좋을 것 같다."

정식은 돈다발을 캐리어 안에 들어 있는 러닝셔츠로 잘 쌌다. 깊숙이 숨겨두고 헛간으로 들어갔다. 고추밭이며 콩밭에 고구마를 심으려면 비닐이 있어야 한다. 개똥도 약에 쓰려면 없다고 오늘따라 흔한 비닐이 보이지 않는다.

"그거 어디서 났어?"

정식은 빈손으로 뒤꼍으로 갔다. 광표가 똘똘 뭉친 비료 포대를 다른 비닐로 싸고 있었다. 비닐에는 피가 말라붙은 것처럼 거무스름한 색이 묻어 있었다.

"감나무 가지에 걸려 있었잖아. 동네에서 돼지 잡냐?"

광표가 감나무를 손가락으로 가리켰다. 비닐을 만졌던 손 냄새를 맡으며 코를 찡그렸다. 돼지 비린내가 심하게 난다.

"동네 사람들끼리 가끔 돈을 걷어서 돼지를 잡아. 본격적으로 농사철이 시작되니까 한 마리 잡았는 모양이네. 어머니가 돼지고기를 쌌던 비닐을 다시 사용하시려고 감나무에 걸어 두셨나 보네."

정식은 잘 됐다는 얼굴로 광표를 도와서 비닐로 비료 포대를 감쌌다.

광표가 삽질을 하기 시작했다. 어느 정도 파다가 삽을 정식에게 내밀었다. 정식은 손바닥에 침부터 뱉고 삽자루를 단단히 움켜쥐고 파기 시작했다. 장딴지가 파묻힐 정도로 파니까 바위가 나왔다. 광표가 다른 곳에 묻자고 말했다. 정식은 이 정도라도 충분하다며 비료포대를 구덩이에 집어넣었다.

"땅을 판 흔적이 없게 마른 흙을 뿌려."

정식이 텃밭에서 마른 흙을 가져와서 뿌렸다. 광표도 정식을 따라서 마른 흙을 가져다 돈 포대를 묻은 흙을 덮었다.

"이쯤이면 감쪽같겠지?"

정식이 이마의 땀을 닦으며 돈 포대를 묻은 자리를 자근자근 밟았다.

"어머니 오시겠다. 얼른 마당으로 가자."

광표도 급하게 땅을 팠더니 땀이 났다. 괭이와 삽을 챙겨 들고 마당 쪽으로 향했다.

정식의 어머니 김천댁의 모습은 보이지 않았다. 정식이 현관 옆에 있는 화분 앞으로 갔다. 꽃을 피우지 못한 철쭉나무를 품고 있는 파란색 화분을 들었다. 화분 밑에 현관 키가 숨겨져 있다.

정식의 예상대로 김천댁은 멀리 출타한 것이 아니다. 햇볕이 드는 창문 앞에 텃밭에서 솎아 온 상추를 다듬던 소쿠리와 칼이 있었다. 안방에는 담요가 그대로 펼쳐져 있었다. 정식은 먼지 냄새 비슷한 어머니 냄새가 물씬 풍기는 안방에서 나갔다.

"물 마실래?"

정식이 냉장고에서 사이다병에 담겨있는 보리차를 들고 왔다.

"자주 오냐?"

광표가 물, 컵을 받으며 물었다. 벽에는 정식이 결혼식 사진이며, 돌아가신 정식이 아버지 회갑 때 찍은 것으로 보이는 가족사진, 정식의 아들인 재민이 대학 졸업사진, 결혼식 사진, 정식이 아버지 영정사진 등이 걸려 있었다.

"서울에서 걸어올 수 있는 거리도 아니잖아. 내려오면 그냥 내려오냐? 엄마 나이가 있으니까 마을회관에도 들러 봐야 하고, 엄마 친구들한테 인사도 다녀야 하고, 이삼십만 원은 우습게 깨져. 넌 어떠냐?"

"난 부모님이 모두 돌아가셨잖아. 밑에 남동생이 서울에서 다니던 회사가 부도나고 집에 내려와 포도 농사를 짓잖아. 마누라가 제사를 못 지낸다고 해서 동생이 가져갔거든. 주말에 제사가 껴 있는 날은 내려가지만, 평소에는 엄두도 못 내."

"제수씨가 제사를 왜 못 지낸데?"

"살아 계실 때 맏며느리 노릇 많이 했으니까, 돌아가시고 나서는 안 지내도 된다나 뭐라나……."

광표는 혼잣말로 중얼거리며 벽에 걸려 있는 액자들을 바라봤다.

포도농사를 짓고 있는 동생의 집에는 부모님 사진이 걸려 있지 않다. 제삿날에도 영정사진을 모시지 않는다. 동생 집 어딘가 찾아보면 영정사진이 있기는 할 것이다.

"니가 집안의 대들보다. 대들보가 무너지면 집안이 무너지는 법여."

상고를 졸업하고 군대에 다녀와서 유성기업에 취직을 했다. 첫 달 월급으로 아버지와 어머니 속옷을 한 벌씩 사고, 아버지가 좋아하시는 정종도 됫병으로 한 병 사고, 돼지고기도 몇 근 끊었다. 밥상 앞에 앉아서 무릎을 꿇고 아버지에게 청주 한 잔을 올렸다. 첫 잔을 쭉 들이키신 아버지의 말은 무쇠로 만든 멍에가 되어 도저히 벗어날 수가 없었다.

"이제, 장남으로 할 만큼 했다. 그동안 동생들 갈키고 결혼시키느라 애먹었다.

광철이가 경주로 신혼여행을 떠난 후였다. 아내가 잔치 음식으로 간단하게 술상을 차렸다. 아버지는 세 번이나 이혼한 광숙이를 딸자식으로 여기지도 않았다. 그날은 광숙이 잔에 술을 채워주셨다. 소주잔을 기울이고 장남이란 멍에를 벗겨주시는 순간 아내가 눈물을 글썽이며 고개를 숙였다. 그 모습이 너무 애처로워 보여서 남은 인생을 오직 아내를 위해 살겠다고 마음먹었다.

정식은 오랜만에 와 보는 집 여기저기를 둘러봤다. 혼자 사는 집이라 냉장고 반찬도 소박했다. 혼자 가끔 소주를 마시는지 소주가 여러 병 들어 있다. 늙으셨구나…… 곰곰이 생각해 보니 지난 추석 때도 냉장고에 소주가 있었던 것 같았다. 눈자위가 시큰거리는 것을 느끼며 전기밥통을 열어 봤다. 아침에 지은 거로 보이는 밥이 남아 있다.

"돈은 어떻게 할 생각이냐?"

"글쎄, 넌 어떻게 할 생각인데?"

광표는 아무 생각도 나지 않았다. 일단 오백만 원 다발 한 개를 방 바닥에 내려놓았다.

"서울에서 올 때도 몇 번 생각을 해 봤는데 쉽게 결정이 안 나드라."

"나도 그래. 일이 억도 아니고……."

"우리 같은 소시민들에게 누가 마음대로 쓰라고 백억 원이라도 주면 제 명에 살지도 못할 거다."

"내 말이 그 말이다."

광표는 턱을 문지르며 돈다발을 내려다봤다.

정식은 자신도 모르게 한숨을 내쉬었다. 술 한잔 생각이 간절했다. 아내는 예상했던 것처럼 전화를 하지 않는다. 아내는 재민이 말이라면 팥으로 메주를 쑨다고 해도 믿는 여자다. 지금쯤 재민이네 집에 있던지, 재민이 부부를 불렀을 것이다. 느 아버지는 걱정하지 마라. 이참에 아주 찢어질란다. 내년이면 실업자가 되는데, 나 내 눈 똑바로 뜨고 방구석에 퍼질러 앉아 텔레비나 보고 있는 인간한테 하루 세끼 밥 못해 바친다.

"아휴! 요새 은퇴 후에 하루 세끼 얻어먹으면 삼식이라잖아요. 한 살이라도 젊으셨을 때 자영업이라도 하셨으면……."

커피전문점을 하자고 먼저 바람을 넣기 시작한 사람은 며느리다. 며느리는 봄바람이 살랑이는 목소리로 아내 말에 바람을 잡을 것이다.

"엄마, 진짜로 이혼해?"

그래도 재민이는 핏줄이라고 걱정이 될 것이다.

"걱정하지 마. 아버님 성격에 며칠 안에 항복하고 들어오실 거야. 그쵸, 어머니?"

"그럼 거짓말로 이혼하는 사람도 있냐?"

아내는 단호할 것이다. 돌이켜 보면 치킨 프랜차이즈 본사 방문을 서두른 쪽도 아내다. 그때 고향으로 내려왔다면 지금쯤 부농 소리는 못 들어도 최소한 미래 걱정은 안 하면서 살고 있었을 것이다.

광표의 휴대폰이 울렸다. 화면에 아내 이름이 떠 있다. 이 여자가 벌써 집에 왔나? 저녁 먹고 온다고 했던 것 같은데…… 광표는 고개를 갸웃거리며 통화 버튼을 눌렀다.

"지금 어디 있어?"

"왜?"

"왜라니? 재민이 아빠하고 술타령하느라. 빨래도 안 하고……."

"내가 빨래하는 기계냐?"

광표는 정식이와 술타령을 했다는 말에는 화가 나지 않았다. 2박 3일 동안 여행을 갔다가 와서 고작 한다는 말이 빨래를 안 했냐고 꾸중하는 말에 벌컥 화가 났다. 아내의 말을 끊어 버리며 고함을 질렀다.

정식이 놀란 얼굴로 제수씨냐고 속삭였다.

"어머머! 당신 혹시 술 마셨어?"

"전화 끊어!"

광표는 평소 같았으면 대충 사과를 하고 전화를 끊었을 것이다. 남편 알기를 개떡같이 아느냐고 쏘아붙이고 싶은 걸 참으며 전화를 끊었다.

"이혼해. 나 같으면 벌써 이혼했다."

정식이 불난 집에 부채질하는 얼굴로 중얼거렸다.

광표는 대답하지 않았다. 한 모금도 남지 않은 물을 쪽, 소리가 나도록 마셨다. 그래도 화가 가라앉지 않아 목이 탔다. 사이다병에 있는 보리차를 컵에 따르고 있는데 휴대폰이 울렸다.

"내가 못할 말 했어? 빨래 세탁기에 다 넣어 놨겠다, 전기 스위치만 누르고, 다 됐다고 삐! 소리가 나면 빨랫줄에 말리기만 하는데?"

"그렇게 쉬운 걸 꼭 내가 해야 하는 거냐구?"

"당신 왜 그래? 내동 잘하다가?"

"왜 그래? 정말 내가 왜 그러는 줄 몰라서 묻는 거야?"

"그까짓 빨래 때문에 안 하던 짓을 하고 있잖아."

"야! 강영애, 너 절대 나한테 전화하지 마. 만약 또 전화했다가는 나 정말 너하고 끝낸다. 알았어?"

광표는 화가 치솟다 못해 서러움이 밀려왔다. 이런 여자를 아내라고 믿고 공주님처럼 떠받치며 살아왔던 지난날들이 후회로 밀려왔다.

정식은 한숨을 내쉬며 일어났다. 김치와 소주를 가져와서 광표에게 마실 거냐고 물었다.

"운전해서 올라가야 하잖아."

광표가 정식이 들고 있는 술잔을 받았다. 정식이 마시던 물, 컵에 소주를 따르는데 눈물이 핑 돌았다.

"한 잔 마시고 쉬었다가 저녁 먹고 천천히 올라가."

"내 성격 알잖아. 마시려면 화끈하게 마셔야지. 입만 버린다구."

광표는 쓰게 웃으면서 돈다발을 내려다봤다. 내가 돈 때문에 사람이 변했나? 아냐, 그동안 참고 있었던 것이 돈 때문에 폭발해 버린 것이겠지. 혼란스럽게 돈다발을 바라보고 있는데 또 휴대폰이 울렸다.

광표는 전화를 받지 않으려고 휴대폰을 저만큼 밀어 버렸다. 술잔을 들던 정식이 내가 할 말이 있다는 표정으로 전화기를 당겼다. 광표가 얼른 전화기를 다시 빼앗아서 귀에 댔다.

"그래, 끝내. 이 인간아. 그동안 살아 주니까 고마운 줄은 모르고? 끝내자고? 끝내자면 누가 무서워할 줄 알았냐?"

"그래, 살아줘서 고맙다."

아내가 비아냥거리는 목소리를 상대하고 싶지 않았다. 차분한 목소리로 대답하고 전화를 끊었다. 아내가 더는 전화를 걸지 못하게 수신차단을 시켰다. 정식이 동정이 간다는 얼굴로 술잔을 내밀었다.

노중평은 와인모텔 앞에 카니발을 세웠다. 옥천은 처음이지만 낯설게 보이지는 않는다. 땅거미가 지고 있는 읍내 풍경이 여타 소읍과 비슷하다.

"일단 여기서 하룻밤을 자는 수밖에 없겠지."

"밥부터 먹읍시다. 형님은 배 안 고파요."

최성준이 창문 유리를 내렸다. 7층짜리 신축모텔이다. 주변에는 음식점들이 많다.

"내 위장은 철로 만든 줄 아냐? 술 한잔하려면 차를 놓고 가야 하잖아."

노중평은 고무천으로 된 커튼 안으로 들어갔다. 초저녁이라 주차된 차들이 2대밖에 없다.

"카드 되죠?"

노중평이 차를 주차하는 동안 최성준이 카운터로 가서 모텔비를 계산했다. 방 번호가 적힌 키를 받아 들고 밖으로 나갔다. 얼굴을 때리는 바람이 부드럽다. 너무 배가 고파서 술 생각도 나지 않는다. 안성휴게소에서 커피 한 잔을 마시고 대전 경찰청 교통정보센터에서 CCTV를 분석하느라 점심은커녕 빵 한 조각 먹지 못했다.

그들은 모텔 근처에 있는 순댓국집으로 들어갔다. 구석진 자리에 앉아서 순댓국과 소주를 주문했다.

"대장한테 보고부터 해야 되는 거 아닌가요?"

최성준이 컵에 물을 따라서 노중평에게 내밀었다.

"눈이 빠지게 기다리겠지?"

노중평은 물 몇 모금을 빠르게 마셨다. 휴대폰을 꺼내 들고 밖으로 나갔다. 길가에 서서 수사과장의 전화번호를 눌렀다.

수사과장은 금방 전화를 받았다. 노중평은 지금 옥천에 와 있다. 정광태의 고향에 가서 확인해 보니 남동생 부부는 관광을 갔다. 동네 사람들에게 물어보니 오늘 정광태 얼굴을 본 사람도 없고, 무쏘를 본 사람도 없다고 한다. 도로공사 옥천지점에서 CCTV 분석을 해 봤다. 무쏘가 금산 쪽으로 갔는데 중간에서 사라졌다. 동네가 한두 곳이 아니어서 날이 새는 대로 탐문 조사를 해 볼 생각이라고 보고를 했다.

"그런데, 말야. 그 무쏘 운전사가 돈 가방을 주워 갔다고 특정할 수는 없잖아."

"캐리어가 있지 않습니까? 돈뭉치를 들고 잠적을 했을 가능성이 큽니다."

"알았어. 내일 오전에 훑어보고 올라오라고. 그 사람 유성기업이라는 회사 다닌다고 했잖아. 내일 출근을 하는지 안 하는지 확인해 보면 뭔가 그려지겠지."

"저도 그렇게 생각합니다."

"탐문조사 하기 전에 도로공사 옥천지점에 가서 다시 한번 CC텔레비전 분석해 봐. 밤중에 도로 서울로 올라갔는지도 모르니까."

"동성빌라에 동준이를 잠복시켜 놨습니다. 무쏘가 동성빌라로 들어오면 금방 연락이 올 겁니다."

"잘했어. 그럼 수고해."

노중평은 전화를 끊고 하늘을 바라봤다. 일반적으로 경찰에 입문을 하면 지금은 지구대라고 부르는 파출소에서 1년이나 2년 정도 근무를 한 후에 다른 부서로 배속을 받는다. 무술경찰로 특채가 돼서 임관 때부터 형사로 근무를 했다. 20년 경력의 내공으로 볼 때 정광표라는 남자가 돈 가방을 가져갔을 확률은 70%가 넘는다. 수사라는 것이 0.1%의 확률만 있어도 반드시 캐봐야 한다. 70% 확률이라면 물증만 없지 심증은 확정적이다….

"대장님이 뭐랍니까?"

노중평은 식당으로 들어갔다. 순댓국과 소주가 와 있다. 최성준이 순댓국에 들깻가루를 뿌리며 물었다.

"내일 탐문 조사하기 전에 도로공사에서 CC티브이 다시 분석해 보라는 거야. 오늘 밤에 서울로 도로 올라갔을 수도 있으니까."

"동성빌라에 동준이 잠복시켰잖습니까?"

최성준이 들깻가루를 푸는 티스푼을 노중평에게 내밀었다. 소주 뚜껑을 열며 그런 건 기본 아니냐는 표정을 지었다.

"가오 한번 잡아 보는 것이겠지."

"그래서 현장 경험이 중요하다는 겁니다. 야전에서 20년간 뛴 병사하고, 본부에서 컴퓨터만 두들기는 장교하고 같습니까?"

최성준이 경찰대학을 나온 수사과장을 빗대어 말하며 소주잔을 들었다. 가볍게 건배를 하고 원샷을 했다. 빈속으로 들어가는 소주가 기분 좋을 만큼 짜릿하게 식도를 자극한다.

"일단 내일 아홉 시에 유성기업으로 전화를 해 본 후에 출발하자구."

노중평은 소주를 절반 정도만 마셨다. 깍두기 국물을 순댓국에 탔다. 서울 시장에서 먹는 것만큼 먹음직스러워 보이지는 않는다. 하지만 종일 굶었더니 입맛이 돌았다.

"근데, 정말 정광표가 돈 가방을 갖고 갔을까요?"

최성준이 고개를 숙이고 은근하게 물었다.

"몇 번이나 말해야 알아듣겠나? 칠십 프로 이상은 갖고 갔을 확률이 있다고."

"그럼, 그 돈은 누구 돈일까요?"

"내 생각에는 하익수라는 놈도 수사를 해 봐야 알겠지만 깨끗한 돈은 분명 아냐. 구린 돈일 가능성에 오만 원 걸지."

"그럼 돈 임자가 따로 있다는 말인가요?"

"누군가 있을 거야."

"글쎄, 그 누군가가 누구 같냐고요."

"너는 누구 같냐?"

노중평이 최성준 빈 잔에 소주를 따르며 얼굴을 바라봤다.

"적어도 마약 대금은 아니라고 봅니다."

최성준이 고추를 된장에 찍어 먹으며 대답했다.

"왜?"

"마약 대금은 돈세탁을 해야 하잖아요. 백 달러짜리로 힘든데, 천 달러짜리를 세탁하면 금방 냄새를 풍길 수 있지 않을까요?"

"너 많이 컸다. 슬슬 하산할 준비를 하고 있네."

"아직 멀었습니다. 저는 형님의 영원한 파트너가 되고 싶습니다."

형사들은 일반적으로 2명이 한 조를 이룬다. 이른바 파트너 중의 조장은 경험이 많은 선임이 한다. 올해 5년 차인 최성준이 고개를 빠르게 흔드는 것도 부족해서 손을 내저었다.

"짜식, 너 마음속으로는 얼른 나하고 찢어지고 싶지?"

"노! 노!"

최성준이 양손을 흔들며 고개를 흔들었다.

"그럼 돈 가방 임자가 누군지 찍어 봐."

노중평이 웃는 얼굴로 물었다.

"전 떡값이라고 생각합니다."

"왜 떡값이라고 생각하나?"

"달러는 금처럼 보관할 수가 있습니다. 즉, 비상시에는 언제든지 사용할 수 있으면서도 분량이 적어서 보관하기 좋다는 겁니다."

"떡값 치고 너무 많지 않나? 이십억 원이 넘는 돈인데?"

노중평이 최성준의 말에 동의를 하면서도 물었다.

"국회의원 되려면 삼십 억 든다고 하잖아요."

최성준이 노중평 앞에 있는 술병을 끌어당기며 말했다.

"하긴, 떡값으로 구속이 되는 정치인들이 언론에는 몇천만 원이겠지만, 어떤 정신 빠진 정치인이 몇 달 세비도 안 되는 기천 만 원에 금배지를 담보 삼겠어."

노중평이 빈 잔을 최성준 앞으로 내밀며 말했다.

"형님도 저하고 생각이 같으신 거죠?"

"난 두 가지 쪽으로 생각을 하고 있었어. 우선 로비자금일 가능성이 크고, 가방의 주인은 사업가일 것이라는 점이지."

"형님은 마약 쪽은 거리가 멀죠?"

"그 점도 염두에 두고 있어. 그 바닥에 사는 놈들이 원래 멀리 생각하는 건 싫어하잖아."

"한 병 더할까요?"

최성준이 빈 병을 들어 보였다. 노중평은 내일 열심히 뛰어야 하니까 오늘은 간단하게 끝내자며 지갑을 꺼냈다.

김천택은 감자를 까서 광표에게 내밀었다. 광표는 황송하다는 표정으로 감자를 받았다. 정식의 눈치를 살폈다. 정식은 불만이 가득 찬 얼굴로 감자 껍질을 까고 있다.

창문 밖에는 어둠이 내려앉았다. 서울과 다르게 창문 밖으로 불빛이 보이지 않아 깜깜하다. 어색한 침묵이 거실에 강물처럼 흐르고 있지만 어느 누구 하나 입을 열지 않았다. 김천댁은 감자는 먹지 않고 껍질만 벗겨서 쟁반에 올려놓는 것을 반복하고 있었다.

정식이 잔기침을 하며 김천댁을 바라봤다. 오늘 밤은 유난히 주름살이 많아 보인다. 무릎 관절이 약해서 유모차가 없으면 보행이 힘들다. 그런데도 시내버스를 타고 읍내에 장까지 보러 다닌다. 읍내까지 유모차를 끌고 갈 수 없으니까 버스정류소에 세워 두고 지팡이만 들고 읍내로 나갈 수 있는 당신이 잘 먹고 잘살기 위함은 아닐 것이다. 자식들에게 약한 모습을 보이지 않으시려고 하루 새끼를 빠트리지 않고 챙겨 드실 것이다.

"이 사람도 밤에 올라간다고 했잖여. 같이 올라가."

김천댁이 일어섰다. 냉장고 앞으로 가서 락앤락 통에 들어 있는 열무김치를 한 접시 갖고 왔다. 습관처럼 젓가락을 손바닥에 문질러서 광표에게 권했다.

"고맙습니다."

광표는 김천댁이 깨끗하게 씻은 젓가락을 다시 손바닥에 문질러서 주는 모습에 어머니 얼굴이 떠올랐다. 어머니도 살아 계셨다면 오랜만에 보는 자식에게 행여 덜 씻어진 젓가락을 내밀지 모른다는 노파심에 손바닥에 문질러 내미셨을 것이다.

"엄마는 아직도 재민이 엄마 성격 몰라요?"

"바람이라도 피웠냐?"

정식의 말이 끝나자마자 김천댁이 따져 물었다.

"제 말은 그게 아니고, 그 여자는 자기 고집대로 안 되면 될 때까지 사람 피를 말리는 성격이잖아요,"

"손자를 잘못 키웠냐?"

김천댁이 열무김치 접시를 광표 앞으로 살짝 밀면서 물었다.

"지금 무슨 말을 하고 싶은 건데?"

"내 눈에 흙이 들어가기 전에 이혼은 안 된다. 우리 집안에 이혼한 사람은 없다. 너도 잘 알잖여."

"큰집 형님은 서류상만 부부지, 형수님하고 소 닭 보듯이 살지 않습니까? 그렇게 살지는 않을 겁니다."

"그래도 한집에 살고 있잖여. 너무 늦게 올라가면 낼 출근하는 데 지장이 있지 않을까?"

김천댁 정식의 말은 더 들어 볼 필요가 없다고 판단했다. 정식을 바라볼 때와 다르게 광표를 부드러운 시선으로 바라봤다.

"오, 올라가야죠."

"자네도 같이 올라가."

김천댁이 광표에게 같이 올라가라고 눈짓을 보냈다.

"어서 준비해. 아! 준비할 것도 없네, 그만 일어나자."

"이거 하나만 알아 두세요. 지금까지는 자식과 마누라를 위해 살아왔습니다. 하지만 남은 인생은 엄마를 위해 살겠습니다. 내 말 무슨 말인지 아시겠죠?"

"엄마한테 효도하겠다는 놈이 전화 한 통도 없이 불쑥 찾아와서. 제 처와 이혼하겠다고 설치는 거냐?"

김천댁이 한심하다는 표정으로 일어났다. 현관문 앞으로 가서 문을 열었다. 거실로 빨려 들어오는 바람이 훈훈하다.

"아까도 말했지만, 아파트 대출받아서 커피점 차리면 길어야 일 년이라구. 요즘 몇 년씩 버티던 커피점도 하루가 다르게 문을 닫고 있다구. 완전히 막차를 타는 꼴이라구. 막차 다음에는 버스가 안 오잖아요."

"자네가 정 고집을 피우면 이 집에, 땅을 담보로 맡기고 농협에서 대출받을 란다. 어떡하든 살아 보겠다고 발버둥치는 손자를 못 본 척하는 것도 할머니 체신이 안 서는 짓잉께."

"누구 맘대로? 이 집하고 땅을 담보 잡혀. 등기가 다 내 앞으로 되어 있는 거 아직 몰라?"

광표는 모자 간에 다투고 있는 상황에 서 있을 수가 없었다. 어서 나와, 라고 건성으로 말하고 밖으로 나갔다. 정식이 운동화를 꽤 신다 말고 어이가 없다는 표정으로 김천댁을 바라봤다.

"자네 앞으로 되어 있지만 내가 살아 있잖여. 내가 그 양반하고 지은 집이니까 내 맘대로 할 수 있는 거이지."

김천댁은 어떠한 일이 있어도 정식의 이혼은 막아야겠다는 생각뿐이다. 긴말 필요 없다는 얼굴로 정식을 밖으로 밀었다.

"이 집을 지을 때 누구 돈으로 지었어? 내가 은행에 다닐 때 대출받아서 지은 집이잖아요. 땅도 그렇지. 내가 은행 다니면서 매달 생활비를 보내줬으니까 남아 있는…….”

정식은 돌아가신 아버지에게 죄를 짓는 것 같아서 말꼬리를 흐리며 일단 현관문을 닫았다.

“그래서 자네 집이라고 날 이 집에서 쫓아내기라도 하겠다는 거여?”

“내가 언제 엄마를 쫓아낸다고 했어? 엄마한테 효도를 한다고 했잖아요. 남은 인생은 엄마하고 살겠다는데 왜 자꾸 엉뚱한 말씀을 하시고 그래요.”

정식은 밖에 광표를 의식해서 큰 소리로 말을 할 수는 없었다. 답답하다는 얼굴로 자신의 가슴팍을 두들겼다.

“잘 들어. 자네가 며느리하고 이혼하면 난 양로원으로 들어갈라네. 그렇게 알고 어여 올라가. 밤길 차 조심하고.”

정식은 혼란스러운 표정으로 김천댁을 바라봤다. 아내가 평소 며느리로 시어머니인 김천댁을 살뜰히 챙겨 줬던 것도 아니다. 계속 뒤를 보살펴야 할 자식이 남아 있는 것도 아니다. 재민이도 가정을 이루고 자기 인생은 자기가 책임지고 살 나이다. 자식이 내려와서 모시고 산다는 데 결사반대하는 이유가 궁금했다.

“어여 올라 가.”

김천댁이 정식의 등을 떠밀었다.

“하여튼, 나 그 사람하고 헤어지기로 결심했으니까 그쯤만 알고 계세요…….”

“난 며느리한테 네가 여기 왔다 갔다는 말 일절 안 할란다. 그리 알고 어여 올라가.”

134

"어머니두 참…"

정식은 휴대폰이 울리는 소리에 말꼬리를 흐렸다. 주머니에서 휴대폰을 꺼내 들었다. 광표의 아내 전화번호가 찍혀 있다. 휴대폰을 광표에게 내밀었다.

"이 여자가 악에 받쳤군?"

광표는 화가 난 얼굴로 마당을 나섰다. 드문드문 가로등이 외롭게 어둠을 녹이고 있는 동네는 조용하다. 어디선가 멀리서 개 짖는 소리가 아련하게 들렸다.

"당신 내 전화 차단시켜놨어?"

아내가 발악하는 목소리로 물었다.

"그래."

오는 말이 고와야 가는 말도 곱다. 광표는 아내가 발악하는 목소리로 묻는 말에 냉정하리만큼 차분하게 대답했다.

"지금 제정신이야?"

"이박 삼일 간 놀러 갔다가 온 여자가 남편한테 빨래 안 해놨다고 전화질하는 건 정상이냐?"

김천댁이 비닐봉지에 싼 무엇인가를 들고 나왔다. 광표는 무쏘 앞으로 가면서 이가 갈리는 목소리로 쏘아붙였다.

"다, 당신 미쳤어?"

"미친 것이 아니고, 지쳤다. 당신 같은 여자하고 사는 데 지쳤다고."

"허! 아주 완벽히 돌았네. 술 처먹은 것 같지는 않은데 진짜 돌았어."

"당신도 정신 멀쩡하게 살아가려면 돈 좀 벌어야 할 걸. 남은 인생 식당에서 서빙하거나 빌딩 청소하면서 살아 봐. 당신 나이에 어디 사무실 같은데 경리로 들어갈 수 있겠어?"

"여, 여보!"

광표는 아내가 비명처럼 부르는 말을 끝으로 전화를 끊었다. 정식에게도 전화를 못하게 전화번호를 차단해 버렸다.

"이거 호박하고 가진데, 집사람 갖다 줘."

김천댁이 검은색 비닐봉지를 광표에게 내밀었다.

"괜찮습니다. 어머님 드시죠."

"아녀, 여긴 낼 또 따면 됭께 어여 받게."

"고맙습니다."

광표는 받지 않을 수가 없었다. 허리를 숙여 인사를 하고 두 손으로 비닐봉지를 받았다.

"그럼 가보겠습니다."

광표가 무쏘 앞에서 인사를 했다.

"자넨, 잠깐 나 좀 봐."

김천댁이 정식의 손을 끌고 무쏘 뒤로 갔다. 5만 원짜리 한 장을 정식이 손에 쥐여 주었다.

"뭡니까? 이게?"

정식이 5만 원짜리를 확인하며 물었다. 캐리어 안에 들어 있는 일억보다 어머니가 내미는 5만 원짜리가 더 귀하게 보였다.

"집에 갈 때 뭣 좀 사 들고 가. 그리고 여기 왔다는 말은 며느리한테 하지 마. 나도 입 다물고 있을 모양잉께."

김천댁이 자기보다 키가 큰 정식에게 찰싹 달라붙어서 등을 두들기며 속삭였다. 정식은 돈을 돌려주고 싶었다. 하진 그랬다가는 김천댁이 밤새 잠을 이루지 못할 것 같아서 받을 수밖에 없었다.

　"카센터 불러야 되는 거 아냐?"

　정식은 김천댁에게 손을 흔들며 무쏘에 올라탔다. 광표가 키를 꽂고 시동을 걸었다. 시동이 걸리지 않았다. 계기판에 불이 들어왔다가 이내 꺼진다.

　"배터리 접속이 잘 안 되나?"

　광표는 혼잣말로 중얼거리며 무쏘에서 내렸다. 보닛을 열었다. 집에서 빠져나오는 불빛에 배터리 연결구가 희미하게 보인다. 연결구를 잡고 몇 번 흔들었다. 느슨하다. 마당에서 작은 돌멩이를 주워서 납으로 된 연결구를 내려쳐서 단단하게 조였다.

　"이제 될 거다."

　광표는 걱정스러운 표정으로 서 있는 김천댁에게 인사를 하고 무쏘에 올라탔다. 몇 번 액셀러레이터를 밟았다. 힘은 없지만, 엔진이 돌아가기 시작했다. 정식이 창문 밖으로 인사를 했다. 김천댁에게 큰소리로 인사를 하고 핸드브레이크를 올렸다.

　정식은 귀촌리를 빠져나갈 때까지 말을 하지 않았다. 광표도 마음이 심란해서 입을 다물고 운전만 했다. 정식의 집에서 횟술로 마신 소주 두 잔의 취기는 흔적도 없이 사라졌다. 시원한 소맥 한 잔을 쭈욱 들이키고 싶은 갈증이 일어났다.

　"제수씨가 뭐라?"

광표가 국도로 접어들기 위해 잠깐 속도를 줄였다. 정식이 우울한 목소리로 물었다.

"사람이 참 간사한 거 같아."

광표가 국도로 올라가서 본격적으로 속력을 내며 말했다.

"인제 알았냐?"

"내 돈이 십억이 넘게 있다는 생각이 들어서인지 모르지만, 그동안 마누라에게서 보이지 않던 것이 보이더라."

"나도 그래. 그 돈이 없었으면 그 여자한테 이혼하자고 큰소리 못 쳤을 거야. 생각 잘했다. 우리 둘이 남은 인생 멋지게 살아 보자……차가 왜 이래?"

차체가 커다란 돌부리에 걸리기라도 한 것처럼 갑자기 덜컹거리더니 부르르 떨었다. 놀란 정식이 자신도 모르게 핸들을 잡으며 광표를 바라봤다.

"퍼, 퍼진 모양인데?"

광표가 차를 길가 쪽으로 몰고 갔다. 브레이크를 밟으며 곤혹스러운 얼굴로 말했다.

"자주 이랬냐?"

"올해는 한 번도 이런 적이 없었는데."

"올해 장거리 뛴 적 없었다며?"

"지금 그걸 따질 때냐? 어서 내려서 밀어."

광표는 정식의 옆구리를 밀어내고 계기판을 살폈다. 아무리 봐도 이상은 없었다. 액셀러레이터를 밟아봤다. 배터리가 방전되었을 리는 없다. 어딘가 잘못돼도 단단히 잘못됐다는 생각이 들면서 슬그머니 화가 났다. 아내는 그동안 차를 두 번이나 바꿨다. 자신은 그동안 언제 퍼질지 모르는 무쏘를 몰고 다니면서도 당당하게 어깨를 펴고 다녔다는 생각이 기분을 씁쓰름하게 만들었다.

광표와 정식은 무쏘를 밀어서 길 가장자리로 바짝 붙였다. 산 밑에 있는 도로에다 가로등도 없는 거리다. 캄캄한 어둠 속에서 정식은 가출하는 소년처럼 큰 캐리어 손잡이를 잡고 있었다. 도로 반대편에서 흐르는 시냇물 소리가 유난히 크게 들렸다.

광표는 미영이가 대학에 입학하던 날 담배를 끊었다. 회사가 지금처럼 등록금을 대출해 주던 때가 아니다. 어떡하든 한 푼이라도 아껴야 미영이 학비를 댈 수 있다는 생각에 담배도 끊고 용돈도 절반으로 줄였었다. 들리는 것이라고는 바람 소리와 물소리뿐인 캄캄한 어둠 속에 서 있으려니까 담배 한 개비 피우고 싶은 생각이 절실했다.

"야, 저기 오는 차 세워 봐."

멀리 어둠을 밝히며 차 한 대가 달려오고 있었다. 정식이 도로 중앙으로 한걸음에 나가며 속삭였다.

"세워줄까?"

"밑져야 본전이지."

광표는 마른 침을 삼키면서 차가 오길 기다렸다. 불빛이 전신을 감쌀 무렵 양손을 바쁘게 흔들었다. 눈물이 나도록 반갑게 가까이 다가오는 차는 레커차다.

7

신도림역사 근처에 있는 쉐라톤호텔이다.

41층에 있는 라운지 바에는 비발디의 사계 중 '봄'이 흐르고 있었다. 양복에 노타이 차림인 배두철은 입술을 꾹 다물고 찻잔을 들었다. 맞은편에는 남부지검 부장검사 이완영이 앉아 있다.

이완영은 심각한 표정을 짓고 있는 배두철을 슬쩍 바라봤다. 시선을 내리깔고 긴장한 얼굴로 찻잔을 바라보고 있다. 엷은 미소를 지으며 찻잔에 떠 있는 잣알을 삼키고 천천히 잔을 내려놓았다. 평소에는 최소한 이삼일 전에 미팅 약속을 한다. 오늘은 출근 준비를 하고 있는데 전화가 왔다. 갑자기 월요일 아침 일찍 만나자고 할 때는 그만큼 급박하게 부탁할 일이 있을 것이다. 하지만 목마른 놈이 우물 판다고 그건 어디까지나 배두철 사정이다. 서두를 것 없이 목마른 놈이 물 달라고 할 때까지 기다리면 된다.

"언제 그린에 한 번 나가셔야죠. 언제쯤 시간이 되십니까?"

"글쎄요. 요즘 원래 분위기가 안 좋아서……."

"춘천지검장 건은 무혐의로 끝나지 않았습니까?"

얼마 전에만 해도 춘천지검장이 강원랜드에서 접대받은 건 때문에 여론이 시끄러웠었다. 배두철이 그 정도 정보는 알고 있다는 표정으로 바라봤다.

"원래 그런 사건이 한 번씩 튀어나오면 기자 놈들이 한 건 올리려고 눈에 불을 켜고 뒷조사를 하잖습니까?"

"에이, 차기 청장님이 되실 분이 그까짓 기레기 너부렁이들 때문에 몸을 사리신다는 것이 말이나 됩니까?"

"말만 들어도 기분이 좋네요. 청장 자리는 하늘이 내려주는 자립니다. 전 그저 지방청장 자리도 만족합니다. 그것도 쉽지는 않겠지만……."

이완영은 슬쩍 주변을 돌아봤다. 이른 아침이라서 테이블을 차지하고 앉아 있는 손님들 중 외국인이 많다. 아침을 먹고 있거나, 커피를 마시는 그들 사이에 한국인들도 드문드문 보인다. 한국 사람들은 약속 시각을 점심이나 저녁 시간에 맞춰 잘 잡는다. 아침 약속을 하는 경우는 약속 상대가 매우 바쁘거나 정부 요직에 있는 사람일 것이다. 대부분 정장을 입고 있는 걸로 봐서 사회적으로 성공한 사람들이다. 그들일수록 인맥 관리가 철저하다. 누군가에게 로비하기 위해 새벽부터 나온 사람들로 보였다.

"부장님이 동기들 중에는 일등으로 달리고 있잖습니까? 윗분들로부터 신망도 받고 계시겠다, 실탄은 충분하시겠다, 무엇보다 동문들이 쟁쟁하잖습니까?"

"아침부터 비행기 그만 태우시고, 늦잠 잘 사람 불러내신 이유가 뭡니까?"

"심부름 왔습니다."

배두철도 아침부터 한가하게 잡담이나 하고 있을 때가 아니다. 주변을 두리번거리고 준비해 온 시계를 주머니에서 꺼냈다.

"심부름?"

"의원님께서 이번에 스위스 시찰 다녀오신 건 알고 계시죠?"

"유럽 여행 가신다고 하시더니, 스위스 시찰 다녀오셨나요?"

"나라의 중책을 맡고 계신 의원님이 한가하게 여행 다닐 시간이 있으시겠습니까? 손목 좀 줘 보세요."

"손목은 왜요?"

이완영이 오른손을 내밀며 물었다.

"아니, 왼쪽 손요."

이완영이 영문을 알 수 없다는 얼굴로 왼손을 내밀었다. 배두철이 재빠르게 손목에 시계를 채워줬다. 오메가 씨마스터 4천만 원짜리다.

"갑자기 웬 시계?"

이완영은 갑자기 손목이 환해지는 느낌이 들었다. 묵직하게 전해져 오는 감촉을 짜릿하게 받아들이며 물었다.

"오리지널 보증서는 여기 들어 있습니다."

배두철은 이완용이 묻는 말에 대답하지 않았다. 붉은색의 시계 케이스를 얼른 내밀었다.

"무슨 어려운 부탁을 하시려고 이런 걸……."

이완용은 카멜레온이 긴 혀로 벌레를 삼키듯 재빠르게 시계 케이스를 낚아채어 주머니에 넣었다.

"의원님이 스위스 시찰 가셨다가 시간이 좀 나길래 백화점에 들르셨답니다. 부장님 생각이 나셔서 그냥 구입하신 거랍니다. 무슨 부탁 때문에 드리는 것은 아닙니다."

"허! 가격이 적지 않을 텐데 이런 걸 받아도 되는지 몰라."

"아따, 우리끼리 왜 이러십니까? 사모님 것은 차 안에 있습니다. 이따 내려가서 드리겠습니다."

"우리 초면도 아니고 확실하게 합시다. 도대체 무슨 부탁을 하려는 겁니까?"

이완영은 슬쩍 손목시계를 바라봤다. 오메가 상표가 찬란하다. 명성그룹 최일도 회장의 선물이라면 최소한 삼, 사천만 원은 줬을 것이다. 아내 것도 있다면 칠팔천 만 원짜리가 된다는 결론이다. 초등학교를 졸업하고 잡화점 배달원으로 시작해서 오늘의 명성그룹을 일으켰다. 정치 쪽도 야망이 있어서 벌써 4선 의원인 최일도가 그냥 줄 리는 없을 것이다.

"사실, 뭘 좀 잃어버렸습니다. 중요한 건 아니지만 그 안에 들어 있는 것의 임자가 밝혀지면 좀 시끄러워질 것 같아서 말입니다."

소금 먹은 놈이 물을 찾기 마련이다. 배두철은 이완영이 시계를 챙긴 이상 뜸 들일 필요가 없었다. 양복 안주머니에서 몽블랑 만년필을 꺼냈다. 회사에서 결제를 할 때 사용하는 것이다.

"뭘 잃어버렸는데요? 중요한 노트 같은 겁니까?"

"돈입니다."

"의원님이 돈이라면 곳간에 차고 넘칠 텐데, 얼마나?"

"돈은 얼마 되지 않습니다. 액면 금액이……."

배두철은 휴지꽂이에서 휴지 한 장을 꺼냈다. 빠르게 1,000$짜리라고 써서 내밀어 보였다. 이완영이 확인한 후에 휴지를 구겨 주머니에 넣었다.

"어디서 잃어버렸습니까?"

이완영은 천 달러짜리 달러가 어디에 들어 있었는지, 금액이 얼마나 되는지 알고 싶지 않았다. 천 달러짜리라는 상징성이 중요하다. 천 달러짜리 달랑 한 장만 잊어버린 것은 아닐 것이다. 그 돈의 임자가 세상에 드러나면 정치생명에 위험을 느낄 정도로 심각한 타격을 입을 것은 분명하다고 추측하며 물었다.

"부장님 관할인 구로경찰서 관내입니다."

배두철은 휴지 한 장을 다시 꺼냈다. 가방을 보관하고 있는 놈의 여자가 쓰레기인 줄 알고 버렸다, 라고 써 보인 후에 휴지를 구겼다.

"뭘, 걱정입니까? 쓰레기에 묻혀 버렸으면 끝나는 거 아닙니까? 그 정도 돈이야 푼돈이나 마찬가지이신 분이……."

배두철이 하는 말을 꼼꼼히 듣고 있던 이완용이 작은 목소리로 물었다.

"일이 꼬이려고 작정을 했는지, 구로경찰서 형사들이 냄새를 맡고 수사를 시작했습니다."

"벌써 소문이 퍼졌단 말요?"

"밑에 놈이 돈 가방을 잃어버린 놈하고, 버린 년을 족친 모양입니다. 그랬더니, 돈 가방을 버린 년이 병원에서 도망을 쳐 제 발로 구로 경찰서로 찾아간 것 같습니다."

"곤란하게 됐군. 그렇지 않아도 요즘 경찰 애들하고 우리하고 사이가 안 좋은데……."

이완영은 심각한 표정을 지었다. 마음속으로는 갈갈 웃었다. 구로경찰서라면 고등학교 선배가 수사과장으로 있다. 전화 한 통만 하면 돈 가방을 찾을 형사들이 하루에 똥을 몇 번 누는지도 알아낼 수가 있다.

"가까운 시일 내에 그린으로 한번 모시겠습니다. 경찰들이 돈 가방에 대해서 얼마나 알고 있는지 좀 알아내 주십시오."

배두철은 장사 한두 번 해 보는 것이 아니다. 이완영의 고등학교 선배가 구로경찰서 수사과장으로 있다는 것까지 알고 있었다. 이완영이야 심각한 표정을 짓든 말든 부탁을 했다.

유 부장은 아침부터 심각한 얼굴로 비어 있는 광표의 자리를 흘끔거렸다. 지금까지 광표가 전화 한 통도 없이 회사에 나오지 않은 적은 없었다. 무단결근은커녕 지각하는 모습도 본 적도 없다.

딴생각 품고 있는 거 아냐?

오늘부터 광표에게 비자금에 관한 업무를 인계받기로 했었다. 열 길 물속은 보여도 한 치도 안 되는 사람 속은 모른다고 했다. 회장의 영원한 충견이었지만 중국 발령에 앙심을 품었는지 모른다. 회장의 비자금이 얼마인지는 모른다. 하지만 모두 차명계좌에 들어 있다. 마음먹기에 따라서 얼마든지 상상하기조차 싫은 끔찍한 일을 벌이지 말라는 법은 없다.

아냐, 내가 너무 앞질러 가고 있는 거야.

광표의 성격으로 볼 때 누굴 협박하고 돈을 뜯어낼 만한 인물은 못된다. 그런데도 마음이 놓이지 않았다. 10시쯤에 견디다 못해 광표의 휴대폰으로 전화를 해 봤다. 전화를 받을 수 없는 상황이라는 메시지를 들을 때마다 불안이 증폭되며 온갖 상상이 다 들었다.

회장은 하청업체에게 납품단가를 올려주고 그 차액을 되돌려 받는 방법으로 비자금을 모은다. 받은 비자금은 다시 자동차 회사의 간부들에게 상납하기도 하고, 정치인들이며 법조인들에게 보험을 든다. 물론 비자금을 모으는 가장 큰 이유는 재산 축적이다. 만약 비자금을 축적하고 있다는 것이 들통나면 그렇지 않아도 건강이 좋지 않은 회장은 몇 년 동안 교도소에서 결재를 하게 될 것이다.

유 부장은 다시 광표의 전화번호를 눌렀다. 여전히 전화를 받을 수 없다는 메시지만 절망적으로 흘러나왔다. 광표의 집으로 쳐들어가야 하나, 좀 더 기다려 봐야 하나, 최 이사한테 보고를 해야 하나, 이 생각 저 생각으로 혼란을 겪고 있어도 시간은 강물처럼 유유히 흘러갔다.

유 부장만 갑작스러운 광표의 부재에 온 신경을 집중하고 있는 것이 아니다. 업무과장을 비롯해서 경리 1, 2과장들은 진작부터 유 부장 모르게 밀담을 주고받았었다.

회장의 총애를 받고 있던 광표가 갑작스러운 중국 발령으로 충격을 받았을 것. 사람은 갑자기 충격을 받으면 사물판단 인지 능력이 현저하게 떨어진다는 것. 내가 인터넷에서 봤는데 실제로 어떤 사람이 충격을 받고 회사로 가는 길을 잃어버려서 한 달 동안 노숙자로 지냈다는 이야기를 은밀히 주고받으며 유 부장의 눈치를 살폈다.

"부장님, 제가 차장님 댁에 전화를 한번 해 볼까요?"

유 부장의 대학 후배인 업무과장이 유 부장의 눈치를 살피며 조심스럽게 물었다.

"좀 기다려 보지."

유 부장은 의자에서 일어났다. 광표 때문에 신경을 쓰고 있어서 오줌이 자주 마려웠다.

"점심때까지 안 오시면 제가 전화 한번 해 보겠습니다."

유 부장은 업무과장의 말에 대답하지 않고 화장실로 향했다. 업무과장은 직원들 비상 연락망이 어디에 있지? 라고 생각하며 자기 자리로 갔다.

"부장님이 뭐라고 하셔?"

경리 1과장은 과장 중 서열 1위지만 업무과장은 부장의 대학교 후배다. 업무과장 옆으로 슬슬 걸어갔다. 앞자리에 있는 직원들의 뒷모습을 바라보며 지나가는 말처럼 물었다.

"뭐가 그렇게 궁금하세요?"

"아, 그래도 차장님이 인간성 하나는 끝내주잖아. 그런 분이 갑자기 출근을 안 하니까 궁금하지."

"일단 점심때까지 기다려 봐야 할 것 같습니다."

"내 판단으로 집에서는 백 프로 출근했어."

"뭘 믿고 큰소리치세요?"

"야, 이 사람아. 집에서 갑자기 아파 출근을 못했으면 사모님이라도 전화를 했을 거잖아."

"차장님 중국으로 발령 난 문제 때문에 사모님도 화가 났을 수 있잖아요……."

업무과장은 담당 대리가 낯선 남자 두 명을 데리고 오는 걸 보고 말을 멈췄다. 관상쟁이가 아니더라도 사람은 누구나 50% 관상은 본다. 그걸 첫인상의 느낌이라고 한다. 업무과장은 낯선 남자 두 명이 형사들이라고 직감하며 슬그머니 일어섰다.

"구로경찰서에서 나왔습니다."

최성준이 업무과장에게 신분증을 내보이며 꾸벅 인사를 했다.

"무, 무슨 일로 오셨는지 모르지만 일단 이쪽으로 오시죠."

경리 1과장은 형사라는 말에 찔끔해서 바람처럼 빠져 버렸다. 업무과장이 다이어리를 챙겨 들고 회의실로 안내를 했다.

"저, 차는 뭐로 하시겠습니까?"

"됐습니다. 정광표 씨라고 여기 근무하고 계시죠."

노중평은 의자에 앉지 않고 창문 앞으로 갔다. 창문 밖으로 공장 건물이 보인다.

"아! 네. 잠깐만요. 부장님 모셔오겠습니다."

직감이라는 것이 있다. 업무과장은 광표가 대단한 사건에 휘말렸을 것이라는 생각이 불쑥 들었다. 얼른 밖으로 나갔다. 마침 부장이 화장실에서 들어오고 있었다. 경리 1, 2과장은 긴장한 얼굴로 자신을 바라보고 있다.

"부장님 형사들이 차장님을 찾으러 왔습니다."

업무과장이 다짜고짜 부장의 팔을 잡고 부장 뒷자리로 가서 속삭였다.

"형사들이라니?"

유 부장은 업무과장의 말이 얼른 이해가 되지 않았다. 눈을 끔벅끔벅하며 업무과장을 바라봤다.

"아! 경찰들 말입니다. 경찰 두 명이 차장님을 찾으러 왔습니다."

"경찰이 왜?"

"그걸 제가 어떻게 압니까? 당사자인 차장님만 알고 계시지."

"그래서 뭐라고 했어?"

"일단 부장님을 모셔오겠다고 말했습니다. 제가 모르는 그 무엇 때문에 차장님을 찾으시는지 모르잖아요. 괜히 입을 잘못 놀렸다가는…… 제 말 무슨 뜻인지 아시죠?"

"지금 어디 있나?"

업무과장이 대답은 안 하고 회의실을 턱으로 가리켰다.

"알았어. 그럼 같이 들어가 보자구."

"저는 커피나 음료수를 갖고 가겠습니다. 먼저 들어가시죠."

유 부장은 회의실을 바라봤다. 광표가 무슨 사고를 당했다면 전화로 알렸을 것이다. 직접 형사들이 찾아 왔다면 광표가 어떤 사건에 휘말려 있을 확률이 높다.

혹시?

광표가 중국 발령 건 때문에 갑자기 마음이 변해서 투서를 했는지도 모른다. 투서를 하고 뒷감당이 두려워서 증발해 버렸다면 회사의 운이 바람 앞에 촛불이 될지도 모르는 쓰나미급 대형폭풍이다.

"들어가시죠."

"으…… 응."

여직원에게 커피를 부탁한 업무과장의 말에 유 부장은 일단 심호흡을 했다. 호랑이 굴에 잡혀가도 정신만 차리면 살 수 있다. 아랫배에 힘을 주고 업무과장보다 앞장서서 회의실로 들어갔다.

"정 차장님을 찾아오셨다구……."

"아, 네. 부장님이십니까?"

창문 앞에 서 있던 노중평이 웃는 얼굴로 명함을 내밀었다.

"네, 유세영이라고 합니다."

유 부장은 마른침을 삼키며 명함을 교환했다. 여직원이 노크와 함께 들어와서 찻잔을 내려놓았다. 유 부장은 노중평에게 의자를 권하고 자리에 앉았다.

"오늘 출근을 안 했다고 들었는데, 무슨 일로 출근을 안 했습니까?"

"그, 글쎄요."

노중평이 느닷없이 묻는 말에 유 부장은 업무과장을 바라봤다.

"그런데 차장님은 왜 찾으십니까?"

업무과장이 아랫배에 힘을 지그시 주며 작정한 얼굴로 노중평을 바라봤다.

"정광표 씨 집에 가보니 부인이 그러는데 어젯밤에 안 들어왔답니다. 지난 금요일 회사에서 무슨 일이 있었습니까?"

노중평은 커피를 마시면서 유 부장의 눈치를 살폈다. 불안한 눈빛이다. 정광표와 무언가 얽혀 있는 것 같은 눈빛이기도 하다. 젠장, 하늘로 날아간 것도 아니고, 땅으로 꺼진 것도 아닐 것이다. 그런데도 정광표의 무쏘는 찾지 못했다. 인가가 없는 산속으로 들어갔거나, 도로에서 보이지 않는 밭 같은 곳에 숨겨두었을 확률이 높다. 사건 접수철에 기록하지 않은 수사다. 비공식 수사라서 대전경찰청의 지원을 받을 형편이 못 된다. 옥천이 아무리 작은 군이라지만 샅샅이 훑을 수 있을 정도의 면적이 아니라 그냥 서울로 올라왔다.

"아내 분이 금요일부터 못 봤답니까?"

업무과장이 놀란 얼굴로 유 부장을 바라봤다. 유 부장의 얼굴이 새파랗게 질려가고 있다.

"아내 분은 지난 금요일 이박 삼일 일정으로 태안으로 놀러 갔다가 어제 오후에 왔답니다. 회사에서 무슨 일이 있었군요."

척하면 삼척이다. 노중평은 유 부장 눈을 응시했다. 눈빛이 흔들린다.

"사, 사실은 중국 공장으로 발령이 났습니다."

유 부장은 상황이 좋지 않게 돌아가는 것을 느꼈다. 어젯밤에도 집에 안 들어갔다면 지난 이틀 동안도 집에 들어가지 않았다는 결론이다. 과장들 말에 의하면 금요일 퇴근할 때 별다른 징후가 없었다는 것이다. 차에 번개탄이라도 피워 놓고 자살이라도 했다면 다행이다. 그게 아니고 어떤 음모를 꾸미고 있다면 보통 일이 아니다.

"제가 알기로는 정년퇴직 때가 된 걸로 알고 있는데, 이 회사에서는 정년 퇴직자를 중국으로 보냅니까?"

노중평은 촉이 왔다. 자동차 부품 회사의 기능직도 아니다. 사무직, 그것도 경리부 직원이다. 정년퇴직을 앞둔 경리부 간부를 중국 공장으로 보낼 때는 그만한 이유가 있을 것이다. 수첩을 꺼내서 메모 준비를 하고 업무과장과 유 부장을 번갈아 봤다.

"특별한 케이습니다. 회장님이 많이 신임을 하시는 분이거든요. 정 차장님이……."

"그렇군요. 그럼 부장님 생각에 중국으로 발령 난 것 때문에 불만을 품고 무단결근을 했다고 보십니까?"

그동안 수사 경험으로 볼 때 한꺼번에 많은 것을 물어보면 꼬리를 감출 수 있다. 슬쩍 화제를 돌리고 유 부장을 바라봤다.

"글쎄요. 제가 볼 때 정 차장이 그런 사람은 아니라고 봅니다만…… 정 차장이 무슨 사고라도 쳤습니까?"

유 부장은 일단 광표가 비자금 문제를 경찰에 제보하지 않은 것으로 판단했다. 그런데도 경찰들이 광표를 찾는 걸 보면 어떤 사건에 개입이 되어 있을 것이다. 노중평을 바라보며 조심스럽게 물었다.

"그 문제는 보안이라 말씀을 드릴 수 없군요. 중국으로 발령 난 것 외 회사에서 다른 일은 없습니까?"

노중평은 대충 그림이 그려졌다. 정광표는 지난 금요일 퇴근해서 돈 가방을 주웠다. 아내는 태안으로 2박 3일 여행을 갔다. 원래 정직한 성격이라 혼자는 엄두를 못 내서 친구를 불러서 둘이 돈 가방을 들고 가출했을 확률이 높다. 경험으로 볼 때 단독으로 은신을 할 때보다 두 명이 은신을 하면 길게 갈 확률이 높다.

"저는 금요일 정 차장보다 일찍 퇴근을 해서 모르겠습니다. 무슨 일 있었나?"

"부장님 퇴근하신 후에 차장님도 약속있으시다면서 곧바로 퇴근하셨습니다."

유 부장의 말이 끝나자마자 업무과장이 말을 이었다.

"약속요?"

최성준이 날카롭게 물었다.

"네, 부장님하고 회의 때문에 약속 시각이 늦으셨다며 뛰어나가셨습니다."

최성준의 말이 끝나기 무섭게 업무과장이 확실하다는 표정으로 대답했다.

"누구와 약속을 했는지는 말하지 않았습니까?"

노중평이 업무과장의 눈을 바라보며 물었다.

"글쎄요. 그냥 약속 시간이 지났다고만 하셨던 것 같습니다."

노중평은 친구와 약속이 있었다고 했던 것 같기도 했다. 하지만 정확하게 기억이 나지 않았다. 괜히 긁어 부스럼 만들 필요는 없다는 생각에 시치미를 뚝 떼고 대답했다.

"알겠습니다. 혹시, 정광표 씨에게 연락이 오면 즉시 저한테 전화해 주시기 바랍니다. 아셨죠?"

"저…… 그런데 정 차장이 무슨 사고라도 쳤습니까?"

산을 넘으니까 또 산이 있다는 말이 있다. 유 부장은 광표가 회장의 비자금에 대해서는 내부고발을 하지 않았을 것이라는 점은 안심했다. 하지만 어떤 사건에 연루가 됐는지 너무 궁금했다. 자칫 잘못하면 어떤 사건인지 모르지만 그 사건 때문에 비자금이 탄로가 날 수도 있다는 생각에 안타깝게 물었다.

"아직은 말씀드릴 수 없지만, 전화가 오면 꼭 저한테 연락을 주셔야 합니다. 안 그러면 좋지 않은 일이 생길 수도 있습니다."

노중평은 회의탁자 앞으로 갔다. 탁자에는 유리가 깔려 있다. 조직도가 보였다. 유 부장 밑에 차장 정광표의 사진이 붙어 있다. 휴대폰을 꺼내서 정광표 사진을 찍었다.

"정광표 씨 인사기록 카드 좀 볼 수 있을까요?"

최성준이 유 부장에게 정중하게 물었다.

"인사기록카드요?"

유 부장이 놀란 얼굴로 반문했다. 영장도 없이 인사기록카드를 보여 줄 수 없다는 말을 하고 싶었지만 말이 나오지 않았다.

"요즈음은 개인정보를 함부로 유출하지 않는 추세라서…"

유 부장이 궁지에 빠진 것을 느낀 업무과장이 재빠르게 끼어들었다.

"영장을 발부받아 올 수도 있습니다. 그렇게 되면 회사 이미지가 안 좋을 것 같은데 괜찮으시겠습니까?"

노중평이 웃는 얼굴로 은근하게 협박을 했다. 유 부장이 당혹스러운 표정을 짓는 얼굴을 보고 잘게 웃었다.

"기자들이 냄새를 맡고 달려들지도 모르죠. 물론 우리는 비밀을 지키겠만서도…"

최성준이 점잖게 끼어들었다. 유 부장이 하는 수 없다는 얼굴로 업무과장에게 눈짓했다. 업무과장이 밖으로 나가는 모습을 지켜보며 자신도 모르게 두 손바닥을 쓱쓱 비볐다.

도로 건너 멀리 대천해수욕장이 펼쳐 보이는 모텔이다.

광표는 술을 많이 마셨을 때의 아침처럼 두통에 눈을 떴다. 바다 쪽 베란다 문에 수면 커튼을 쳐 놓아서 시야가 깜깜하다. 어젯밤에 모텔 근처에 있는 횟집에서 늦게까지 술을 마셨다. 2차로 노래방에 가서 술을 마시고 모텔로 오는 길에 편의점에서 맥주와 소주를 샀다.

"자, 이 돈 아빠가 주시는 돈이라고 생각하고 받아. 쉬는 날 옷이라도 한 벌 사 입어라."

파란색 유니폼을 입은 뚱뚱한 직원은 나이가 스물 한두 살로 보였다. 5만 원짜리 두 장을 내미니까 경계 서린 눈빛으로 바라봤다. 네 또래의 딸이 있었는데 하늘나라로 갔다. 라며 거짓말을 하니까 주저하면서도 돈을 받았다.

편의점에서 나오는데 기분이 너무 좋아서 자꾸 웃음이 나왔다. 돈이란 좋은 것이다. 지친 사람에게 기운을 주고, 가난한 사람에게는 웃음을 준다. 바닷가라서 하늘의 별들이 유난히 반짝반짝 웃는 것처럼 보였다.

"약속한 거다. 우리 둘이 평생 이렇게 살자고……."

40대 중반까지만 해도 정식이와 늦게까지 술을 마신 날은 어깨동무를 하고 지하철역이나 버스정류소까지 갔었다. 나이가 들면서 언젠가부터 어깨동무 대신 비틀거리는 상대방을 부축하며 걷는 날이 많아졌다. 하지만 어제는 편의점에서 나와 오랜만에 어깨동무를 하며 걸었다.

"야! 몇 번이나 말을 해야 알아듣겠냐? 남은 인생은 우리 맘대로 살아 보자구. 우리가 돈이 없나? 우정이 없나? 그렇다고 나이가 먹었냐?"

"하믄, 인생 육십이면 아직 이십 년은 팔팔하게 살 나이지."

"야! 정식아, 내 꿈이 뭔지 아냐? 정년퇴직하고 나서 말야. 일 톤짜리 중고 트럭을 캠핑카로 만들어서 마누라와 전국 여행 다니는 것이었다. 근데 말야? 하나밖에 없는 딸년 공부 갈키고 시집보내는데 퇴직금 대출까지 끌어 썼잖아. 나, 정년퇴직하면 빈털터리라구. 정년퇴직하면 캠핑카가 아니고 택배차를 몰아야 된다구."

"난, 자식이 품 안을 떠나면 부부끼리 낭만적으로 살 줄 알았다. 근데 이게 뭐냐? 살던 집도 내줘야 하고, 아파트 경비 자리나 찾아봐야 하고."

"맞아. 마누라라도 내 심정을 백 분의 일이라도 이해해 주면 중국에 가서 박박 기는 한이 있더라도 출국하겠어. 그런데, 너 미영이 엄마 잘 알지? 당장 저는 이박삼일 여행 다니면서 나한테 빨래 안 해놨다고 타박을 하더라. 내 참! 하늘에 계신 우리 엄마가 알면 기절하다 못해 돌아가실 만한 일이지."

"그만! 집 걱정 뚝! 마누라 생각 뚝! 자식 생각 뚝! 우리 인생 해피! 알았지?"

정식이 걸음을 멈췄다. 넘어지지 않으려고 똑바로 서서 앞뒤로 흔들면서 주먹을 흔들어 보였다,

"오케이, 오케이. 이 세상에 이제 너하고 나밖에 없다."

정식의 뒤로 밤바다가 보였다. 타원형으로 펼쳐진 푸른 스크린에 별들이 은가루를 뿌려 놓은 것처럼 떠 있다. 얼굴을 덮어 버리는 바람에 짭짤한 소금 냄새가 배어 있었다. 정식의 어깨가 감촉이 40대처럼 듬직하게 와 닿지 않았다. 탄력을 잃은 아내의 젖가슴처럼 말랑말랑한 감촉으로 다가왔었지만 그게 오히려 마음이 편했었다.

"벌써 일어났냐?"

광표가 수면 커튼을 젖혔다. 베란다 밖에서 용을 쓰고 있던 햇살이 산사태처럼 방 안으로 밀려들어 왔다. 팬티만 걸치고 자고 있던 정식이 눈을 찡그리며 물었다.

"금방 일어났어."

광표는 냉장고 안에 있는 생수병부터 꺼내 들었다. 시원한 물이 식도를 타고 내려가면서 두통이 가시는 것 같았다. 때로는 습관 때문에 몸서리쳐질 때가 있다. 갈증이 가시고 나니까 어서 출근해야겠다는 생각이 들었다. 옆에 정식이 있는 것을 보고 나서야 회사에 사표를 내겠다고 말했던 것이 생각났다. 젠장, 회사하고는 인연 끊기로 했잖아. 어젯밤에 회사와 아내 이름은 서해에 던져 버리기로 정식이와 골백번도 더 약속을 했었다.

"지금 몇 시나 됐냐?"

"한 열 시는 안 됐겠냐?"

157

"내 생각에 점심시간은 지난 거 같은데……."

정식이 방바닥에 던져진 러닝셔츠를 툭툭 털어서 입으며 중얼거렸다.

"핸드폰이 어딨지?"

광표가 휴대폰을 찾아 두리번거리다 이불을 들썩이며 중얼거렸다.

"너, 어제 많이 취했구나. 핸드폰 있으면 우리가 어디 있는지 추적이 가능하다고 바다에 버렸잖아."

정식은 광표가 마시던 생수병을 받아서 목젖이 꿈틀거리도록 단숨에 비워버렸다. 입술을 닦으며 베란다 앞으로 갔다. 팬티 속에 손을 집어넣어 긁으면서 바다를 바라봤다. 바다에서 불어오는 바람에 소금기가 묻어 있었다. 햇살에 은빛으로 반짝거리는 수평선에 어선들이 한가롭게 파도를 타고 있다.

"핸드폰을 바다에 던졌어?"

광표는 천장을 바라보며 눈을 끔벅거렸다. 정식이 말대로 휴대폰을 바다에 던져 버린 것 같기도 했다.

"네가 먼저 네 것을 던져 버리고, 내 걸 빼앗아서 던져 버렸잖아."

"그럼 무쏘는 어떡하지?"

"이따라도 전화해 보면 돼. 레커차 운전사가 명함 줬잖아."

"맞아 명함을 받았지."

광표가 기억이 난다는 얼굴로 재킷 주머니를 뒤졌다. 어젯밤 무쏘를 견인해서 옥천까지 나왔다.

"지금은 공업사에 당직자밖에 없습니다. 일단 제가 공업사에 차를 넣어 둘 테니까 내일 전화를 주십쇼."

어젯밤에 레커차 운전사가 내민 명함이 재킷 주머니에 들어 있었다. 이따 전화를 해 보리라 생각하며 도로 주머니에 넣었다.

"뭣 좀 먹어야지?"

정식이 텔레비전을 틀었다. 텔레비전 화면에 구석에 나와 있는 시간은 오후 1시 30분이다.

정오를 넘긴 하늘에는 구름 한 점 없었다. 횟집이 늘어서 있는 바닷가라 평일인데도 사람들이 많았다. 약속이나 한 것처럼 빨갛고 파랗고 노란 등산복을 입은 장년층들이 단체로 몰려다니거나, 삼삼오오로 횟집 앞에서 흥정을 벌이고 있었다.

광표는 햇살이 너무 눈이 부셨다. 사람들이 모두 자신을 바라보는 것 같아서 고개를 똑바로 들 수도 없었다. 문득 아내가 회사로 전화를 했는지도 모른다는 생각이 들었다. 어젯밤에 집에 들어오지 않았다는 아내의 말에 유 부장이며 과장들이 걱정하고 있을지도 모른다는 생각이 들었다. 아냐, 정식이 말대로 내가 중국으로 발령 난다고 해서 어느 누구 한 놈 서운해할 놈이 없을 거잖아. 회사를 잊어버려야 한다고 생각했다. 그러나 몇 발자국 걸어가면 또 깨끗하게 정리가 되어 있는 책상이 떠올랐다.

광표와 다르게 정식은 채권회사 생각이 나지 않았다. 고정급을 받던 회사도 아니다. 채권 회수액에 따라서 받은 수당을 그때그때 정산받지 않고 적립을 한다. 그 돈을 월급날 목돈으로 받던 회사. 출근하지 않았다고 해서 누구 하나 깊게 생각하는 직원은 없을 것이다. 아내도 재민이를 만나서 구체적으로 커피점 창업 준비를 하고 있을 확률이 높다. 문득 세상에서 가장 외로운 놈이 나라는 생각이 들어서 쓰게 웃었다.

"뭘 먹을래?"

광표가 바다를 바라보며 지나가는 말처럼 물었다.

"얼큰한 매운탕?"

"배가 고픈 것 같기도 하고, 괜찮은 것 같기도 하고……."

"난 한 상에 몇십만 원짜리 먹는 부자들을 이해할 수가 없더라. 비싼 음식 먹는다고 더 오래 사는 것도 아니고, 비싼 음식은 무조건 맛있으라는 법도 없잖아."

"나도 먹는 거는 욕심 안 낸다. 불량식품만 아니면 뭐든지 맛있어."

광표는 횟집이 늘어서 있는 곳으로 걸음을 옮겼다. 자유는 상대성이라서 억압받을 때만 느낄 수 있다. 회사에 출근을 안 하고 점심을 먹으러. 그것도 회사하고 수백리 떨어진 바닷가에서 점심 먹을 곳을 찾아 어슬렁거리니까 기분이 이상했다.

정식은 손님들이 한 명도 없는 횟집으로 들어갔다. 고무 앞치마에 고무장갑을 끼고 있는 40대 여주인이 반겼다. 회는 먹지 않고 매운탕만 먹을 수 있느냐고 물었다.

"여기서는 매운탕만 따로 팔지 않아요."

장사에는 마수걸이라는 것이 있다. 마수걸이는 장사를 시작하기 전에 맨 처음 받는 손님이 매상을 올려주는 것을 말한다. 마수걸이가 좋아야 그날 매상이 좋다는 것은 삼척동자도 알고 있다. 해장 손님부

160

터 7천 원짜리 매운탕 손님을 받고 싶지 않아서 매정하게 잘랐다.

"메뉴판에 있는 매운탕은 뭡니까?"

정식이 턱으로 노란색 바탕에 검은 글씨로 써져 있는 메뉴판을 가리켰다.

"회를 드신 분들한테만 파는 것이에요. 광어 자연산 싸게 드릴 테니까 드세요."

여주인이 뜰채로 광어 한 마리를 떠 보이며 흥정을 시작했다.

"우리 어제도 이 집에서 회를 먹었는데 내 얼굴 기억 안 나요?"

정식이 능글맞은 얼굴로 온돌방에 있는 식탁을 가리켰다.

"어제, 여기서 회를 드셨다고요?"

"우리 저쪽 바다펜션에 묵고 있다고 하니까 해삼 한 접시 서비스로 준 거 기억 안 나세요?"

정식의 말에 광표는 자신도 모르게 바다펜션을 바라봤다. 르네상스식으로 지어진 5층 건물이 한 폭의 그림처럼 아름답다. 사실 어제 처음에는 바다펜션에서 묵을 생각이 없었던 것은 아니다. 하지만 하룻밤 숙박료가 15만 원이라는 말에 생각이 바뀌었다.

"야, 변기를 금으로 만들었다고 금똥이 나오냐?"

정식이 먼저 입을 딱 벌리고 고개를 흔들었다.

"하긴, 하룻밤 자면서 돈 십만 원 공돈으로 날려 버릴 필요 없지."

바다펜션은 간단하게 포기하고 길 반대편에 있는 와인모텔에서 잠을 잤다. 대전에서 렌트한 렌터카도 와인모텔 주차장에 주차되어 있다.

"언제 가실 건데요?"

여주인이 정식의 넉살에 속는 셈 친다는 얼굴로 물었다.

"이 사람이 작가 아닙니까? 저는 출판사 사장이고요. 글 쓰러 왔으니까 한 달 때쯤 있을 겁니다."

정식이 능청스럽게 광표의 등을 툭툭 치며 히죽 웃었다.

"어머, 작가님이세요. 얼른 들어오세요."

"매운탕 맛있게 부탁합니다. 소주도 한 병 주시고요. 맥주하고요."

정식은 신발을 벗고 바다 쪽 창문 앞으로 성큼성큼 걸어갔다.

"매운탕 한 그릇 먹으려고 그렇게 사기 쳐도 되냐?"

광표가 컵에 물을 따라서 정식이 앞으로 내밀며 물었다.

"우린 자유인이야. 몸만 자유인이 아니고, 이 머리, 머릿속에 들어 있는 생각도 자유란 말이지……."

"난 좀 불안해. 큰 죄를 짓고 있는 기분이 들어."

"제수씨 때문에?"

"마누라는 내가 없어도 잘 살 거야. 미영이가 걱정이지. 이따 레커차 운전사한테 전화할 때 미영이한테도 전화 한 통 넣어야겠다. 아빠 잘 있으니까 걱정하지 말라고. 넌 재민이 걱정 안 되냐?"

"나!"

여주인이 소주와 멍게며, 해삼, 소라 등을 가지고 왔다. 정식이 소주 뚜껑을 따며 생각에 잠겼다. 적어도 재민이는 자식이니까 걱정을 할 것이다. 며느리는 아내와 이 기회를 놓치면 커피점은 영원히 날아 간다는 생각에 남편이나 시아버지 부재를 작은 일탈 정도로 여기고 있을 것이다.

"제수씨야 그렇다 치지만 재민이는 아빠를 걱정할 거잖아."

"자, 우선은 아무 생각 없이 즐기는 거다. 내 말 무슨 뜻인지 알겠지?"

정식은 광표가 묻는 말에 대답을 하지 않았다. 마른 웃음을 지으며 광표 잔에 건배를 했다. 광표의 대답을 기다리지 않고 시원하게 잔을 비웠다. 가족으로부터 완벽하게 벗어나고 싶었다. 채무자들 대부분 고의로 대출을 상환하지는 않는다. 열 명이면 열 명, 백 명이면 백 명, 모두 신용불량자로 살아갈 수밖에 없는 상처를 안고 산다. 금융기관에서는 이미 손실 처리된 채권서류를 헐값으로 사서, 그들을 은근히 협박을 할 때마다 양심에 걸렸다. 그런데도 거의 20년 동안 반협잡꾼으로 살아온 것은 순전히 가족 때문이다. 이제 그 가족의 굴레에서 벗어나고 싶었다.

"그래, 까짓것. 우리도 우리 멋대로 한번 살아 보자. 며칠 동안 아무 생각 없이 지내다 보면 우리가 가야 할 길이 서서히 보이겠지."

광표는 정식의 마음을 이해했다. 자신과 같은 생각을 하고 있을 것이라고 믿으며 정식의 빈 잔에 소주를 채웠다.

"여기서 무창포 가깝잖아. 내일은 무창포에 대하나 먹으러 갈까?"

"대하 제철이 아니라 비쌀 텐데?"

"비싸 봐야 얼마나 비싸겠어."

"몇 년 전에 마누라하고 미영이하고 대하축제 할 때 한번 갔었거든. 열댓 마리에 십이만 원을 받더라구."

"그래서 안 먹고 그냥 나왔어?"

정식이 주인을 불러 소주 빈 명을 들어 보이며 어이없다는 얼굴로 물었다.

"주문하고 나서 알았잖아. 난 십이만 원을 달라길래 세 식구가 배부르게 먹을 정도로 나올 줄 알았지."

"하여튼 우리나라는 축제 때 바가지 씌우는 문화부터 확 바꿔버려야 해. 그래서 무창포 안 갈 거야?"

"가 보자구. 어차피 렌터카는 모레 돌려주기로 했잖아."

집 나오면 고생이라는 말이 있다. 광표는 캐리어에 돈뭉치를 갖고 다니니까 집 생각이 안 날 줄 알았다. 아내가 해 주는 밥을 먹은 지 겨우 사흘밖에 안 됐다. 그런데도 아내가 해 준 밥 생각이 났다. 반찬이 있니 없니, 밥이 코로 들어가는지 입으로 들어가는지 모를 정도로 잔소리를 해대는 아내지만 보고 싶기도 했다.

8

최 이사실은 사무실 쪽의 유리벽에는 블라인드가 쳐져 있다. 그 블라인드가 올라가 있는 날은 거의 없었다. 사무실에 앉아 있으면 블라인드가 유리벽을 가리고 있는 블라인드가 벽 역할을 해서 안정감이 있었다. 가끔 직원들의 동정이 궁금하면 블라인드 틈으로 엿보는 것도 재미가 있다.

오늘은 평소와 다르게 회색 블라인드를 올려 버리고 싶을 정도로 가슴이 답답했다. 사람이 저지른 문제는 살인을 빼놓고는 해결 못 할 것이 없다. 냉철하게 판단해 보면 해결책이 보이기 마련이다. 하지만 광표의 문제는 짙은 안개에 가려 있다.

회장은 은밀하게 불러서 하청업체에서 리베이트를 받아내라고 지시를 하거나, 중국 공장으로 수출을 하는 원재료를 부풀리게 한 차액을 가져오라는 지시는 한다. 비자금을 정치인이나 고위관료, 때로는 자동차 회사 임원들에게 배달시키는 경우는 종종 있다. 하지만 비자금을 어떻게 관리를 하고 있는지에 대해서는 함구를 하고 있다. 회장의 속셈은 비자금 금고를 임원들에게까지 공개할 이유가 없을 것이

다. 그렇다고 해서 광표가 비자금을 관리하는 사실을 모르는 임원은
없다.

차명계좌?

광표는 차명계좌를 개설한 장본인이다. 어쩌면 제 이름으로 개설
한 통장도 있을 것이다. 두 번 다시 회장 얼굴 안 볼 생각으로 인출해
도 법적인 하자가 없다. 회장은 가슴앓이 앓는 기분으로 이빨을 바득
바득 갈며 참을 수밖에 없을 것이다.

"이사님 무슨 생각을 하십니까?"

유 부장은 정광표가 이틀씩이나 결근한 것을 혼자 감당할 수가 없
었다. 죽을죄를 지었다는 얼굴로 몸을 조아리고 있다가 조심스럽게
물었다.

"정광표한테 차명계좌에 대해 들은 말이 있나?"

"이사님, 오늘 제가 인수를 받기로 했지만 몇 개나 되는지는 모릅
니다."

"서랍은 뒤져 봤어?"

최 이사는 말을 해 놓고 이내 후회했다. 거액이 들어 있는 통장을
책상 서랍에 두고 다니지는 않을 것이다.

"네, 서랍 안에 사표 같은 것은 안 들어 있습니다. 정리를 한 흔적
도 없고요."

"그 새끼하고 가깝게 지내는 직원은 누구야?"

최 이사가 생각하면 생각할수록 화가 나 이가 갈리는 목소리로 물
었다.

"특별하게 없는 것 같습니다."

"잘한다. 제 밑에 있는 부하직원 동태도 파악 못 하는 놈이 부장이라고 자리를 지키고 앉아 있으니……."

"죄송합니다. 앞으로는 철저하게 직원 동태를 살피겠습니다."

"소 잃고 외양간 고치기지. 그놈 여편네도 중국으로 발령 난 사실을 모른다는 말이지?"

"네. 깜짝 놀라더군요.

"하여튼 매를 벌어요. 매를 벌어. 야! 이 사람아, 인수를 받기 전에 쓸데없이 중국 발령 얘기는 왜 했어……."

최 이사는 화를 내 봤다 소용이 없다는 얼굴로 입을 다물었다. 물, 컵을 들어서 벌컥벌컥 마시고 거칠게 내려놓았다.

"저, 회장님께 보고를 빨리하시는 것이……."

유 부장은 너무 억울했다. 지난 금요일 광표에게 중국 발령 건에 대해서 말하라고 한 사람은 최 이사다. 아직 시간이 있으니까 비자금 인수를 받고 말하는 것이 좋지 않을까요? 워낙 중요한 일이라서 반대를 했다. 야, 이 사람아. 왜 그렇게 눈치가 없어? 정 차장이 중국에 간다는 보장은 없잖아. 미리 말해줘서 사표 낼 시간을 줘야 하잖아. 최 이사가 다그치는 말에 대꾸를 하지 않았다. 이제와서 덤터기를 씌우는 것이 울고 싶도록 억울하기는 했지만, 죽을죄를 지었다는 얼굴로 조아렸다.

"당신 그렇게 안 봤는데 지금 생각이 있기는 한 거야? 그렇지 않아도 회장님 요즘 건강이 안 좋으셔서 병원 출입을 많이 하시는데 충격을 받아서 돌아가시기라도 하면 당신이 책임질 거야?"

"그래도 미리 보고를 드리는 것이……."

회장의 건강이 안 좋다는 것은 회사에 소문이 난 사실이다. 어제오
늘이 아니다. 벌써 5년째다. 마른 명태가 오래 간다고 병원 출입은 잦
지만 길게 입원한 적은 없다. 유 부장은 말꼬리를 흐리며 최 이사의
눈치를 살폈다.

"당연히 보고는 해야지. 하지만 대책을 세워놓고 보고를 해야 되는
거 아냐? 보고를 하면 회장님이 뭐라고 말씀하시겠어? 당장 정광표
그 새끼를 내 앞에 데리고 오라고 하시면 뭐라고 대답을 해? 꿀 먹은
벙어리처럼 입 다물고 있어?"

"사람 미치겠네. 도대체 어디로 숨어 버린 거야? 집에도 안 들어가
고……."

유 부장은 쥐구멍이라도 있으면 숨어 버리고 싶었다. 그동안 광표
에게 깍듯이 선배 대접을 했다. 광표가 인간적으로 본받을 만한 성품
때문은 아니다. 직급은 낮지만, 회장의 비자금을 관리하고 있는 충견
이라는 점을 무시할 수 없었다. 이렇게 느닷없이 뒤통수를 칠 줄 알았
다면 회장님의 충복이고 뭐고 철저하게 부려먹지 못한 후회가 파도처
럼 밀려왔다.

"형사들은 왜 찾아 왔을까요? 혹시 짐작이 가시는 것이라도?"

"마침 구로경찰서에 아는 사람이 있어서 물어봤더니 공개수사는
아니라는 거야. 공개수사면 얼마든지 확인할 수 있지만, 비공개 수사
를 물어보는 것은 서로 룰이 아니라서 알 수가 없다는 거야."

"저도 형사들한테 물어봤습니다. 형사들도 보안이 필요한 사항이라서 절대 말해 줄 수 없다고 하더군요. 아무래도 무슨 사고를 친 것 같습니다."

"하청업체한테 일감을 몰아주겠다고 사기를 쳤든, 유부녀와 붙어먹다 남편놈에게 걸려서 피박살이 나도록 얻어터져도 상관없어. 회장님 돈만 안전하면 되잖아. 안 그래?"

"지, 지당하신 말씀이십니다."

"내 생각에는 이 새끼가 잠적했을 가능성이 커."

"잠적했다면 무언가를 가지고?"

유 부장은 상상하기조차 싫어서 '비자금'이라는 말을 입에 담고 싶지 않았다. 긴장한 얼굴로 최 이사를 바라봤다.

"나도 당신하고 같은 생각이야. 죄지은 것이 없으면 잠적할 필요가 없을 거잖아."

최 이사는 일어나서 창문 앞으로 갔다. 창문을 등지고 서서 목소리를 줄이며 유 부장을 바라봤다.

"그럼, 튀었다는 겁니까?"

"지금 상황으로는 그렇게 의심할 수밖에 없잖아. 멀쩡하게 회사 다니던 놈이 왜 증발했겠어? 교통사고가 났거나, 중국 공장 발령 난 것 때문에 산에 올라가서 목을 맸다면 지금쯤은 연락이 왔어야 되는 거아냐?"

"통장 비밀번호며 인출카드…… 도장…… 모두 광표 그놈 손에 있으니까 그럴 수도 있겠군요."

유 부장은 이제는 정 차장이라 부를 이유가 없었다. 광표가 회장의 돈을 들고 튀었다면 부하직원 관리 소홀로 치명적 타격을 입을 수가 있다. 회장 성질로 볼 때 퇴직금 한 푼 안 주고 사표를 내라고 하는 상황이 될지도 모른다. 철천지원수가 되어 버린 광표의 얼굴을 생각하며 주먹 쥔 손을 부들부들 떨었다.

"뭐 하고 있냐?"

"네?"

최 이사가 노려보는 눈빛에 유 부장은 자신도 모르게 벌떡 일어섰다.

"어서 그놈을 잡아 와. 놈이 제 발로 경찰에라도 걸어 들어가면, 당신이나 나나 모가지라구. 내 말 무슨 뜻인지 알겠어?"

"아, 알겠습니다."

유 부장은 입안이 타는 것 같았다. 등에는 어느 틈에 식은땀이 흐르고 있었다. 이 나이에 모가지를 당하면 갈 곳도 없다. 3층짜리 건물에서 나오는 월세로 고등학교에 다니는 막내와 대학에 다니는 큰놈과 작은놈의 학비는 어림도 없다. 당장 공사판에 나가 등짐을 지는 신세가 될 것이 뻔하다.

"당장 결재 올려야 할 일 있나?"

"네, 하청회사 대금 지급 건 몇 건 있습니다."

"어서 결재 올려. 혼자 날뛰지 말고 누굴 데려가. 업무과장이 자네 대학 후배잖아. 민감한 문제니까 업무과장하고 주먹 좀 쓸 만한 직원을 데리고 가."

"아, 네. 경비반장한테 지시하면 운동 좀 하는 경비가 있을 겁니다."

유 부장은 한시가 급했다. 마른 침을 삼키면서 밖으로 나갔다. 업무과장과 경리 1, 2과장의 시선이 직선으로 와 닿는다. 저놈들도 문제다. 놈들은 광표의 부하직원들이다. 광표가 눈빛이 돌아가면 물불 안 가리고 돌아 버리는 성격이라는 점을 어느 정도 알고 있었을 것이다. 그런데도 정보를 주지 않았다. 정광표만 찾아내고 나면 과장 놈들 단단히 군기를 잡겠다고 이를 갈았다.

광표의 아내는 휴대폰을 때려 부수고 싶었다. 아니, 그냥 때려서 부수는 것이 아니다. 해머로 박살을 내고 싶었다. 광표에게 전화를 수십 번 했지만, 통화를 할 수 없다는 메시지가 신경을 박박 긁고 있었다.

이 인간이 무슨 사고를 치고 어디로 숨어 버렸나?

한편으로는 겁도 났다. 어젯밤 집에 들어오지 않았다. 친구 상갓집에 문상하러 가서 아무리 시간이 늦어도 집에 와서 잠을 자던 광표다. 젊었을 때 회사 일로 밤새워 일을 할 때도 새벽에 집에 와서 아침을 먹었다. 그런 인간이 전화를 끊어 버리고 외박을 한 지 벌써 이틀째다.

월요일에는 형사들이 찾아 왔다. 형사라는 말에 겁이 나서 무조건 아무것도 모른다고 딱 잡아뗐다. 회사에서도 급하게 찾는 목소리로 전화가 왔지만 이런 일은 처음이라고 눈물을 흘리는 척했더니 얼른 전화를 끊어 버리고 말았다.

설마?

유 부장 말로는 다음 달부터 중국 공장으로 출근을 해야 한다고 했다. 중국어 한마디 모르는 인간이라 중국 공장 발령이 무섭고 두렵기도 했을 것이다.

아냐, 절대 그럴 일은 없어.

광표 아내는 끔찍한 생각을 하다 진저리를 치며 고개를 흔들었다. 광표는 단짝 정식이와 함께 있는 것이 확실하다. 정식이 아내에게 전화를 해 보니까 정식도 집에 들어오지 않았다고 한다. 정식이도 회사에 출근을 하지 않았을 것이라고 말했다. 노래방 도우미 년하고 바람 피우고 들어와서 내쫓아 버렸다는 것이다.

"내가 이혼하자고 하니까, 한 마디도 지지 않고 이혼하자고 큰소리 치더라구. 완전히 돌았어. 그렇다고 내가 쫄을 거 같애? 난 그 인간 은행에 사표 낸 날부터 혼자 사는 것이 편하던 사람이라구."

정식의 아내는 캐리어에 찢어진 팬티까지 싸서 정식을 내쫓았다며 자랑스럽게 말했다. 당연히 집에 안 들어 올 것이라는 것. 지금쯤 어느 모텔이나 여인숙에서 후회하고 있을 것이라고. 만약 후회를 하지 않고 있다면 내 손바닥에 장을 지지겠다고 장담했다.

내가 미쳐. 열서너 살 먹은 사춘기도 아니고, 제 친구 이혼한다니까 덩달아 이혼하자고 큰소리 쳐?

맞아. 땡전 한 푼 없이 큰소리치지는 않았을 거야.

정식의 아내는 언젠가 광표가 감추어 둔 비상금을 우연히 찾아냈었던 것이 떠올랐다, 그때 비상금을 감추어 둔 장소가 컴퓨터 본체 안이다. 인터넷으로 고스톱을 치고 있는데 갑자기 꺼져 버렸다. 컴퓨터 수리기사를 불러서 본체를 뜯어보니 5만 원짜리로 4백 2십만 원이라는 거금이 나왔다. 신이 나서 컴퓨터를 새것으로 교환하고 친구들과 회식을 했었다.

광표가 틈틈이 보아 둔 비상금이 또 없으라는 법은 없다. 어딘가 감춰두었다가 정식이 가출하자고 부추기니까 친구 따라 강남 간다는 식으로 나갔을 수도 있다. 이놈의 인간을, 그냥! 생각 같아서는 손톱을 세워 얼굴에 사선을 그어 놓고 싶다. 하지만 눈에 보여야 사선을 긋든지 정식의 아내처럼 가방을 싸서 내보낼 수 있다. 눈에 보이지 않으니까 화가 치밀다가, 한편으로는 무섭기도 했다. 중국으로 발령 난 사실도 숨기고 회사에 출근도 안 했다. 어디 산속에 들어가서 목이라도 매달았으면 어쩌지? 하는 생각을 하면 가슴이 부들부들 떨렸다. 무서워서 부들부들 떨다가도 지금까지 회사에 출근하지 않은 적이 단한 번도 없던 걸 생각하면 또다시 화가 났다.

초인종이 요란하게 울렸다.

정식의 아내는 시간을 확인했다. 오후 4시가 넘었다. 이 시간에 올 사람은 없다. 택배로 올 일도 없고, 음식을 배달시키지도 않았다. 이 인간이 이제야 끄대 오는구나? 무섭고 걱정되던 생각이 하얗게 사라졌다. 그 대신 참고 있었던 화가 치밀어 올랐다.

"어, 어머, 부장님 아니세요?"

현관 앞에 서 있는 사람은 놀랍게도 유 부장이다. 다른 두 명은 이름은 모르지만, 부하직원들로 보였다. 깜짝 놀라 뒷걸음치며 엉겁결에 인사를 했다.

"정 차장한테 아직 연락 없죠?"

유 부장은 한가롭게 격식을 차릴 여유가 없었다. 수사관이나 된 것처럼 거실로 올라서면서 대뜸 따지는 목소리로 물었다.

"그, 그이가 무슨 잘못을 저질렀나요?"

광표의 아내가 파랗게 질린 얼굴로 물었다.

"정 차장이 회사의 비밀서류를 가지고 잠적했습니다. 어디 갈만한 데 있습니까?"

"비, 비밀서류라니요? 설계도 같은 거예요?"

광표 아내는 어느 회사 직원이 설계도를 중국회사로 빼돌리고 이직했다는 뉴스를 본 적이 있었다. 떨리는 가슴을 누르고 물었다.

"설계도라뇨?"

유 부장은 마음이 급했다. 집안을 돌아다보며 빠르게 물었다.

"뉴스에서 보니까 몇백억 원을 들여 연구한 설계도를 중국으로 빼돌렸다가…….."

광표 아내는 말을 하다가 깜짝 놀랐다. 이 인간이 사고를 쳤나? 사고를 칠 정식이 아니다. 하지만 유 부장이 직접 집 안으로 들이닥친 것을 보니 설계도를 빼돌린 것 같았다. 다리에 힘이 빠져나가서 소파에 털썩 주저앉았다.

"정 차장 책상이 따로 있습니까?"

"거, 건넌방에 따로 있기는 합니다만 무슨 일로?"

광표의 아내가 건넌방을 가리키면서도 놀란 얼굴로 물었다.

"찾아 봐."

유 부장은 원수의 아내가 될 광표 아내 따위는 눈에 보이지 않았다. 업무과장과 경비에게 눈짓을 보냈다.

"뭐, 뭘 찾아보란 거예요?"

"회사 운이 딸린 부품 설계도입니다."

업무과장이 거짓말로 둘러대며 건넛방으로 들어갔다. 창문 앞에 책상과 컴퓨터가 있다. 서가에는 회계와 경리에 관한 몇 권의 책과 소설책 30여 권이 꽂혀있다. 차명계좌가 입금되었을 통장이 숨겨져 있을 만한 곳을 가늠해 봤다.

서가 앞으로 가서 책을 몇 권 뺐다. 통장 부피가 있으니까 책갈피가 벌어진 부분이 있을 것이다.

"자, 잠깐! 경찰도 아니고 이게 뭐 하는 짓이에요?"

광표 아내는 광표가 설계도를 빼갔다는 말에 다리가 후들거려서 일어날 수가 없었다. 만약 설계도가 나온다면 광표가 교도소에 갈지도 모른다. 마냥 놀라 넋을 놓고 앉아 있을 때가 아니라는 생각이 들었다. 이를 악물고 일어났다. 건넛방으로 달려가서 업무과장이 들고 있던 책더미를 거칠게 빼앗았다.

"사모님, 사모님은 소파에 앉아 계세요. 안 그러면 안 좋은 일이 일어나도 우린 책임 못 집니다."

덩치가 큰 경비가 각본대로 광표 아내 손목을 잡았다. 거의 반강제적으로 거실로 데리고 나갔다.

"아, 안 좋은 일이라니?"

"그럼 경찰 불러서 설계도를 찾아볼까?"

유 부장이 광표 아내를 노려보며 반말 비슷하게 말했다. 광표 아내에게는 솔직히 유감은 없다. 하지만 광표를 생각하면 그의 아내를 바라보는 것만으로도 화가 치밀어 견딜 수가 없었다. 전생에 무슨 원수를 진 것도 아니다. 평소에 대접을 안 해 준 것도 아니다. 말 한마디 없이 증발해 버려서 애간장을 태우고 있는 것을 생각하면 컴퓨터를 창문 밖으로 집어 던지고 싶을 정도다.

"꼼꼼히 뒤져 봐. 분명히 이 방 안에 있을 거야?"

유 부장은 마냥 지시만 하기에는 시간이 촉박했다. 의자를 서가 앞으로 갖다 놓고 올라섰다. 서가 위에 먼지가 뿌옇게 내려앉아 있었다. 서류봉투 한 개가 눈에 띄었다. 순간 가슴이 덜컹 내려앉았다.

차명계좌?

마른 침을 꿀꺽 삼키며 천천히 봉투를 잡았다. 봉투를 잡은 손끝이 바르르 떨린다. 업무과장과 경비는 책상 서랍을 뒤진다. 컴퓨터 본체 밑을 살핀다, 의자 쿠션을 눌러 보느라 정신이 없다.

이, 있다!

대봉투안에 들어 있는 그 무엇의 감촉이 딱딱했다. 통장 크기의 딱딱한 그 무엇이 몇 개 들어 있는 감촉이 짜릿하게 손끝을 적셨다. 차명계좌가 든 통장만 찾으면 광표가 산에 올라가서 목을 매고 죽었든, 여수에서 밀항을 했든 상관없다.

"부장님, 찾으셨습니까?"

업무과장이 묻는 말에 방문 앞에서 지켜보고 있던 광표 아내가 달려들었다. 통장이 들어 있는 것 같은 대봉투를 낚아채서 거실로 나갔다.

"뭐야!"

"경찰 불러 오세욧!"

광표 아내는 막연하게 유 부장이 대봉투를 가지고 가면 광표가 위험해질 것 같았다. 고함을 지르며 봉투 안을 살폈다. 사진 몇 장과 서류들이 들어 있다. 광표 비상금이라는 생각이 드는 순간 가슴으로 꽉 껴안았다.

"정광표 씨."

노크 소리도 없이 문이 열렸다. 엉겁결에 통장 봉투를 빼앗긴 유 부장이 멍한 표정을 짓고 있다가 놀란 얼굴로 바라봤다. 짱구가 구두를 신은 채 거실로 들어갔다. 짭새 냄새를 풍기지 않는 남자 세 명이 놀란 표정으로 서 있다.

"누, 누구세요."

"누구긴 정광표한테 돈 받으러 온 사람이지……."

"도, 돈이라니요?"

"정광표 어디 갔어?"

짱구가 뒤따라 온 창세에게 눈짓을 보냈다. 창세가 유 부장을 죽여버릴 것처럼 노려봤다. 유 부장은 경찰인가? 하는 생각이 드는 순간 멈칫 물러섰다. 업무과장은 옆에 서 있던 경비를 슬쩍 앞으로 밀었다.

"어디서 온 사람입니까?"

경비가 유 부장 앞으로 가서 짱구의 위아래를 살폈다. 첫눈에 봐도 조폭들처럼 보였다. 조폭들이 광표를 찾아올 리가 없다. 뭔가 잘못되어 간다는 생각에 유 부장을 바라봤다.

"왜?"

유 부장이 떨리는 눈빛으로 경비에게 속삭였다.

"아무래도 깡패들 같아요."

"뭐?"

"제가 볼 때는 정 차장님이 사채를 쓴 것 같아요……."

"뭐 하는 거야. 통장 뺏어."

유 부장의 말에 경비가 광표 아내에게 달려들었다. 광표 아내가 대
봉투를 꼭 껴안고 소파 쪽으로 주저앉았다.

"통장?"

짱구는 통장이라는 머릿속에서 불이 번쩍 이는 것 같았다. 안방에
서 소득 없이 나오는 창세에게 눈짓을 보내며 경비 앞으로 다가갔다.
광표 아내를 뒤에서 감싸듯이 덮고 있는 경비의 허리춤을 잡아 확 잡
아당겼다. 경비가 비명과 함께 엉덩방아를 찧으며 뒤로 벌렁 나자빠
졌다.

"뭐 하는 거야?"

유 부장은 이쪽은 세 명이라 놈들이 깡패지만 쫄 필요는 없다고 판
단했다. 업무과장에게 손가락으로 광표 아내를 가리키며 창세에게 달
려들었다. 순간 옆구리를 구둣발로 찍어 내는 통증에 털썩 주저앉았다.

"까 버려."

유 부장에 이어서 업무과장이 광표에게 달려들었다. 뒤로 벌렁 나
자빠졌던 경비가 일어나 창세에게 달려들었다. 창세가 거칠게 광표
아내가 들고 있던 대봉투를 움켜잡았다. 광표 아내는 태아처럼 웅크
리고 대봉투를 꽉 껴안았다. 경비가 창세의 허리춤을 꽉 움켜잡아서

일으켜 세웠다. 거의 동시에 경비가 짱구가 광표 아내의 가슴에 안겨 있는 봉투를 잡았다.

"안 돼!"

광표 아내는 필사적으로 빼앗기지 않으려고 몸을 움츠렸다. 그보다 짱구의 손이 빨랐다, 대봉투가 찢어지면서 흑백 사진과 낡은 성적표 몇 장이 흩어졌다. 광표가 고등학교 다닐 때 찍은 사진과 검은색 잉크가 푸르게 변한 성적표라는 것을 확인하는 순간 온몸의 힘이 빠져나갔다.

"어이, 여기도 볼 일 있구만."

경비도 아연한 얼굴로 바닥에 흩어진 광표의 흑백 사진과 성적표를 바라봤다, 짱구가 히죽 웃으며 경비의 어깨를 잡아당겼다. 경비가 생각 없이 어깨를 비틀었다. 거의 동시에 짱구의 오른손이 복부를 갈겨 버렸다. 덩치 큰 경비가 허리를 꺾으며 비틀거렸다. 무릎으로 가슴팍을 날려 버렸다.

경비가 뒤로 벌렁 나자빠질 것 같으면서도 뒤로 비틀거리다가 간신히 텔레비전을 모서리를 잡고 섰다. 두께가 얇은 40인치 LED 텔레비전은 버티지 못했다. 뒤로 무너지면서 벽에 비스듬하게 누웠다. 경비는 넘어지지 않으려고 가족사진이 들어 있는 액자 모서리를 잡았다. 액자도 견디지 못하고 흔들거렸다. 경비가 간신히 중심을 잡았다. 액자가 힘없이 떨어져서 비스듬하게 누운 텔레비전을 타고 방바닥으로 떨어졌다.

짱구가 눈빛을 세우고 유 부장을 노려봤다. 주먹을 날리려고 하는

데 밖에서 경찰차의 경광등 울리는 소리가 요란하게 들려왔다.

"이 쌍! 형님 짭새들입니다."

창세가 베란다문 밖을 살폈다. 빌라로 들어오는 길 쪽에서 경찰차가 경광등을 번쩍이며 달려오고 있다. 짱구에게 눈짓했다.

"다시 올 테니까 정광표 돈 갖고 오라고 해. 우리 손에 잡히면 병풍 뒤에 누워 있어야 할 거야."

짱구는 광표 아내에게 빠르게 내뱉고 밖으로 나갔다. 복도에 몇몇 주민들이 두려운 얼굴로 서 있었다. 짱구와 창세를 보고 일제히 자기 집으로 뛰어 가서 집 안으로 들어갔다.

"웃어. 짜샤."

창세가 굳은 얼굴로 창세 옆에 붙었다. 짱구는 창세의 어깨를 툭 치며 씩 웃었다. 창세도 덩달아 맥없이 웃었다.

"부장님, 우리도 피하는 것이 좋을 것 같습니다. 아무래도 누군가 경찰에 신고를 한 것 같습니다."

업무과장이 마당으로 들어서는 경찰차를 바라보며 급하게 말했다. 유 부장과 경비는 대답을 하지 않고 먼저 밖으로 나갔다.

"우리가 여기 왔다는 경찰에게 말하면 바로 고소 들어갑니다."

업무과장은 마음이 바빴다. 바닥에 널브러져 있는 액자를 힐끗 쳐다보고 바쁘게 밖으로 나갔다.

짱구와 창세는 느긋하게 마당으로 나갔다. 볕이 좋았다. 하늘을 바라보는 척 경찰차를 바라봤다. 경찰차가 느긋하게 멈추는가 했더니 세 명이 내렸다. 주민들의 신고를 받고 왔을 텐데도 바쁠 것이 없었다. 웃는 얼굴로 잡담을 하며 A동 쪽으로 걸어갔다.

유 부장은 현관에서 경찰들과 맞닥뜨렸다. 경찰들이 유 부장과 일행을 슬쩍 바라보고 이 층으로 올라가는 계단을 바라봤다.

"이 층에서 뭔 일 벌어졌습니까?"

경위 계급장을 탄 경찰이 업무과장에게 물었다.

"누가 싸웁니까?"

당황한 업무과장은 대답을 하지 못했다. 경비가 아픈 배를 슬슬 문지르며 능청스럽게 물었다.

"이 층에서 남자들끼리 싸운다는 신고가 들어와서요."

경찰들은 유 부장 일행을 지나쳐서 천천히 2층으로 올라갔다. 이층 복도에 몇몇 사람들이 서성거리고 있었다.

"경찰 왔다."

오십 대 파마머리 여자가 경찰들을 확인하고 광표의 집 앞으로 뛰어갔다. 문을 열지 않고 바로 이 집이라고 속삭였다.

광표 아내는 일단 광표의 사진이며 성적표를 수습해서 소파 위에 올려놓고 텔레비전을 바로 세웠다. 초인종이 울렸다. 경찰일 것이다. 액자를 드는데 뚜껑이 떨어지면서 통장 몇 개가 튀어 나왔다. 통장을 급히 챙겨서 액자와 함께 텔레비전 뒤에 두고 문을 열었다.

"신고받고 왔습니다. 남자들이 싸운다는……."

경위가 형식적으로 거수경례를 하고 집안을 두리번거렸다. 고요하다. 고개를 갸웃거리며 문밖에 서 있는 파마머리를 바라봤다.

"아까 들으니까 남자들이 치고받고 싸우던 거 같던데?"

파마머리가 그럴 리 없다는 얼굴로 거실로 올라섰다. 내 말이 틀림
없다는 얼굴로 안방 문을 열어봤다. 건넌방이며 다른 방까지 열어보
고 베란다 쪽으로 갔다. 빌라 마당에는 햇볕이 한가하게 내려앉고 있
다. 웬 남자 세 명이 탄 승용차가 막 마당을 빠져나가고 있다. 저 사람
들인가? 하는 생각이 들었으나 내색은 하지 않고 돌아섰다.

"싸, 싸우긴 누가 싸운다고 그래요?"

광표 아내가 입술을 핥으며 더듬거렸다.

"별다른 일 없었죠?"

경위 옆에 서 있던 경장이 확인했다.

"겨…… 경수 엄마가 신고했어요? 우리 집에서 싸운다고?"

"응, 아까 쓰레기 버리고 오는데 이 집에서 웬 남자들이 막 싸우는
거 같더라구."

파마머리는 차마 열린 문틈으로 확인했다는 말은 할 수 없었다. 이
유야 어쨌든 싸우는 남자들은 없다. 무엇보다 집주인이 괜찮다고 하
는데 오지랖 넓게 끼어들 필요가 없다고 생각했다.

"그럼 저희는 가 봐도 되겠습니까?"

경찰들도 당사자가 거부하는데 굳이 감 내놔라 밤 내놓으라 할 필
요가 없다. 형식적으로 묻고 광표 아내가 대답도 하기 전에 돌아섰다.

"안녕히 가세요."

광표 아내는 남모르게 가슴을 쓸어내리며 인사를 했다. 옆에 서 있
는 파마머리에도 그만 가보라는 표정을 지었다.

어떡하지?

현관문을 잠그고 나니까 다리의 힘이 빠져 버렸다. 비틀거리며 소파에 털썩 주저앉았다. 회사 사람들이 설계도를 찾아 몰려왔다. 깡패처럼 생긴 놈들이 몰려와서 돈을 내놓으라고 주먹질을 했다. 보통 일이 아니다.

소파에 있는 흑백사진을 들었다. 광표가 고등학교 때 찍은 사진이다. 낡은 교복을 입은 모습이 못 먹어서 시커멓게 야윈 얼굴이다. 중매로 처음 만났을 때도 명태처럼 마른 얼굴이었다. 그런데도 일이 힘들다는 말 한번 해 본 적이 없었다.

도대체 어디 간 거야?

그동안 광표에게 너무 심하게 대했다는 생각이 들면서 걱정이 됐다. 광표가 무슨 돈을 갖고 갔는지, 회사에서 어떤 설계도를 빼돌렸는지는 알 수가 없다. 회사에 전화를 해도 확인해 주지 않을 것이다. 어디 사는지도 모르는 깡패들을 찾아갈 수도 없다.

광표 아내는 텔레비전 뒤쪽 벽이 허전해 보였다. 사진 액자가 떨어졌다는 것을 뒤늦게 알고 일어섰다.

9

돈도 써 본 사람이 쓸 줄 알고, 바람도 피워 본 사람이 바람도 피운다. 하루에 용돈 1만 원씩 쓰던 사람에게 100만 원을 쓰라고 하면 십중팔구 10만 원도 못 쓴다. 1만 원의 한도가 정해주는 1천 5백 원짜리 커피, 5천 원짜리 순댓국에 길들여 있는 습관에 젖어 있는 뇌가 15만 원짜리 바닷가재를 기억하지 못하는 까닭이다.

광표와 정식은 철이 들 무렵에는 학교 갔다 오면 농사일을 하느라 도시 학생들처럼 무슨 캠핑이나 여행은 꿈도 못 꿨다. 사회에 나와서는 집과 직장을 다람쥐처럼 오가며 살았다. 집안의 가장이라는 지위를 영광스럽게 생각했고, 가장의 역할은 오직 가정을 이끌어 가야 한다는 책임감으로 젊음을 다 바쳤다.

젊었을 때는 1박 2일로 여행을 가서 두어 번 거리의 여자를 사서 밤을 보낸 적은 있지만, 아내를 두고 딴 여자를 사랑하는 바람이라고 생각해 본 적은 단연코 한 번도 없었다. 한 마디로 집과 가정밖에 모르는 숙맥들이라서 사회생활은 말 그대로 젬병이었다.

지금까지 살아오는 동안 돈을 쓰는 쪽 보다 버는 일만 해왔다. 회사를 떠난 사회 경험도 젬병이다 보니 20억 원이 넘는 거금을 어떻게 사용해야 할지가 난해한 수학 공식보다 더 어려웠다.

어제저녁에는 자장면을 주문해 먹었더니 9시쯤 배가 허전해서 치킨을 주문했다. 비싼 것도 아니고 제일 싼 1만 8천 원짜리 프라이를 주문하고 소주를 주문했더니 5천 원이다. 정식이 마트에 가서 1,150원씩 세 병하고 페트병에 든 맥주를 사 가지고 와서 치킨 안주 삼아 마셨다.

새장에 갇혀 살던 새는 새장 문을 열어 놓으면 기세 좋게 하늘 높이 날아간다. 하늘을 한 바퀴 돌고 나서는 이내 살던 집으로 돌아온다. 술 마시는 내내 새장이 아닌 다른 세상에서 살아가는 방법을 토론했으나 결론은 오늘은 졸리니까 일단 잠이나 자고 내일 상의해보자는 것으로 끝났다.

아침에 일어나서 배를 채울 생각으로 나갔다. 정식은 바닷가에 왔으니 회나 생선구이, 최소한 조개구이 정도는 먹어 주어야 예법에 맞는다고 말했다.

"그저께 저녁에는 회 먹고, 어제도 매운탕 먹었잖아. 속도 아픈데 순댓국이나 먹자."

세상에는 광표처럼 바다가 보이는 식당에서 순댓국을 먹는 사람들이 예상외로 많다. 자세히 살펴보면 순댓국집만 있는 것이 아니다. 추어탕 전문집도 있고, 족발 가게에 갈빗집은 물론, 떡볶이에 라면 파는 가게도 있다. 바닷가 주민들만 상대하는 곳이 아니고 당연히 외지에서 바다를 보러 온 관광객을 상대로 영업을 하는 곳이다. 광표가 '춘

천순댓국'이라는 간판을 가리키며 말했다.

"일단 여기를 뜨자. 여기서는 아무리 생각해도 미래가 나오지 않아. 좀 조용한 곳으로 가서 의논해 보자."

정식이 순댓국에 깍두기 국물을 타면서 조용히 말했다.

"나도 같은 생각이다. 여기는 사람들이 너무 많이 와. 이따 무창포쪽으로 가보자. 거기로 가다가 조용한 민박집이 있으면 머물자구."

광표가 새우젓 국물을 순댓국에 타면서 좋은 생각이라는 표정을 지었다. 어제 늦도록 술을 마셨더니 얼큰한 순댓국이 소주를 소망했다. 딱 소주 한 잔만 하면 좋다는 생각으로 정식을 바라봤다.

"오늘은 네가 운전할 차례잖아."

이심전심이다. 정식도 딱 한 잔이 생각났다. 대전에서 흰색 산타페를 렌트해서 운전해 왔다. 광표가 운전을 한다고 해서 혼자만 마시면 광표를 고문하는 것과 같다. 점잖게 손을 내젓고 순댓국을 먹기 시작했다.

광표는 잇새를 쑤시며 길게 트림을 했다. 요지를 입에 물고 내비게이션에 무창포해수욕장을 눌렀다.

"오늘이 며칠 째냐?"

캐리어를 짐칸에 싣고 조수석에 올라탄 정식이 중얼거렸다.

"오늘이 수요일이잖아. 마누라야 당연하겠지만 회사에서도 난리났겠지……."

"지금이라도 회사 그만두겠다고 전화해야 되는 거 아냐?"

"그러는 것이 낫겠지?"

광표는 시동을 걸려고 스마트키를 작동하려다 멈췄다. 정식의 말대로 회사에서 걱정하지 않게 사직 의사를 밝히는 것이 좋을 것 같았다. 창문 밖으로 공중전화 부스가 보이지 않았다. 시동을 걸어서 천천히 시내 쪽으로 운전해 갔다.

"퇴직금은 얼마나 되나?"

"미영이 시집갈 때 퇴직금 대출받았잖아. 그때 안 받았으면 괜찮았을 건데…… 그렇다고 후회하는 건 아냐. 어차피 아빠가 그 정도는 해줘야 하잖아."

"넌, 보람 있게 썼으니까 돈 번 거야 임마. 나는 퇴직금 받아서 프랜차이즈 회사에만 좋은 일 시켜 줬잖아."

"나도 그렇게 생각해……."

제법 큰 슈퍼 옆에 공중전화 부스가 서 있다. 광표는 차를 인도 쪽으로 바짝 붙이고 세웠다.

떨 거 없어. 어차피 끝낸 회사잖아…….

막상 회사에 전화를 걸려니까 가슴이 떨렸다. 죄를 지은 것도 없는데 얼굴이 화끈거리기도 했다. 아랫배에 힘을 주고 동전을 집어넣었다. 부장 자리 전화번호를 눌렀다. 부장은 회의 중인지 전화를 받지 않는다. 업무과장도 부재중이다.

무슨 일이 생겼나?

전화를 끊으려고 하는데 누군가 전화를 받는다. 업무과 김 대리다.

"나, 정 차장인데."

"차, 차장님이세요?"

놀란 김 대리의 목소리가 전화기를 뚫고 나올 것처럼 크게 울려 퍼졌다. 광표는 김 대리가 놀랄만하다고 생각하며 수화기를 뗐다가 다시 귀에 붙였다.

"부장님 어디 가셨나?"

"부, 부장님이 지금 차장님 찾으시러 다니세요."

"그래?"

"네, 업무과장님도 오늘 출근도 안 하셨어요. 부장님하고 차장님 찾으러 다니신다고……."

"괜한 고생을 하고 있군. 며칠 있다 회사에 들르겠지만 나 사표 낼 생각이야. 이따 부장님 핸드폰으로 다시 전화하겠지만 그렇게 알고 있으라구. 별일 없지?"

"지금 어디 계세요?"

"여기 바닷가야. 지금 바쁘니까 그렇게 알라구."

광표는 굳이 장소를 말해 줄 필요는 없다고 생각하며 전화를 끊었다. 부장에게 전화를 걸려고 다시 동전을 집어넣었다.

젠장, 핸드폰이 사람 바보로 만든다니까.

사람들은 핸드폰을 갖고 다니면서 전화번호 암기력은 퇴화하기 시작했다. 광표도 부장의 휴대폰 번호가 생각나지 않았다. 첫 번호가 9로 시작되는 것은 정확하게 기억나는데 그 뒷 번호가 기억나지 않았다. 부장의 전화번호만 생각나지 않는 것이 아니다. 가끔은 아내나 딸의 전화번호도 생각나지 않을 때가 있다. 하지만 불편을 느껴 본 적은 없었다. 휴대폰에 가족의 "가"자만 쳐도 자동으로 전화번호가 뜨는 까닭이다.

"왜?"

정식이 창문 유리를 내리고 광표를 불렀다.

"부장한테 전화를 걸어야 하는데 핸드폰 전화번호가 안 떠올라?"

"부장이 지금 자리에 없어?"

"그럼 다른 직원들한테 부장 들어오면 전화하고 해. 사표 낸다고."

"업무과 김 대리한테 말했어."

"그럼 부장에게 보고하겠지."

광표는 정식의 말에 수화기를 전화기에 걸었다. 동전을 만지작거리며 차가 있는 곳으로 걸어갔다.

베란다 창문 밖으로 보이는 하늘은 우거지상을 쓰고 있다.

간밤을 꼬박 뜬 눈으로 새운 광표의 아내는 흐린 하늘을 바라보다 현관 쪽으로 시선을 돌렸다. 신들린 여자처럼 일어나서 문손잡이를 돌려봤다. 단단하게 잠겨 있다. 밤사이에 문이 잘 잠겼는지 열 번도 더 확인했다. 보조 자물통은 물론이고 안전키도 단단하게 물려 있다. 누군가 도끼로 문을 부수지 않는 이상 누구도 못 들어올 것이라는 생각이 들면서도 불안했다.

광표 아내는 무서운 짐승을 바라보는 눈빛으로 통장 다섯 개를 바라봤다.

어제 여 부장과 회사 사람들이 경찰처럼 방 안을 휘저으며 찾고 있던 것은 중요한 서류가 아니라 통장이 분명했다. 깡패들이 갑자기 들이닥치지 않았으면 회사 사람들의 눈에 액자가 떨어지면서 벌어진 덮개 안에 숨어 있는 통장을 발견했을 것이다. 통장을 보는 순간 광표가 언젠가 컴퓨터 본체 안에 비상금을 감춰 두었던 것이 떠올랐다.

이 인간이 이제 통장으로 비상금을 관리하나?

비상금을 관리하는 통장치고 한 개도 아니고 다섯 개나 된다는 것이 이상했다. 통장에 돈이 얼마나 들어 있든지 무조건 압수라고 생각하며 통장을 펼쳤다.

어머! 내 이름으로 된 통장도 있네. 나중에 깜짝쇼 하려고 통장을 개설했나?

잔액에 동그라미가 너무 많아서 가짜 통장처럼 보였다. 동그라미를 손가락으로 하나하나 헤아려 봤다. 50억 원이 예치되어 있었다.

오, 오십억 원이면 얼마나 많은 돈야?

통장의 예금주를 다시 확인했다. 예금주는 강영애다. 곰곰이 생각해 보니 언젠가 광표가 회사에서 필요하다며 통장을 개설해서 달라고 한 적이 있었다. 아무 생각 없이 은행에 가서 통장과 인출카드를 만들어서 도장과 함께 광표에게 내밀었었다. 예금주 강영애 통장에 5십억 원이라는 돈이 예치되어 있다는 것이 우스웠다. 사람을 무시해도 어느 정도가 있다. 5백만 원이라면 믿을까, 어떻게 진짜처럼 위조를 했는지는 모른다. 50억 원이 통장에 있는 것처럼 만들어서 깜짝쇼를 하려고 했는지를 생각하면 헛웃음이 나왔다.

이건 또 뭐야?

다른 4개의 통장은 광표 앞으로 된 것들이다. 그 통장들에도 작은 것은 10억 원, 많은 통장에는 30억 원 정도가 입금되어 있다. 잔고가 모두 70억 원이다. 50억 원짜리를 더해서 120억 원이라는 거금이 통장에 들어 있는 것이 장난처럼은 보이지 않았다.

은행에 가서 확인해 보면 알겠지 하는 생각에 50억 원짜리를 들고 나갔다. 마당으로 내려가니까 마침 205호 진이엄마가 동사무소에 갈 일이 있다면서 걸어가고 있었다. 그녀하고 은행 앞에 갈 때까지만 해도 괜히 헛걸음을 한다는 쪽이 100에서 99%였다.

"나중에 봐."

은행 앞에서 진이엄마와 헤어졌다. 은행에 들어갔더니 화요일인데도 손님들이 너무 많았다. 대기표를 뽑고 한 시간 정도 기다렸다.

"어머, 내 정신 좀 봐. 현금자동인출기로도 이체가 되는데⋯⋯."

옆에 앉아서 창구를 바라보고 있던 사십 대 여자의 말에 정신이 번쩍 들었다. 그래, 통장에 들어 있는 돈이 진짜라면 현금인출기로 인출이 되겠지. 일단 오만 원만 인출해 보자는 생각으로 일어섰다.

통장이 5개나 되니까 통장마다 비밀번호가 연필로 희미하게 써져 있었다.

통장 안에 들어 있던 체크카드를 투입구에 밀어 넣었다. 비밀번호를 누르고, 출금액 5만 원을 누르니까 기적 같은 일이 생겨났다. 현금 투입구 뚜껑이 스르르 밀려나면서 1만 원짜리 5장이 나왔다. 돈을 꺼내는 순간 누군가 뒤에서 덜미를 잡을 것 같아서 얼른 뒤를 돌아다봤다.

여고생으로 보이는 소녀가 카드를 쥐고 휴대폰을 보고 있었다. 통장에는 5만 원이 인출되었다는 내용이 프린트됐다. 마음먹기에 따라서 남은 돈을 모두 인출해 낼 수 있다는 것이다.

은행에서 집까지 1km가 되지 않는다. 햇볕은 뜨거웠고 바람은 무거웠다. 어떻게 집까지 왔는지 기억이 나지 않았다. 문부터 확실하게 잠갔다. 거실에 널브러져 있던 통장들을 얼른 챙겼다. 남편이 숨겨 놓았던 액자 뒤에 감출까 하다가 고개를 흔들었다. 5만 원을 인출한 통장만 빼고 나머지는 주방비닐봉지에 몇 번이고 쌌다. 그것을 베란다 군자란 화분 안에 숨겨두었다.

도대체 어디 있는 거야?

광표의 고향에는 친척들밖에 살지 않는다. 상식적으로 판단해 봐도 고향으로 숨지는 않을 것이다. 정식과 어딘가에 숨어 있을 확률이 높았다. 경찰에 알릴 수도 없다. 통장에 입금이 된 돈은 십중팔구 회삿돈일 것이다. 어떤 돈을 입금했는지는 모른다. 분명한 것은 단순한 상식으로 계산해 봐도 횡령한 돈일 것이다. 경찰서에 찾아간다는 것은 광표를 붙잡아 가시라고 사정하는 것과 다를 바가 없다.

갑자기 침묵을 깨고 초인종이 울렸다.

광표 아내는 깜짝 놀라며 일어섰다.

"미영이 엄마! 집에 없어?"

광표 아내는 마른 침을 삼키며 문 앞으로 갔다. 인터폰의 수화기를 들었다. 집 안에서 남자들이 싸운다고 경찰에 신고한 파마머리가 서 있다. 가슴을 쓸어내리며 소리 나지 않게 수화기를 걸었다. 천천히 문을 열었다. 파마머리가 토끼처럼 집 안으로 들어왔다. 문을 닫고 현관에 버티고 섰다.

"내가 밤새 생각해 봤는데 말야. 어제 이 집에서 싸운 남자들이 분명히 있었잖아……."

파마머리가 팔짱을 끼고 작심한 얼굴로 입을 열었다.

"싸, 싸우긴요."

"내가 문틈으로 봤어. 미영이 아빠는 없던데, 도대체 뭐 하는 남자들야?"

"벼, 별일 아니에요. 오해가 좀 있었어요. 그리고 죄송하지만, 오늘은 이만 좀 가 주실래요?"

광표 아내는 문을 잠그고 싶었다. 하지만 문을 잠갔다가는 파마머리가 의심을 할 것 같았다. 머리가 아픈 것처럼 기운 없는 목소리로 말했다.

"어머, 어디 아퍼?"

"갑자기 열이 나서 어제저녁부터 한 끼도 못 먹었어요. 어제 경찰들한테도 말했지만, 별일 아니에요. 그러니 제발 오늘은 그냥 가 주세요. 아무 말도 하고 싶지 않아요."

"뭣 좀 해다 줄까? 우리 집에 전복 있는데 전복죽 좀 끓여다 줄까?"

"괜찮아요. 좀 누워야겠어요. 간신히 일어났거든요."

"그럼 어서 병원에 가 봐. 어디가 아픈데?"

"모, 몸살인 거 같아요."

광표 아내는 갑자기 묻는 말에 얼른 생각이 나지 않았다. 더듬거리면서 파마머리가 나갈 수 있도록 문을 열어 주었다.

노중평은 공중전화 부스 앞에서 멈췄다. 공중전화 관리번호를 읽었다. 정광표가 어떤 교통수단으로 여기까지 이동을 했는지는 모르지만 레커차 운전사에게 전화를 했던 공중전화번호와는 일치한다.

"여기서 전화를 걸었다는 말이지…"

공중전화 부스 안에서 천천히 사방을 둘러보기 시작했다. 작은 선창을 두고 형성이 된 상가형 동네라서 그리 크지 않다. 가가호호 방문 검문을 한다고 해도 한나절이면 떡을 칠 수 있을 정도다.

"정광표가 왜 여기로 왔을까요?"

최성준이 횟집이 늘어선 상가 건물을 바라보며 물었다.

"돈 좀 생겼으니까 여행이나 하자는 건가? 아니면 일본이나 중국으로 밀항하기 전에 한국 회라도 실컷 먹고 가겠다는 수작인가?"

노중평이 스스로에게 묻는 말로 중얼거리며 모텔과 펜션이 늘어서 있는 쪽으로 시선을 돌렸다.

"왜 밀항을 해요, 그냥 공항으로 가서 티켓팅해서 나가면 그만인데?"

"달러! 천 달러짜리 달러가 백팔십만 달러야."

"요즈음은 달러 보유 한도가 없어졌잖아요."

"하나만 알고 둘은 모르는군. 만 달러 이상은 국세청에 자동으로 신고하게 되어 있다는 건 모르지?"

노중평은 바다펜션에서 시선이 멈췄다. 정광표가 오늘 오전에 여기서 전화를 한 것을 보면 어젯밤에 여기서 묵었을 확률이 높다. 정광표는 많은 돈을 갖고 있다. 시시한 모텔이나 펜션은 보안이 허술하다.

분명 근처에서 제일 좋은 호텔이나 고급펜션에 들어갔을 것이다. 어쩌면 지금도 바다펜션에 묵고 있을지 모른다.

"밀항을 해야 할 이유가 충분하군요. 여기서 목포까지 얼마나 걸리지?"

노중평은 최성준이 혼잣말로 중얼거리는 말에 대꾸하지 않았다. 바다펜션을 향하여 빠르게 걷기 시작했다.

수사는 항상 변수가 생기기 마련이지.

대부분의 수사는 공식대로 해결되지 않는다. 돈을 감추어 둘 생각으로 옥천에 내려갔다면 일요일은 서울로 올라와서 집으로 갔을 것이다. 어젯밤까지 집으로 전화 한 통 하지 않았다는 것은 집과 연결선을 끊어 버리겠다는 것이다. 그것이 어떤 의미일까? 정광표는 수사관이 쫓고 있다는 사실을 모르고 있을 것이다. 만약 알고 있다면 폐차를 시켜야 할 무쏘 차 문제로 섣부르게 옥천에 있는 레커차 운전사에게 전화를 할 리 없을 것이다. 그것들이 밀항에 무게를 두지 않을 수 없는 이유다.

노중평은 바다펜션으로 들어가서 카운터를 찾았다. 이십 대 중반의 깔끔하게 생긴 남자가 카운터를 지키고 있었다. 휴대폰에 저장된 사진을 보여주었다. 카운터는 대뜸 고개를 흔들었다. 어제도 근무를 했는데 펜션에는 남자들끼리 동숙한 방이 없다는 것이다.

그들은 바다펜션 옆에 있는 산호초펜션으로 갔다. 비슷한 대답만 듣고 정광표가 묵을 만한 펜션을 모조리 점검하다 보니 점심때가 됐다.

"여기서 전화만 하고 다른 곳으로 이동한 것은 아닐까요?"

최성준이 목 언저리의 땀을 손바닥으로 닦으며 물었다.

"호텔에 묵었을지도 모르지."

노중평은 최성준의 말을 한 귀로 흘려보냈다. 휴대폰으로 대천해수욕장 근처에 있는 호텔을 검색했다.

"올림피아 호텔로 가보자."

"여러 가지로 애먹이는군."

최성준은 주머니에서 카니발 키를 꺼냈다. 배가 출출하다. 이왕 바닷가에 왔으니 싱싱한 회 한 접시에 소주 한 병 마셨으면 딱 좋을 것 같았다. 정광표의 신병을 확보하기 전에는 그림의 떡이라 생각하니까 입안에 군침만 돈다.

정광태는 올림피아호텔 근처에도 안 왔다. 몇몇 호텔을 뒤져봐도 정광표가 다녀간 흔적은 보이지 않았다.

"여길 뜬 것 같습니다."

"그럴지도 모르지. 일단 점심이나 먹고 보령경찰서로 가보자. 여기도 CC카메라가 제법 깔렸으니까 최소한의 동선은 파악할 수 있겠지."

"목포로 바로 가보는 것이 좋지 않을까요? 밀항을 하려면 일본하고 가까운 목포가 여기보다 낫잖아요."

"여기서 목포로 가는 길이 몇 군덴 줄 알아?"

"죄송합니다. CC텔레비전부터 분석하는 것이 순서 같습니다."

최성준이 뒤통수를 긁적이며 멋쩍게 웃었다.

"일단 밥부터 먹자구. 뭐 먹을래? 바닷가 왔으니까 회덮밥이나 먹을까?"

196

"소주 없는 회는 팥소 없는 붕어빵이라구요. 그냥 짜장면이나 한 그릇 때립시다. 저기 중국집 있네요."

"짜장면 지겹지도 않나? 김치찌개 먹자."

"난 또 비싼 거나 먹는가 했더니, 야근하면서 매일 먹는 게 짜장면 아니면 김치찌개 아닙니까?"

"그럼 짜장면 먹자. 김치찌개는 믿을 만한 식당에서 먹는 것이 낫지."

그때 노중평과 최성준이 '명성루'라는 중국집으로 들어가는 광경을 지켜보는 사람들이 있었다.

검은색 에쿠스에 앉아 있는 두 남자는 짱구와 창세다. 그들은 하익수로부터 당장 대천 쪽으로 내려가라는 지시를 받았다. 과속카메라는 무시하고 전속력을 내서 급하게 내려왔다.

"형님, 저놈들 정광표 집에서 본 짭새들 아닙니까?"

운전대를 잡고 있는 창세가 명성루 안으로 들어가는 최성준의 뒷모습을 바라보며 말했다.

"왜 아냐. 저놈들이 정광표를 먼저 낚아채면 우린 말짱 황 아닙니까?"

"자식 성질 되게 급하네."

짱구는 휴대폰을 꺼내서 바쁘게 하익수의 전화번호를 눌렀다. 신호가 가자마자 하익수의 목소리가 귓속으로 파고들었다.

"내 말 똑똑히 들어. 엉뚱한 짓 하지 말고 그 새끼들 뒤를 미행만 해. 정광표를 낚아채는 순간 즉시 전화해."

"알겠습니다. 창세하고 저는 짭새들 뒤만 밟으면 되는 겁니까?"

"미행하다 들켰다가는 어떻게 되는지 알지?"

"여기 바닷가니까 그냥 놀러 나왔다고 하면 됩니다."

"짱구야. 그렇게 머리가 안 돌아가니까 짱구라는 말을 듣지. 그 새끼들이 네 말을 믿으면 다행이지만, 널 의심하게 되면 가만둘 거 같아?"

"절대로 들키지 않게 노력하겠습니다."

"만에 하나 들켰다면 서울로 올 생각하지 말고 서해에 빠져 죽는 것이 편할 거다. 내 말 무슨 뜻인지 잘 알겠지?"

"넵!"

하익수는 전화를 끊었다. 짱구는 자신도 모르게 시펄!이라는 말이 튀어나왔다. 실수를 한 놈은 병원에 누워 있다. 내가 신병태 때문에 왜 죽어야 하지 하는 생각을 하니까 은근히 화가 치밀어 올랐다.

"그냥 올라오라고 하시죠?"

창세가 눈을 반짝이며 은근하게 물었다.

"주둥이 안 닥쳐!"

불난 집에 부채질해도 유분수다. 짱구는 정권으로 창세의 옆구리를 갈겼다. 창세는 비명도 지르지 못하고 운전대를 껴안고 바르르 떨었다.

"엄살떨어!"

짱구가 이빨을 갈았다.

"아, 아닙니다."

창세는 얼른 자세를 바로잡았다. 아무 생각 없이 앉아 있다가 맞으니까 충격이 더 컸다. 옆구리를 찌르는 것 같은 통증을 참고 있으려니 이마에 식은땀이 맺힌다.

"우리가 먼저 잡는 거다."

"짜, 짭새들은요?"

"낚아채서 서울로 끌고 가는 거다."

명성루 문이 열리며 배달통을 든 남자가 나왔다. 그는 오토바이에 배달통을 싣고 자연스럽게 건널목을 건너서 방파제 쪽으로 향한다. 짱구는 이를 바드득 갈면서 명성루를 노려봤다. 아스팔트에 납작 엎드려 있던 먼지를 품은 바람이 명성루 앞을 지나갔다.

시펄! 언제까지 똘마니로 살아. 멋지게 한탕 해서 뜨는 거다.

정광표가 돈 가방을 가지고 있는 것은 규정 사실이다. 짭새들이 정광표가 있는 곳을 찍으면 소란을 피워서 감쪽같이 빼낼 수가 있다. 신병태처럼 죽지 않을 만큼만 족치면 돈 가방을 내놓을 것이다.

광표 아내는 신혼 때, 아니 미영이가 초등학교 다닐 때만 해도 늘 돈 때문에 허덕거렸다. 월급을 타오면 집세, 공과금, 미영이 학원비를 공제하면 일주일을 넘기지 못한다. 남은 기간 동안은 겨우 끼니만 거르지 않을 정도로 궁핍하게 살았다.

그때는 요즘처럼 주부들이 할 일도 없었다. 요즘에야 마트며 식당부터 시작해서 발품만 팔면 얼마든지 돈을 벌 수 있다. 그 시절은 집에서 할 수 있는 부업이 많았다. 봉제공장에서 나오는 옷에 단추를 달거나, 전자부품에 납땜을 하는 일부터 부업거리는 많았지만 온종일 허리가 아프도록 일을 해 봐야 삼천 원 정도밖에 벌지 못했다.

미영이가 고등학교 갈 무렵에야 백화점이 어떻게 생겼는지 구경을 했다. 브랜드 옷을 사러 간 것도 아니다. 남대문시장이나 평화시장처럼 백화점에도 땡처리하는 상품이 있다는 걸 그때 처음 알았다.

요즈음은 예전처럼 돈 때문에 곤란을 겪지는 않는다. 많은 돈은 아니지만, 어느 정도 저축도 하고 있다. 반찬값을 조금씩 모아서 여행도 가고, 가끔은 이웃들과 백화점에 가서 해 지난 브랜드 옷을 싸게 사 입기도 한다. 그렇다고 행복한 것은 아니다. 돈이라는 것은 배가 터지도록 먹어야 떠나는 걸귀 같아서 늘 갈증을 유발한다. 하지만 돈이 너무 많으니까 무서웠다. 단순히 무서울 정도가 아니다. 누군가 칼이나 총 같은 것을 들고 들어올 것 같아서 잠을 잘 수 없을 정도다.

통장에 들어 있는 돈은 광표가 회사에서 횡령한 돈일 것이다. 광표가 형사들에게 붙잡히면 빼앗길 돈이기도 하다. 광표는 비교적 착한 편이지만 가끔은 똥고집을 피우기도 한다. 똥고집이 있기 때문에 변변찮은 회사가 연 1조 원 이상 매출을 올리는 회사로 성장할 때까지 붙어 있었을 것이다. 경찰에 끌려가도 마누라 앞으로 입금시켜 놓은 돈은 죽어도 모른다고 똥고집을 피우면 경찰도 어쩌지는 못할 것이다. 그렇게만 된다면 광표는 비록 교도소에서 한동안 고생은 하겠지만 현생은 물론 후생을 살아도 만져 보지 못할 거금 50억 원이 생긴다.

그려, 그 인간은 원래 내 말이라면 껌벅 죽는 승질이잖아.

다행스러운 것은 광표가 평소 말을 잘 듣는다는 점이다. 눈물 좀 흘리고, 하소연 좀 하면 사채라도 빌려서 외국여행 보내줄 만한 인격이다. 다른 돈은 몰라도 50억 원에 대해서는 입 다물고 있으라면 무기

징역을 사는 한이 있더라도 털어놓지 않을 것이다. 광표한테 좀 미안하기는 하지만 한 달에 한 번씩 면회 가서 돈 좀 넣어주면 그만이다. 그래도 광표는 별다른 불만을 느끼지 않을 것이다.

아냐, 아직까지 전화 한 통 없잖아.

상상의 끝은 늘 두려움의 늪에 빠져 허우적거린다. 광표가 지금까지 전화 한 통 하지 않은 걸 보면 무슨 꿍꿍이를 부리고 있는지 짐작할 수가 없었다. 평소에도 집에 와서 회사 일에 대해서는 말 한마디 하지 않는 성격이다. 직원들 야유회 가서도 다른 직원들은 부장이며 이사 앞에 잘 보이려고 갖은 아양을 다 떤다. 광표는 믿을 것이라고는 밤톨만 한 불알 두 쪽밖에 없으면서 아양 떠는 모습을 보지 못했다. 그래서인지 바깥일에 대해서는 통 말이 없다. 형사들이 전화를 하고, 회사에서 찾아오고 깡패들이 들이닥치는 것을 보면 안 좋은 일을 하고 있는 것이 틀림없는데 전화가 오지 않으니까 불안하기만 했다.

혹시?

어제부터 백 번 천 번도 더 상상해 본 것은 광표가 정식이와 함께 동반자살을 했을지도 모른다는 생각이다. 그런 생각이 들 때마다 집에 그 많은 돈을 감추어 두고 죽긴 왜 죽어? 라는 생각으로 희망을 품기는 하지만 확신이 들지 않았다.

광표 아내는 정식의 아내 휴대폰 번호를 눌렀다. 어제저녁부터 굶었는데도 배가 고프지 않다. 싸늘하게 식은 커피를 한 모금 마시며 신호가 떨어지길 기다렸다.

"나, 지금 은행에 와 있거든. 내가 금방 전화할게."

"은행?"

광표 아내는 정식의 아내가 은행에 있다는 말에 자라 보고 놀란 놈 솥뚜껑보고 놀란다는 말처럼 깜짝 놀랐다. 그럴 리야 없지만 정식의 아내도 거금이 들어 있는 통장을 갖고 있을지 모른다는 생각이 불쑥 들었다.

"왜 놀라?"

"노, 놀라긴 은행에는 왜?"

"응, 대출 좀 받으려고. 이따 전화할게."

"아, 알았어,"

광표 아내는 대출을 받는다는 말에 가슴을 쓸어내리며 전화를 끊었다. 돈만 많으면 밥을 먹지 않아도 배가 안 고픈 걸까? 배를 슬슬 문지르며 텔레비전을 바라봤다. 밤새도록 틀어 놓았던 텔레비전을 아침에 샤워할 때 껐다. 그 이후에 이런저런 생각에 빠져 있느라 틀지 않았었다.

"무슨 대출을 받으려고?"

텔레비전에서는 1박2일이 재방영되고 있었다. 평소 같았으면 방바닥을 치며 웃었을 프로다. 건성으로 시청을 하고 있는데 휴대폰이 울렸다. 깜짝 놀라며 받았더니 정식의 아내다.

"내가 어제 말했었잖아. 기준이 커피점 차려 주려고 대출 좀 알아봤어. 우리 아파트 갖고 삼억 원은 충분히 내줄 수 있다네."

"기준이 아빠가 있어야 대출받을 수 있잖아."

"자기 요즘 은행 문턱이 많이 낮아졌다는 거 몰라? 그 인간 주민등록증하고 인감증명이 집에 있었거든. 내가 위임장 만들어서 갖고 가면 된대."

"그래도 기준이 아빠가 직접 받아야 되는 거 아닐까?"

"자긴 아직도 미영이 아빠한테 미련 있어? 집 나간 지 오늘이 며칠 째야? 삼일 째라구. 아니, 나는 나흘째야. 나흘이 되도록 코빼기도 안 보여 줄 때는 뭐겠어? 서류에 도장만 찍으면 그 인간하고는 남남이라구."

정식의 아내가 갑자기 입에 거품을 물었다. 광표 아내는 할 말을 잃어버렸다. 식은 커피를 홀짝거리면서 정식의 아내가 다음 말을 할 때까지 기다렸다.

"자기도 맘 고쳐먹어. 중국으로 발령 난 것 때문에 집 나갔다메? 맘이 변한 거야. 맘이 변하지 않는 이상 회사에서 짤린 것도 아니고, 겨우 중국으로 발령 난 것 때문에 집을 나가지는 않았을 거라구. 근데 왜 전화했어?"

"으, 응 별거 아냐. 언제 만나서 점심이나 같이 먹자구. 우리 얼굴 본 지 한참 됐잖아."

광표 아내는 정식이 어떤 상황인지 파악하고 나니 할 말이 없었다. 생각에도 없는 말을 얼버무리고 적당히 전화를 끊어야겠다고 생각했다.

"그래, 우리 설 전에 만나서 갈비탕 먹고 얼굴 안 봤잖아. 생각 난 김에 이따 얼굴 볼까? 그 인간들도 없으니까 저녁할 필요도 없잖아."

"그러다 갑자기 저녁에라도 집에 들어오면?"

"어머머! 자기는 자존심도 없어? 벌써 맘 약해진 거야?"

"아, 아냐. 그래. 이따 만나. 내가 맛있는 거 사 줄게."

광표 아내는 정식의 아내가 한심하다는 표정으로 묻는 목소리에 갑자기 식욕이 돋았다. 돈도 있겠다. 쇠고기 전문점에 가서 그 비싸다는 치맛살에 와인이나 마셔 볼까? 하는 생각이 들면서 군침이 돌았다.

바다를 끼고 이어지는 도로는 한가했다. 햇빛을 받아서 은빛으로 출렁거리는 파도를 끼고 달리는 길은 눈이 피곤하지도 않았다.

"잠깐 차 좀 세워 봐."

바다를 바라보고 있던 정식이 시선을 옮기지 않고 말했다.

"왜?"

광표는 속도를 줄이며 무창포해수욕장 1km라는 이정표를 바라봤다. 이정표를 지나가서 바닷가 쪽에 차를 세웠다.

"우리 무창포해수욕장에 건물 좀 사 놀까?"

정식이 손가락으로 멀리 5층 정도 되어 보이는 건물을 가리켰다. 건물에는 '건물 매각합니다'라는 대형 플래카드가 걸려 있다.

"괜찮은 생각이네. 여기 전망이 있잖아. 가까이 가서 볼까?"

광표는 미영이 대학교 일 학년 때 무창포에 와 본 적이 있었다. 무창포는 그때보다 놀랍게 발전했다. 이런 곳에 5층짜리 정도 건물이 있으면 노후 걱정은 없다는 생각이 번뜻 들었다.

지하층이 있는 5층짜리 건물의 1, 2층은 상가다. 3층부터는 무슨 용도인지 알 수가 없으나 외관상으로는 완공이 된 건물이다.

정식은 차에서 내렸다. 광표도 차에서 내려 가볍게 스트레칭을 하며 정식이 옆으로 갔다. 건물 뒤쪽으로는 바다다. 대지도 제법 넓었다. 상가 건물 앞으로 갔다. 셔터가 내려앉아 있는 유리벽 건너편으로 바다가 훤히 보인다.

"이런 거 얼마나 할까?"

광표의 말에 정식이 주머니에서 볼펜과 휴지를 꺼냈다. 뒤로 물러서서 플래카드에 적혀 있는 휴대폰 번호를 휴지에 적었다.

"쇠뿔도 단숨에 빼랬다고 했잖아."

"달러, 달러를 바꿔야잖아. 달러로 지불을 하면 우릴 간첩으로 볼지도 모른다고."

광표가 자신도 모르게 주변을 두리번거리며 빠르게 속삭였다.

"내가 그 생각을 못 했네."

정식은 아쉬운 얼굴로 플래카드를 올려다보며 건물 가격이라도 좀 알아보자, 라고 중얼거렸다. 핸드폰이 있으면 전화를 해 볼 수가 있다. 대포폰이라도 한 대 사야겠다고 생각하며 건물 옆으로 갔다. 옥상 쪽을 올려다보고 바다 쪽으로 갔다.

광표는 일부러 유리창 앞으로 갔다. 유리에 낀 먼지를 닦아내고 안을 살폈다. 방처럼 보이는 지점에 문이 있고, 화장실 등이 있다. 이런 곳에 횟집을 차리면 제법 장사가 될 것이다. 상가를 임대해도 임대료가 꽤 될 것이라고 생각하며 정식을 바라봤다.

바다를 등지고 있는 상가 1층은 대부분이 횟집이다. 건물 옆의 공터에 컨테이너 건물 앞에 부동산 소개소라는 입간판이 서 있었다. 그들은 약속이나 한 것처럼 부동산 소개소 안으로 들어갔다.

오십 대 여자가 마늘을 까고 있다가 그들을 반겼다. 정식이 소파에 앉으며 입구에 있는 건물 얼마에 내놨느냐고 물었다.

"그거 이십오억 원에 내놨습니다. 흥정하면 어느 정도 깎을 수 있는데…"

여자가 마늘이 들어 있는 바가지를 옆으로 밀어 놓고 일어섰다. 정수기 앞으로 가서 능숙하게 커피 믹스 두 잔을 타며 말했다.

"얼마나 깎을 수 있습니까?"

정식이 커피를 후후 불어서 한 모금 마시며 여자를 바라봤다.

"일억 정도? 지금 전화 해 볼게요."

여자가 일어서서 책상 앞으로 갔다. 노트를 펼쳐서 전화를 걸었다. 정식과 통화 내용을 광표가 들을 수 없도록 등을 돌리고 전화를 했다.

"이십사억 달라는데 좀 더 깎을 수 있어요. 한번 만나 보실래요."

"아닙니다. 일단 다시 한번 오겠습니다."

광표는 이십사억이라는 말에 마음속으로 고개를 흔들었다. 커피잔을 건들어 보지도 않고 정식에게 일어서자는 눈짓을 보냈다.

"거기 목이 좋아서 가게만 내놓으면 금방 삼십억짜리가 될 거예요."

"삼십 억?"

광표는 커피잔을 들고 일어서다 여자를 바라봤다. 이십사억짜리가 삼십억이 된다면 육억 원을 버는 셈이다.

광표가 휴대폰을 끄면서 만족한 얼굴로 광표를 바라봤다. 광표는 문을 열다 말고 여자를 바라봤다.

"요 옆의 횟집 상가가 얼마씩인 줄 아세요? 평균 칠팔억이에요. 제가 장담하는데 그 건물 1층에 횟집 세 내놓으면 금방 건물 가격이 오를 거예요. 뒤쪽이 바다라서 그쪽으로 유리를 달면 전망도 끝내준다구요."

"주인 좀 만나 볼 수 있습니까?"

"지금은 대천에 가 있어서 당장은 안 되고, 일단 약속 시간 잡아 줄까요?"

여자는 광표의 대답을 기다리지 않고 다시 전화를 걸었다. 건물 매입에 관심이 있는 사람을 만날 수 있냐는 몇 마디 말을 물었다. 전화를 끊고 나서 오후에 대천에 있는 올림피아 호텔에서 만날 수 있냐고 물었다.

"대천 여기서 멀지 않잖아요."

정식은 여자가 적어주는 메모지를 받았다. 광표는 묵묵히 정식을 지켜보기만 했다.

"대충 목적이 달성됐으니까 숙소부터 잡을까?"

"오후에 대천 가야 하잖아. 대천에서 자는 것이 안 좋아?"

"우리는 지금 잠수를 타는 중이라구. 한 곳에서 계속 있는 것이 안 좋아."

"그렇겠군."

해수욕장을 바라보며 모텔이며 펜션들이 서 있는 거리로 들어섰다. 정식의 말에 광표는 말없이 속도를 줄였다. 대천에서처럼 별로 비싸 보이지 않는 허름한 모텔 앞에 차를 세웠다.

머리에 꽂히는 햇볕은 따가웠다. 바람에는 비릿한 생선 냄새가 섞여 있어서 저절로 코를 찡그리게 만들었다. 평일인데도 삼삼오오로 무리를 지은 사람들이 횟집 앞에 서 있었다.

광표는 결근 첫날인 월요일보다는 사람들을 덜 의식했다. 월요일에는 모든 사람들이 자신만 바라보고 있는 것 같아서 고개를 들 수가 없었다. 오늘은 가끔 다른 사람들을 바라보기도 하고 멀리 수평선을 바라보는 여유를 갖고 횟집이 늘어선 곳으로 걸었다.

정식은 손님이 없는 횟집으로 들어갔다. 광표는 횟집 앞의 어항에 있는 활어들을 구경했다. 서해안에서 잡히지 않는 어종들이 많았다. 서울에 있는 노량진 수산시장에서 왔거나, 부산이나 강릉에서 서해안까지 와서 팔려 가길 기다리고 있는 어종들이 불쌍하다는 생각이 들었다.

정식은 바다가 보이는 창문 앞의 테이블에 앉아 있었다. 광표는 정식의 등 뒤로 보이는 바다를 바라보며 천천히 걸어갔다. 뒤따라 온 종업원이 내미는 물수건을 받아 손을 닦으며 다시 바다를 바라봤다. 가슴이 확 트일 정도로 바다가 넓어 보이지는 않는다. 기분이 좋기는 한데 어떤 사람들한테 쫓기는 기분을 지울 수가 없어서 불안하다. 술이나 진탕 마시고 자면 불안감으로부터 벗어날 수 있을 것 같기도 했다.

"한 달 정도만 묻어두면 완전히 우리 돈이 되겠지?"

정식이 일회용 젓가락 포장지를 벗겨내면서 광표를 바라봤다.

"한 달 동안 돈 가방 찾는 사람이 나오지 않으면 포기를 했다고 봐도 되겠지. 그렇다고 달러로 건물을 구입할 수는 없잖아."

"나하고 은행 입행 동기가 지금 명동에서 암달러상을 하고 있거든.

그 친구한테 부탁을 하면 환전이 가능할 거야."

"이십사억이면 사억이 부족하잖아?"

광표가 정식의 말에 알겠다는 표정을 지으며 물었다.

"감정가가 얼마나 되는지 몰라도. 최소 십억 원은 넘겠지. 감정가를 십억만 쳐도 최소 육억은 대출받을 수 있어."

정식이 은행원 출신답게 자신 있게 말하며 물컵을 들었다. 텔레비전을 바라봤다. 뉴스가 방영되고 있다. 율곡비리 사건에 연루된 인사들이 정계, 경제계, 학계까지 고르게 퍼져 있다는 내용이다. 젠장, 몇천억이나 해 처먹은 놈들 이름은 왜 안 밝히는 거야? 며칠 전에만 해도 뉴스 따위에 신경 쓰지 않았다. 갑자기 부자가 되어 버린 기분이 들어서 정치에 관심이 갔다.

"믿어지지 않네. 졸지에 이십오억 원짜리 건물 주인이 된다니……."

주인이 서비스 안주를 가지고 왔다. 광표가 젓가락으로 해삼을 찍어 먹으며 혼잣말로 중얼거렸다.

"정식아, 지하에는 우리가 노래방을 직접 운영하는 것이 어떠냐?"

주문한 회와 술이 왔다. 광표가 정식의 잔에 소주를 따르면서 물었다.

"그것도 좋지. 허구한 날 노는 것도 지겨울 거야. 노래방 같은 것은 시설만 꾸며놓고 돈만 받으면 되잖아. 그런데, 이런 데서 노래방 가는 사람들이 있을까?"

"아까 밖에서 안 봤어? 모텔 지하는 죄다 노래방 같던데?"

광표는 첫 잔을 맛있게 마셨다. 소주가 쓰지 않고 달다고 생각하며 빈 잔을 정식 앞으로 내밀었다.

"하긴 놀러 와서 싱싱한 회에 얼큰하게 마셨겠다, 배가 부를 거잖아. 소화 좀 시키려면 노래방만큼 좋은 곳은 없지."

정식은 노래방에서 도우미 비용을 카드로 끊어 준 것 때문에 아내한테 쫓겨 난 것이 생각났다. 아내가 소식이 없는 남편 때문에 걱정할 것이라는 생각은 들지 않았다. 며느리도 커피점 차리는 문제에 빠져 집을 나간 시아버지 걱정은 하지 않을 것이다. 기준이 혼자 걱정을 하면서 혼자 술이나 마시고 있을지 모른다. 기준이에 대한 애잔한 그리움 같은 것이 밀려와서 저절로 소주잔이 마르는 것 같았다.

그들은 대천에 갈 것을 염두에 두고 적당하게 취한 얼굴로 횟집을 나왔다. 정식이 곧장 부동산소개소로 가서 다시 가격을 흥정해 보자고 했다. 광표는 바쁠 것이 없으니 바닷바람이나 좀 쐬고 가자며 바다 쪽으로 걸음을 옮겼다.

횟집에서 얼마 안 가니 작은 선착장이 나왔다. 물이 빠져나간 갯벌에는 어선 몇 척이 앉아 있다. 선착장을 지나 뾰족뾰족한 바위가 울퉁불퉁 서 있는 해변을 지나 야산이 있는 쪽으로 갔다.

암반으로 이어진 산자락에서 바다 쪽에 널려 있는 바위들은 끝이 날카롭다. 암반 여기저기 데이트족으로 보이는 남녀가 앉아 있다. 젊은 이십 대들도 있었고, 오십 대 남녀가 젊은이들처럼 바짝 붙어 앉아서 손을 주무르는가 하면, 일회용 접시에 있는 회를 안주 삼아 소주를 들이켜기도 했다.

"이럴 줄 알았으면 새우깡에 소주라도 한 병 사올 걸."

"지금까지 마시고 와서 또 술 찾냐?"

광표는 암반에 털썩 주저앉았다. 작은 돌멩이를 주워서 만지작거리며 수평선을 바라봤다. 아내와 미영이와 함께 이곳을 왔을 때는 전날 12시까지 야근을 했다. 아침부터 운전을 해서 바다 구경은 별로 못하고 차 안에서 잠만 잤던 것이 생각났다.

"아빠, 여기까지 와서 잠만 주무시고 가네."

"다음에 또 오면 되지 뭐."

그나마 미영이는 아빠를 위한다고 빈말일지라도 위로를 해줬다. 아내는 회를 먹으면서 마신 소주에 빨갛게 물든 얼굴로 별일 아니라는 표정을 지었었다. 정식이와 둘이 앉아 바다를 보고 있으니까 별다른 감흥이 일어나지 않았다.

"지금처럼 집에 갈 생각 안 하고 바닷가에서 시간 보내 본 적 있냐?"

정식이 수평선 먼 곳을 응시하며 물었다. 수평선 끝에는 어선 몇 척이 파도와 숨바꼭질을 하고 있었다.

"그걸 말이라고 하는 거냐? 넌 어쨌는지 모르지만 난 이런 데 놀러 나와도 늘 집 걱정만 하고 있었던 것 같다."

"우린 참 힘들게 살았어. 그지?"

"지금 생각해 보니까 그런 생각이 드네……."

광표는 한숨을 내쉬고 쓰게 웃었다. 가족을 지켜야 한다는 의식을 해 본 적은 없었다. 하찮은 미물에 불과한 새도 알에서 깨어난 새끼를 위해 끊임없이 먹이를 잡아다 먹인다. 어미새는 의무감으로 먹이를 잡지는 않았을 것이다. 가족들이 먹고 살아야 할 생명수인 월급봉투에서 1원짜리 하나 꺼내지 않고 그대로 아내에게 갖다 준 것도 의무가 아닌 본능에 가까운 습관이었을 것이다.

"이제 고생은 끝났다."

정식이 일어섰다. 어색하게 보일 만큼 좌우 어깨를 흔들고 두 팔을 번쩍 치켜들고 하늘을 바라봤다.

"아까도 말했지만 한 달 정도 지나면 조용해지겠지?"

정식은 모든 것이 꿈같았다. 출근하지 않고 바닷가에 앉아 있는 것도 꿈 같고, 무작정 집을 나온 것도, 일억 원에 가까운 돈을 들고 다닌다는 것도, 대낮부터 술을 마시는 것도 꿈만 같아서 혼잣말로 중얼거렸다.

"텔레비에서 돈 가방 잃어버렸다는 뉴스 봤냐?"

정식이 걱정하지 않는다는 표정을 지으며 퍼질러 앉았다. 오십 대로 보이는 남자가 여자의 어깨를 끌어안고 있는 모습이 보인다. 백 프로 부부는 아닐 것이다. 여자의 뒷모습이 제법 날씬하다. 불륜 사이일 것이라는 들면서 코웃음이 나왔다.

"내 생각에는 돈 가방 주인이 경찰에 분실신고를 못 할 거 같은데? 쓰레기통을 뒤지다 제 풀에 지쳐서 포기를 하고 말겠지."

"이건 완전범죄나 마찬가지라구. 우리가 빌라에 있을 때는 돈 가방 주인은 돈 가방을 쓰레기하치장에 버렸다는 사실을 모르고 있었잖아."

"그 점은 내가 장담하지. 쓰레기하치장이 깨끗하더라구. 스티로폼 박스 한 개밖에 없었어."

"돈은 살아 있는 생물이라는 말 들어 본 적 있어?"

오십 대 불륜족은 뒤에서 누군가 지켜보고 있는지 따위는 상관하지 않았다. 남자가 여자의 옆구리를 껴안았다. 어디를 만지는지 여자가 남자의 어깨를 때리며 몸을 비틀었다. 정식이 소리 없이 웃으며 물었다.

"돈 가방이 생명이 없었다면 우리한테 오지 않았을 것이란 말이냐?"

"그래. 네가 돈 가방을 찾으러 다닌 것은 아니잖아. 돈 가방이 너한테 스스로 온 것이라고 생각하면 맘 편해. 슬슬 부동산 사무소로 가 볼까?"

정식은 일어나면서 계속 오십 대 불륜 커플을 응시했다. 오십 대 때는 기준이가 대학 다닐 때다. 채권회사 월급으로는 학비를 감당할 수 없어서 주말에는 노동판을 전전했었다.

10

유 부장은 벌써 물을 세 컵이나 마셨다. 그래도 한여름 바람 한 점 없는 양철 지붕 밑에 앉아 있는 것처럼 속이 탔다. 업무과장은 벌써 10분째 통화 중이다. 경리1, 2과장도 전화국 연줄을 찾아서 수화기를 붙잡고 있다.

전생에 나하고 원수가 아니고서야…….

요즈음은 잠을 자다가 문득 깨어났을 때 광표 얼굴이 떠오르면 더 이상 잠이 오지 않는다. 출입국 사무소에 선을 대서 알아봤더니 놈이 한국을 떠나지 않은 것은 분명하다. 국내 어디엔가 숨어 있으면서 아무 일도 없었던 것처럼 태연하게 사표를 내겠다고 전화질만 해대고 있다.

어제 광표의 친구를 찾아 나선 것을 생각하면 화가 난다. 광표와 고등학교 친구로 자주 만난다던 정식이라는 놈도 가방을 싸 들고 집을 나갔다. 놈의 아내 말에 의하면 신용카드 한 장 달랑 들고 나갔다는 것이다.

"첫날 모텔에서 퍼져 잤다는 건 확실해요. 자 보세요,"

정식의 아내가 가소롭다는 얼굴로 휴대폰을 보여주었다. 무인도모텔에서 5만 원을 결제한 내역이다.

"전화는 한 번도 안 왔다는 말이죠?"

"전화요? 전화가 와도 나는 안 받아요. 나는 그 인간하고 끝난 사이라구요. 제 자식도 모르고 저 혼자만 잘살겠다고 큰소리치는 인간하고 어떻게 살아요."

정식의 아내는 싸늘한 얼굴로 잠시 창문 밖을 바라봤다. 이내 홱 고개를 돌렸다. 두 번 다시 남편 얼굴 안 보겠다는 얼굴로 침을 튀기며 빠르게 내뱉었다.

"저, 혹시 남편분이 갈 만한 가서 있을 만한 곳이 있습니까?"

업무과장이 두 손을 싹싹 비비며 조심스럽게 물었다.

"그걸 제가 어떻게 알아요."

"남편분이 정광표 씨하고 절친한 친구라고 하던데, 그 두 분이 같이 있나요?"

"미영이 엄마가 그러는데 같이 있는 것 같대요."

"미영이 엄마라면 정광표 씨 부인을 말하는 겁니까?"

업무과장이 드디어 꼬리를 잡을 수 있다는 얼굴로 빠르게 물었다.

"그 집도 사느니 못 사느니 하는 것 같더라고요. 솔직히 그 여자 성질이 보통 아니거든요. 지금까지 남편을 손바닥에 놓고 살았어요. 근데 이번에 태안 놀러 갔다 왔더니, 미영이 아빠가 변심을 했는지 당신 같은 여자하고 못 살겠다고 큰소리를 치더래요. 그러니, 평생 남편을 손에 쥐고 살던 여자가 가만히 있었겠어요. 너 같은 놈하고 못 살겠

215

다. 당장 헤어지자고 했대요."

발 없는 말이 천리 간다. 안 좋은 일은 혼자 겪은 것보다 둘이 동참
하는 것이 좋다. 정식의 아내는 갑자기 목소리를 낮췄다. 행여 다른
사람이 들을지 모른다는 목소리로 속삭였다.

"저, 정 차장님이 이혼을 하신다는 말입니까?"

업무과장이 놀란 얼굴로 다그쳐 물었다. 정광표가 이혼한다는 말
은 회장의 차명계좌에 들어 있는 돈을 들고 튀겠다는 것과 다름없다.
이 인간을 붙잡으면 주리를 틀어…… 저절로 주먹에 힘이 들어가서
부르르 떨렸다.

"아, 아니, 꼭 이혼하겠다는 말이 아니라 제 귀에는 그렇게 들렸다
는 거예요."

업무과장이 다그쳐 묻는 말에 정식의 아내가 한발 물러선 표정으
로 얼버무렸다.

업무과장이 주머니에서 미리 준비해 간 10만 원을 내밀었다. 남편
이 어디에 있는지 깊게 잘 생각해 보라고 말했다. 돈의 위력은 금방
나타났다. 정식의 아내는 옥천에 있는 시댁에 갔을지 모르니까 한번
가보라고 수줍게 말했다.

일말의 희망을 품고 정식의 아내가 알려준 옥천 주소로 달려갔으나
기운만 빠졌다. 정식의 어머니는 무언가 알고 있는 눈치였으나, 지금
서울에 없느냐며 오히려 애태워 하는 모습을 보고 힘없이 돌아섰다.

유 부장은 비어 있는 정광표의 책상을 바라봤다. 정광표가 앉아 있
을 때는 몰랐었는데 비어 있는 책상을 바라보니까 유난히 빈자리가

커 보인다. 그것도 잠깐 정광표를 찾아내지 못하면…… 너무 끔찍해서 생각하기조차 싫었다. 눈을 질끈 감았다가 뜨는데 업무과장이 다가온다….

"좋은 정보라도?"

"부장님, 전화를 건 장소를 알아냈습니다. 대천해수욕장 근처에 있는 공중전화랍니다."

유 부장이 기대에 찬 얼굴로 엉거주춤 일어섰다. 업무과장이 공중전화 관리번호가 적힌 메모지를 내밀며 속삭였다.

"대천?"

"네. 제 대학 친구의 친구가 전화국에 근무하고 있습니다. 이런 거 빼주면 모가지라면서 알려주더라구요."

"대천이라…."

유 부장은 막상 광표가 전화를 건 장소를 알아내고 나니 머리가 더 아팠다. 대천이 작은 면소재지도 아니다. 광표 놈이 전화를 건 공중전화는 금방 찾아낼 수 있겠지만 변수는 수도 없이 많다. 대천 바닷가에서 회 처먹고 술김에 전화만 하고 다른 곳으로 이동했을 수도 있다.

"공중전화부스 부근에 있는 호텔을 뒤져보면 찾아낼 수 있습니다."

"호텔에 있으라는 법이 있나?"

유 부장이 짜증을 참을 수 없는 얼굴로 반문했다.

"회장님 돈을 갖고 튄 놈들 아닙니까? 마음이 불안해서도 고급호텔에서 잠을 잤을 겁니다."

업무과장이 은근한 표정을 지으며 자신 있게 말했다. 지는 해가 있으면 뜨는 해도 있다. 과장들 중에서 선임은 경리 1과장이다. 유 부장은 정광표가 회장의 비자금을 관리하고 있다는 특급정보를 알려줬다. 그 말은 정광표를 찾아내서 비자금을 회수한다면 정광표 자리를 차지할 수 있다는 말과 같다.

"좋아. 그럼 즉시 출발해. 놈을 잡는 즉시 전화하는 거 잊지 말고. 난 혹시 그 인간이 전화를 걸지 모르니까 자리를 비울 수 없잖아."

유 부장 책상에 있는 교환전화기에서 1번이 울린다. 비서실의 전화다. 유 부장은 업무과장에게 어서 출발하라고 손을 내저으며 수화기를 들었다.

"유 부장. 회장님이 정 차장을 찾으시는데 어떻게 됐나?"

회장의 비서실에서 최 이사가 수화기를 손으로 가리고 속삭이는 목소리가 날카롭게 귓속으로 파고들었다.

"무, 무엇 때문에 찾으십니까?"

유 부장이 의자에 털썩 주저앉으며 하얗게 질린 얼굴로 물었다.

"그걸 몰라서 물어?"

최 이사의 작은 목소리는 악을 쓰는 것처럼 들려왔다.

"죄, 죄송합니다. 지, 지금 대천해수욕장에 있는 걸로 확인돼서 그쪽으로 업무과장을 보냈습니다."

"지금 그걸 말이라고 하나?"

"죄, 죄송합니다."

"난 모르는 상황이니까 자네가 해결해. 지금 당장 회장님실로 올라와."

유 부장은 가슴이 덜컥 내려앉았다. 회장은 그렇지 않아도 요즘 건강이 좋지 않아서 계속 저기압이다. 월초에 있었던 간부회의 때도 시베리아벌판처럼 얼음바람이 쌩쌩 불었었다. 평소 같았으면 대충 넘어갔을 로스율 5% 때문에 생산부장과 담당 이사가 생똥을 쌀 정도로 호되게 야단을 맞았다.

죽겠군. 피가 바짝바짝 마르는 거 같아…

생각 같아서는 회장실이 아니고 근처 술집으로 향하고 싶었다. 폭탄주를 마시고 모텔 같은 곳에 들어가 푹 자고 싶었다. 정광표가 미치도록 부럽기도 했다. 회장실은 이 층에 있다. 공장 쪽의 벽을 유리로 만들어서 언제든 기술직 사원들이 일하는 모습을 감시할 수 있는 구조다. 이 층으로 올라가는 계단이 오늘은 무빙워크처럼 자동으로 올라가는 것처럼 느껴졌다.

아내의 얼굴이 떠올랐다. 자식들의 모습도 그려졌다. 노동판에 가기 위해 운동화를 신고 집을 나서는 모습이 상상되는 순간 다리가 휘청거렸다. 회장실 앞에서 간신히 걸음을 멈췄다. 다이어리를 들고 있는 손에 땀이 축축하게 고였다.

"정 차장은?"

유 부장은 긴장한 얼굴로 회장실로 들어섰다. 회장실에는 회장과 최 이사만 있었다. 응접소파에 무표정한 얼굴로 앉아 있는 회장에게 정중하게 인사를 했다. 등을 보이고 서 있던 최 이사가 작은 목소리로 물었다.

"저……."

유 부장이 망설이는 표정에 회장이 차갑게 굳은 얼굴로 시선을 돌렸다.

"출장 나갔나?"

최 이사가 철판 깐 얼굴로 부드럽게 물었다.

"아, 아닙니다. 실은 월요일부터 무단결근……."

"정광표가 무단결근을 했단 말이냐?"

회장이 유 부장을 노려봤다. 70대의 눈빛으로 믿어지지 않았다. 순식간에 시뻘겋게 달아오른 눈동자에 핏줄이 섰다. 유 부장의 얼굴을 태울 것처럼 쏘아 봤다.

"그, 그렇습니다."

"이 사람! 지금 제정신이야? 딴 직원도 아니고 정 차장이 무단결근을 하고 있었으면 왜 보고를 안 했나? 당장 집으로 전화해 봐!"

최 이사가 어이없다는 얼굴로 유 부장을 다그쳤다.

"사실은 집에 찾아가 봤지만, 부인도 정 차장이 어디 있는지 모른다고……."

"지, 집에 찾아가기까지 해, 했단 말야……."

유 부장의 말이 끝나기 전에 시뻘겋게 달아오른 회장의 얼굴이 노랗게 변했다. 부들부들 떨면서 유 부장을 노려보는 것도 잠깐. 비틀거리면서 소파 등받이를 잡았다. 최 이사가 깜짝 놀라 부축을 하려는 순간 축 늘어지고 말았다.

"뭐, 뭐해? 빠, 빨리 차 대기 시켜. 회장님!"

최 이사가 작은 목소리로 다급하게 외치며 회장의 상체를 부축했다. 회장의 벌어진 입에서 거품이 힘없이 흘러서 최 이사의 무릎에 툭 툭 떨어졌다.

유리벽 밖으로 대천해수욕장이 한눈에 펼쳐지는 올림피아호텔이다. 비수기라서 라운지 커피숍에는 젊은 손님들 몇몇만 앉아 있었다. 수평선 끝은 엷은 어둠에 싸여 있다. 해변을 산책하는 사람들의 발목에도 어둠이 깔려 있다.

"음주운전도 해 볼 만한데?"

"운 좋았지. 경찰 단속에 걸렸어 봐. 캐리어 안에 돈뭉치가 들어 있었잖아."

"야! 네 말 듣고 보니까 끔찍하다. 우리가 취중에 겁 없이 여기까지 달려왔네."

"우리가 하는 일이 잘 풀려나간다는 증거야."

정식은 은행을 그만두고 되는 일이 없었다. 은행에 다닐 때만 해도 어떤 일이 닥쳤을 때는 '잘될 거야!'라고 마인드컨트롤을 하면 잘 풀렸었다. 무창포에서 오면서 음주단속이 없었던 걸 보면 앞으로는 모든 일이 잘 풀릴 것 같았다.

"그러니까 돈 가방이 우리 앞으로 왔지. 괜히 왔겠냐?"

"잠은 모텔에서 자고 커피는 호텔에서 마시고…… 이제 우리도 레벨을 올려서 호텔에서 자야 되는 거 아냐?"

정식은 옆에 세워 둔 캐리어 손잡이를 문지르다 자세를 바로잡았다. 시계를 찾아 두리번거렸다. 휴대폰이 없으니까 불편한 것이 한두 가지가 아니다. 벽에 걸려 있는 직사각형의 디지털시계가 18시를 알리고 있다.

"야! 이런 호텔에서 잔다고 우리가 갑자기 부자가 되는 거냐? 여인숙에서 자더라도 맘 편하게 자는 것이 최고지."

광표가 괜히 테이블을 손가락으로 문지르며 퉁명스럽게 대답했다.

"우린 이미 부자잖아."

정식이 허리를 테이블 앞으로 숙여서 은근한 표정을 지었다.

"솔직히 난 아직 실감이 안 간다. 달러가 돈처럼 느껴지지 않아서 그런지 모르지만 지금 기분이 허공중에 떠 있는 거 같아."

"이따 건물 계약하면 실감 나겠냐?"

정식이 오른손으로 엄지손가락을 세워서 흔들며 웃었다.

"진짜, 한 달 동안 아무 일 없으면 달러를 교환할 수 있기는 한 거냐?"

"내가 책임진다고 했잖아."

"은행원 출신이 금융기관에서 손실 처리한 채권을 헐값에 싸서 서민들 피를 빨아 먹지 않나, 암달러상을 하지 않나…… 그래도 사람들은 은행원을 정직하게 보잖아."

"야, 나 같은 놈하고 암달러상 하는 동기는 약과라구. 부동산 중개업소 하는 동기도 있고, 아파트 경비에, 사기 치다 교도소에서 썩고 있는 동기도 있는데……."

"사람 사는 건 다 똑같네. 근데 이 사람 올 시간 안 됐나? 지금 몇시나 됐지?"

광표가 시계를 찾아서 두리번거렸다.

"곧 올 거야."

정식이 턱으로 벽시계를 가리키며 로비 쪽으로 시선을 돌렸다. 사십 대로 보이는 남자 두 명이 회전문으로 들어오고 있다.

"저 사람들인가?"

정식이 로비를 회전문 쪽을 턱으로 가리키며 속삭였다.

"어! 어, 업무과장하고 우리 회사 경비 같은데. 저 사람들이 여길 왜 오지?"

광표가 놀란 얼굴로 일어섰다. 주말도 아니다. 주말을 떠나서 업무과장이 경비하고 대천해수욕장에 있는 호텔에 올 리가 없다. 회사에서 무슨 세미나나 체력단련회를 이런 데서 할 리가 없다. 무슨 일로 왔는지 모르지만 외진 곳에서 보니까 반가웠다. 막 손을 흔들려고 하는데 정식이 놀란 얼굴로 주저앉혔다.

"너, 너, 찾으러 다니는지도 모르잖아."

"날 왜?"

광표가 이해할 수 없다는 표정으로 정식을 바라봤다.

"내 생각에는 틀림없으니까 어서 화장실에 가서 숨어. 어서."

광표는 정식의 말이 얼른 이해가 되지 않았다. 일단 업무과장과 얼굴을 마주치지 않으려고 화장실 쪽으로 향했다. 화장실로 들어가는 복도 모퉁이에 숨었다. 프런트데스크 앞으로 가는 업무과장 일행을 지켜봤다.

업무과장이 프런트데스크 앞에서 멈췄다. 품에서 사진을 꺼내 남자 프런트데스크에 올려놓았다. 손짓을 해가면서 묻는 모양이 이 호텔에 사진 속의 인물이 투숙하느냐고 묻는 것 같았다. 남자 프런트는 사진을 슬쩍 바라보고 나서 고개를 흔들었다. 경비가 업무과장 옆으로 가서 신분증을 보여주며 다시 설명을 했다.

광표는 얼른 고개를 숨겼다. 화장실 쪽으로 바쁘게 걸었다. 업무과장이 프런트에게 보여준 사진의 인물이 나일 것이라는 생각이 들었다. 왜 나를 찾아다니지? 어떻게 여기까지 찾아 왔지? 김 대리에게 전화했던 것이 생각났다.

맞아. 전화번호를 역추적했군…….

화장실 안으로 들어갔다. 변기 뚜껑을 내리고 걸터앉았다. 회사에 엄청난 손해를 끼친 것도 아니다. 회사에서 사표를 내면 안 될 중요한 인물도 아니다. 사표를 냈는데 직원들이 찾아 나설 만큼 중요인물이었다면 중국 공장으로 발령도 내지 않았을 것이다. 회장님의 배려로 중국 공장에 발령이 났다는 여 부장의 말이 생각나면서 차명계좌가 떠올랐다.

아내 이름으로 된 통장에는 하청회사에서 리베이트로 받은 50억 원이 입금되어 있다. 직접 개설을 통장에는 모두 70억 원이 예치되어 있다. 하청업체들에게서 받은 것과 납품단가를 부풀려 조성한 비자금이다.

젠장, 내일이라도 회사에 출근해서 인수인계를 해줘야겠군.

집에는 차명으로 관리하는 통장만 있는 것이 아니다. 비자금을 조성한 내역이며, 정치인들에게 갖다 준 떡값에, 자동차 회사 간부들에게 고가의 선물을 한 내역 등이 기재되어 있는 장부도 있다. 만약을 위해 통장은 가족사진 액자 뒤에 숨겨두고, 장부는 화장실 천장 안에 숨겨 놓았다.

"정 차장님이 아까 그 공중전화에서 전화하신 것은 맞습니까?"

"몇 번이나 말해야겠어. 나하고 대학 동기가 직접 알아봐 준 거라고…… 대체 어디로 간 거야?"

광표는 소변기 앞에서 들려오는 업무과장과 경비의 목소리에 자신도 모르게 잔뜩 움츠렸다.

"과장님. 솔직히 이런 일은 전문가들에게 맡겨야 합니다. 우리처럼 초짜들은 고생은 고생대로 하고 정 차장님 그림자도 못 찾습니다."

"경찰?"

업무과장이 오줌 갈기는 소리와 함께 짤막하게 반문하는 목소리가 들렸다.

"아뇨. 심부름센터 같은 곳이 있잖습니까?"

광표는 심부름센터라는 말에 깜짝 놀랐다. 입안이 바짝 마르는 것을 느끼며 귀를 기울였다.

"그런데 맡겼다가 돈만 떼이는 거 아냐?"

"아닙니다. 제가 잘 아는 놈이 그걸 하고 있거든요."

"그래? 잠깐만 부장님 전화 왔다. 먼저 나가 있어."

업무과장은 전화를 받으면서 변기 앞에서 물러섰다.

"뭐라구요? 회장님이 위급하시다구요?…… 네, 저, 호, 혼자 있습니다."

광표는 회장이 위급하다는 말에 벌떡 일어섰다. 자신도 모르게 문 손잡이를 잡았다. '비자금에 대해서는 함구하라구요? 아, 알겠습니다. 지금 당장 올라가겠습니다.' 업무과장의 긴박한 목소리에 손잡이를 잡았던 손을 슬그머니 내렸다.

"사장님한테는 연락하셨습니까? 중국 공장에 가셨잖아요. 연락이 안 된다고요? 예. 일단 바로 올라가겠습니다…… 네, 다른 과장들은 비자금에 대해서 모르고 있는 것이 분명합니다. 네…… 알겠습니다. 바로 출발하겠습니다."

업무과장은 지퍼를 올리면서 밖으로 뛰어나갔다. 광표는 두 눈을 동그랗게 뜨고 천장을 바라보며 서 있었다. 머릿속이 하얗게 비어버린 것처럼 아무것도 생각나지 않았다. 가끔 용돈이나 하라면서 십만 원짜리 수표를 내밀던 회장의 얼굴이 떠올랐다.

연 매출 1조 원 이상을 올리는 중견자동차 부품업체 회장이 용돈 조로 10만 원을 내민다는 것은 낯간지러운 일이다. 하지만 회장은 대단한 인심을 쓴다는 표정으로 으쓱댄다. 하긴 IMF 때 부도 일보 직전까지 갔던 작은 공업사를 연매출 1조 원 이상 올리는 회사로 성공시킨 사람이니까 십만 원도 크게 생각할 것이다.

"진짜로 똥 싸나?"

누군가 화장실로 들어왔다. 광표는 긴장한 얼굴로 귀를 기울였다. 정식의 목소리를 확인하고 밖으로 나갔다.

"그 사람들 갔다. 그런데 너 얼굴이 왜 팬티에 똥 싼 얼굴이냐?"

정식은 문을 열고 나오는 광표를 보고 놀랐다. 무언가에 놀란 얼굴이 하얗게 질려 있다. 돈 가방을 처음 봤을 때와 비슷한 얼굴이다.

"아, 아무것도 아냐?"

광표는 화장실에서는 느끼지 못하던 요의가 급하게 밀려왔다. 휘청거리면서 변기 앞으로 갔다. 오줌을 갈기면서 '당신은 무엇보다 소중한 것을 잡고 계십니다. 부디 흘리지 말아 주십시오'라는 글씨를 건성으로 읽었다.

회장이 죽는다면…….

사람은 누구나 언젠가 죽게 되어 있다. 하지만 회장이 건재해 있을 때는 회장도 언젠가 죽게 될 것이라는 점은 꿈에도 생각해 보지 않았다. 유성기업이라는 거대한 성의 성주에다, 숨겨 놓은 재산만 해도 몇천 억대에 가깝다. 몸에 좋다는 보약이 있다면 시베리아까지 사람을 보내 구해 먹는 성격이다. 천년만년 살 것처럼 보이던 회장이 위급하다는 업무과장의 목소리가 믿어지지 않았다.

"회사 사람들이 안 좋은 말이라도 한 거냐?"

하품만 전염이 되는 것이 아니다. 요의도 전염이 된다. 정식은 광표가 오줌 갈기는 모습을 보니까 요의가 밀려왔다. 광표 옆에 있는 소변기로 가면서 물었다.

"아…… 안 좋은 말이 나올 턱이 있냐?"

"하긴 요즘처럼 월급쟁이 목숨이 파리 목숨이나 같은 세상에 전화로 사표 낸 놈을 뭐 하러 찾아다니겠냐? 그 사람들 왜 온 거 같아? 춘계 수련회 같은 것 때문에 장소 알아보러 왔나?"

"건물주인 왔냐?"

광표는 머릿속이 혼란스러워서 거짓말이 나오지 않았다. 세면기 앞으로 가서 손을 씻으며 거울 안으로 정식을 바라봤다.

"좀 늦네. 너 찾으러 여기 온 거 아니라면 괜히 피한 거 아냐?"

"마주쳐서 좋은 것도 없어. 내일쯤 회사에 가서 정식으로 사표를 내야겠다."

"전화로 사표를 냈으니까 급하게 서둘 거 없잖아."

라운지에는 화장실 가기 전에 보이지 않던 남자가 혼자 앉아 있다. 오십 대로 보이는 남자는 스마트폰을 흘끔거리며 주변을 살피고 있다. 정식은 오십 대 남자가 건물주인일 것이라고 생각하며 빠르게 걸었다.

"나, 집에 전화 좀 하고 올게."

"호텔에 공중전화 없을걸. 이따 나가서 하자."

정식은 광표의 등을 툭 치고 50대 남자 앞으로 다가갔다. 남자가 정식과 광표의 얼굴을 뜯어보며 천천히 일어섰다.

"무창포 건물 주인이십니까?"

"네, 명성 부동산 소개로 오신 분들입니까? 박 사장이라고 합니다."

스스로를 박 사장이라고 소개한 남자가 품 안에서 명함을 꺼내 내밀었다.

"저는 명함이 없습니다."

정식은 명함을 받아 쥐고 손을 내밀었다. 박 사장과 악수를 하고 의자에 앉으면서 명함을 살폈다. '무한개발(주) 박정호'라고 적혀 있다.

웨이트리스가 미소를 띤 얼굴로 다가왔다. 테이블 가운데에 있는 직사각형의 메뉴판을 양손으로 가리켰다. 박 사장이 정식과 광표의 의사를 묻지 않고 아이스아메리카노 석 잔을 주문했다.

광표는 어이가 없다는 얼굴로 옆자리 정식을 바라봤다. 정식은 발끝으로 광표의 발을 툭 차며 소리 없이 웃었다.

"여행 중이십니까?"

박 사장이 정식이 옆에 있는 낡은 캐리어를 바라보며 물었다.

"아, 네. 여기저기 바람 쐬러 다니는 중입니다."

정식은 캐리어를 슬쩍 바라봤다. 캐리어에는 거금 1억여 원이 들어 있다. 차에 두고 내리기가 불안해서 들고 왔더니 스스로 보기에도 좀 민망했다.

"좋으시겠습니다. 봄바람 살살 불겠다, 날씨 따뜻하겠다, 요새 놀러 다니기 딱 좋죠."

박 사장은 말과 다르게 정식과 광표를 의심했다. 비행기 타고 외국 여행을 하는 것도 아니다. 국내 여행이라면 배낭을 메고 다닌다. 캐리어 들고 국내 여행 다니는 놈들은 머리털 나고 처음이다.

"올해 정년퇴직했습니다. 그동안 고생했으니까 이제 여행 좀 다닐 생각입니다."

"이쪽에 연고가 있습니까?"

박 사장이 잔기침을 하며 정식을 바라봤다.

"여기가 중국이나 미국도 아니고 무슨 연고를 따집니까? 같이 술 한잔 마시면 죄다 형님 아우들 아니면 종씨들인데."

"틀린 말은 아니군요. 무창포에는 바람 쐬러 오셨습니까?"

박 사장은 정식이 보통내기는 아니라고 판단했다. 광표에게 시선을 돌리며 물었다.

"아, 무창포 대하가 유명하잖아요. 대하 좀 먹으러 왔습니다. 건물에 플래카드가 붙어 있길래 부동산 사무실에 찾아갔습니다. 건물은 왜 내놓으시려고 합니까? 위치도 딱 좋던데…….."

광표는 대답을 하지 않고 정식을 바라봤다. 정식이 피차 바쁘니까 서론은 집어치우자는 얼굴로 물었다.

"건물 보실 줄 아시는군요. 잘 보셨습니다. 제 건물이 있는 장소가 무창포의 관문입니다. 일이 층은 횟집에 세를 주면 월세로 보증금 일억에, 오백만 원은 받을 수 있습니다. 지하는 노래방 업자에게 세를 주면 보증금 삼천에 이백만 원은 받을 수 있습니다. 삼 층부터 오 층은 전망이 좋으니까 모텔로 꾸며서 세를 주면 보증금 이억에 천만 원은 받을 수 있습니다."

"월세를 천칠백만 원씩 받을 수 있다면 괜찮군요. 정말 그렇게 받을 수 있는 겁니까?"

웨이트리스가 커피를 가져왔다. 정식이 빨대로 아이스커피를 저으면서 빙긋이 웃었다. 부동산 소개소 중개사의 말에 의하면 건물은 24억 원에 내놨다고 한다. 대출받을 필요도 없다. 은행에 5억에 설정이 되어 있어서 20억만 있으면 등기 이전이 가능하다는 것이다. 24억 원에 월세 1천 7백만 원만 계산해도 수익률이 8%가 넘는다. 믿어지지 않는다는 얼굴로 물었다.

"부동산 사무소에서 알아봤겠지만 여기 다섯 평짜리 횟집 월세가 보증금 일억에 삼백만 원입니다."

"그렇게 수익률이 좋은 건물을 왜 팔려고 내놨습니까?"

광표는 건물 수익률이 얼마든 관심이 없었다. 아이스커피를 빨대로 쪽쪽 빨면서 제 삼자 같은 얼굴로 앉아 있었다. 업무과장이 통화하는 내용대로라면 회장의 비자금에 대해서 함구하라고 했다. 여 부장하고 최 이사도 비자금을 관리하고 있다는 점 정도만 알고 있지, 구체적인 액수는 모른다. 회장이 유언을 남기지 않고 죽어 버린다면 120억 원은 온전히 내 돈이 된다. 120억 원, 요즘 신문에 다단계 사고가 터졌다면 보통 2~3천억 원, 크게는 몇조 원이라서 사람들이 120억 원을 껌값 정도로 여길지 모르지만 엄청나게 큰돈이다.

"잘 알고 계시겠지만 관광지 장사라는 것이 한철 벌어서 일 년 먹고 사는 곳입니다. 하지만 무창포는 지금 개발 중이라서 하루가 다르게 땅값이 뛰고 있습니다. 저도 솔직히 보령에 짓고 있는 아파트 신축 자금만 딸리지 않으면 무창포 건물은 내놓고 싶지 않습니다."

"보령에 아파트도 짓고 있습니까?"

"원래 전공이 주택입니다. 무창포는 예전에 땅을 사 둔 것이 있어서 건물을 올린 겁니다."

"그럼 좀 싸게 파셔도 되겠네."

"지금 가격도 돈이 급해서 싸게 내놓은 겁니다. 생각이 있으면 내일이라도 무창포 부동산에 가서 계약하시죠?"

"생각 좀 해봐야겠습니다. 사장님 말씀처럼 모텔로 리모델링하려면 몇억은 우습게 깨지는데 가진 돈이 십구억밖에 없거든요."

"돈 걱정은 안 해도 됩니다. 계약하실 의향이 있으면 제가 은행에 연결해 드리겠습니다. 완공된 건물이라서 십억 정도는 우습게 대출받을 수 있습니다. 요즘 은행 문턱이 얼마나 높은지 모를 겁니다."

"이 친구 은행 지점장 출신입니다."

광표는 혼란스러웠다. 차가운 아이스커피도 미지근하게 목구멍으로 넘어갔다. 어둠에 싸여 있는 바다를 바라보다가 아무 생각 없이 끼어들었다.

"아! 그러십니까? 그럼 제 건물 감정가도 벌써 나왔겠군요."

박 사장은 말과 다르게 정식을 뜯어 봤다. 지점장 출신이라면 정년퇴직을 했다는 말이다. 그런데 입고 있는 옷하며 꼴을 보니 은행하고는 거리가 멀었다. 이 새끼들 사기꾼 아냐? 아니지, 현금으로 결제를 하겠다는 놈들이니까 사기꾼은 아니지. 광표의 얼굴을 슬쩍 뜯어 봤다. 눈꼬리가 아래로 양처럼 처진 모습이 사기하고는 거리가 멀어 보인다. 앞에 앉아 있는 작자는 덩치만 컸지 순한 양처럼 착해 보인다.

"감정가는 저보다 전문적으로 건축을 하시는 사장님께서 정확하시겠죠. 일단 알았습니다. 오늘 저녁 잘 생각해 보고 내일 전화를 드리겠습니다."

박 사장이 금방 꼬리를 내리자 정식은 회심의 미소를 지었다. 채권회수회사에서 하는 일은 이미 은행에서 손실처리 된 채권을 헐값에 사들여서 채무자들에게 돈을 받아내는 일이다. 대출액은 천만 원이지만 은행에서 사들일 때는 오십만 원에서 백만 원이다. 은행에서 대출금을 손실 처리할 때는 채무자는 이미 신용불량 상태이거나 재정이 바닥난 상태다. 그들에게 연체 액수를 삼분의 일 정도 깎아 준다는 조건을 내걸어 협상을 시작한다, 채무자가 선해 보이면 형사 입건할 수도 있다거나, 돈을 갚지 못하면 모든 통장에 압류가 들어갈 수 있다는 식으로 사정없이 협박을 한다. 상대방이 채권소멸시효 운운하며 배 째라는 식으로 나오면 일찌감치 포기하는 것이 빠르다. 박 사장도 그의 말대로 아파트 신축자금 때문에 곤란을 겪고 있다면 얼마든지 가격을 다운시킬 수 있을 것이다.

"내일 언제쯤 만날까요? 타협만 잘하면 가격을 좀 깎아 줄 수도 있습니다."

"내일 전화드리겠습니다."

정식은 사람 좋게 웃어 보이며 손을 내밀었다. 광표는 박 사장을 바라봤다. 무언가 할 말이 많은 얼굴이다. 정식이 내민 손을 내리지 않았다. 그 모습이 마치 집에 찾아온 손님에게 현관문을 열어 주고 어서 나가라고 말없이 서 있는 사람처럼 보였다.

정식과 광표는 호텔 앞에서 박 사장과 헤어졌다. 박 사장은 호텔 주차장에 주차해 두었던 차를 타고 어둠 속으로 사라졌다.

"어디로 가지?"

"무창포로 가야지."

정식과 광표는 멀어져가는 박 사장 차를 지켜봤다. 정식은 캐리어 손잡이를 잡고 있다. 광표는 회장의 비자금 문제 해답을 찾을 수 없어서 지금 밤인지 낮인지 모를 지경이다. 60대의 58년 개띠 두 명이 남루한 옷차림에 운동화를 신고 고급호텔 앞에 서 있어도 누구 하나 신경 쓰지 않았다.

"귀찮은데 여기서 하룻밤 더 잘까?"

"가만히 생각해 보니까 내일 렌터카 돌려주는 날이네."

"일단 저녁부터 먹자."

정식이 캐리어를 끌고 식당들이 있는 곳으로 걸음을 옮겼다.

"여기서 자고 내일 대전으로 갈 거냐?"

"뭐가 그렇게 급해. 밥 먹으면서 생각 해 보자구."

"술 한잔 하려고 그런다."

광표는 정식의 옆으로 가지 않았다. 정식의 뒤에서 걸어가며 혼잣말로 중얼거렸다. 술이라도 마시지 않으면 머리가 너무 혼란스러워서 가슴이 터져 나가 버릴 것 같았다.

그들은 올림피아 호텔 주차장이 보이는 식당으로 들어갔다. 해물갈비탕을 전문으로 하는 집이다. 저녁 시간인데도 손님들이 없다. 홀은 앉아서 먹을 수 있는 온돌방과 테이블이 있는 홀로 구분이 되어 있었다. 정식은 캐리어를 끌고 테이블이 있는 쪽으로 갔다. 의자에 앉아서 유리벽 밖으로 호텔을 바라봤다. 호텔 꼭대기에 간판이 어둠을 녹이고 있다. 하늘에는 별 몇 개가 외롭게 떠 있다.

노중평은 천천히 운전을 하다 흰색 산타페가 보이면 정지를 했다. 최성준이 빠르게 뛰어 내려서 차번호를 확인했다. 렌터카 번호는 '하, 허, 호'로 시작이 된다. 렌터카회사를 통해서 알아 본 차량번호에서

'ㅎ' 자 발음은 좀처럼 보이지가 않았다.

농협건물 앞에는 컴컴했다. 산타페처럼 보이는 흰색 UVS 차량이 어둠 속에 주차되어 있었다. 노중평이 말없이 차를 세웠다. 최성준이 뛰어나가서 차량번호를 확인했다. 렌터카가 아니다. 노중평을 향해 힘없이 손을 흔들어 보였다.

"똥개 훈련시키는 것도 아니고, 회사에서 분명히 흰색 산타페라고 했지?"

최성준이 조수석에 앉았다. 노중평이 정면을 바라보며 물었다. 길은 해수욕장으로 이어지고 있다. 해수욕장 쪽에는 호텔이며 모텔 펜션이 수를 헤아릴 수 없을 만큼 많다.

"이 차종하고 같은 차종입니까?"

최성준이 휴대폰으로 사진을 보여줬다. 렌터카회사에서 보내준 흰색 산타페 사진이다.

"무창포에 갔다가 다시 여기로 온 걸 보면 여기 숙소를 잡았다는 말이 되잖아. 우린 그것도 모르고 무창포까지 헛걸음했고."

노중평은 사진을 슬쩍 바라봤다. 열 번도 더 봐서 머릿속에 선명하게 저장되어 있다. 편의점 불빛이 환하게 내려앉는 거리에 흰색 UVS 차량이 주차되어 있다. 시동이 꺼져 있지 않은 걸로 봐서 차 주인이 편의점에 무언가 사러 들어간 것 같았다. 운전석 유리가 내려져 있다. 머리카락이 긴 여자가 담배 연기를 내뿜고 있었다. 조수석 쪽 유리를 내렸다. 최성준이 차량번호를 확인하고 말없이 고개만 흔든다.

"사람 돌겠군. 도대체 어디 짱 박혀 있는 거야?"

숙박업소가 즐비한 거리로 들어섰다. 노중평은 어제도 이 거리를 이 잡듯이 뒤졌다. 오늘 또 같은 짓을 해야 할 걸 생각하니 맥이 빠졌다. 생각 같아서는 그만두고 서울로 올라가고 싶었지만 그러기에는 돈 가방의 유혹이 너무 강하다. 돈 가방의 주인만 찾아낸다면 일 계급 특진은 차려 놓은 밥상이나 같다. 그냥 먹기만 하면 되는 것이다.

"형님, 비공개수사라도 보령경찰서 형사들에게 협조 좀 부탁하는 것이 안 좋겠습니까?"

"너 진급하고 싶지 않냐? 보령서 애들이 그 사람들을 잡아내면? 우린 닭 쫓던 개 지붕 쳐다보는 식이 된다는 거 모르냐?"

"어디 있는지 찍어만 달라면 되잖아요?"

"너 같으면 찍어주고 여기 있으니까 달아 가시라고 전화하겠냐?"

"미쳤다고 전화합니까? 제가 팔찌 채워서 서울로 달고 가지…… 이 사람들 은근히 사람 힘들게 만드네."

최성준도 모텔이며 펜션 호텔을 일일이 뒤지고 다닐 걸 생각하면 지쳤다. 괜히 말했다가 본전도 못 찾았다는 생각에 애매한 정광표를 원망하며 좌우를 살폈다.

"배 안 고파?"

"점심도 김밥 한 줄로 대충 때우고 왜 배가 안 고프겠어요. 하지만 더 늦기 전에 몇 군데 다녀 보고 뭐 좀 먹죠."

"자식, 철들었구먼."

노중평은 3층짜리 고급 모텔 앞에서 차를 세웠다. 차에서 내리는데 모텔 문이 열리고 남자가 다가왔다.

"차를 여기다 세우면 우린 문 닫으란 말입니까?"

"경찰입니다. 주차장에 차 몇 대 있습니까?"

노중평이 양쪽 바지 주머니에 양손을 찌르고 턱짓으로 물었다.

"경찰요?"

모텔 남자가 멈칫 뒤로 물러섰다.

"제가 살펴보겠습니다."

최성준은 모텔 옆에 비닐커튼이 쳐져 있는 주차장 쪽으로 향했다. 주차장 안으로 들어가지 않고 비닐커튼만 들추고 주차장을 살폈다. SUV 차량은 보이는데 흰색 차가 보이지 않는다.

"형님 저 옆으로 가 봐야겠습니다. 저는 건너편에 있는 호텔로 가 보겠습니다."

"차 금방 뺄 테니 그리 아슈."

노중평은 긴장한 얼굴로 서 있는 모텔 남자의 어깨를 툭툭 쳤다. 뒤도 돌아보지 않고 걸음을 옮겼다.

노중평의 차가 주차된 가변차선에서 1백여 미터 거리에 검은색 에쿠스가 부드러운 엔진소음으로 어둠을 녹이고 있었다. 운전석에는 창세가 고성능 적외선 망원경으로 노중평과 창세의 동선을 차례로 지켜보고 있었다.

"아직 휴가철도 아닌데 유원지라서 쭉쭉 빠진 걸들이 많이 돌아다니네."

창세는 조수석 의자를 길게 눕혔다. 편하게 누워서 두 다리를 대시보드 위에 올려놓고 있다가 일어나 앉았다. 레버를 돌려서 의자 등받이를 일으켜 세우며 밖을 바라봤다.

"두더지 잡기가 따로 없네."

창세는 망원경에서 눈을 떼지 않았다. 시팔놈, 교대해 줄 생각은 안 하고, 꽃놀이하고 앉아 있네. 노중평이 차를 멈출 때마다 망원경으로 감시를 했더니 어깨며 허리 목덜미 등 안 아픈 곳이 없다. 이동을 할 때 운전이라도 해주면 좋으련만 운전 중에는 끄덕끄덕 졸며 시간을 보낸다.

"뭔 개소리냐?"

"짭새들 말입니다. 모텔이며 펜션을 두더지처럼 드나들고 있습니다."

"정신 바짝 차리고 지켜 봐. 한눈팔다 놓치면 너나 나나 골로 가는 거다."

짱구는 주머니를 뒤적거렸다. 담배가 없다. 요즈음은 편의점에서만 담배를 판다. 좌우로 편의점이 보이지 않는다. 뒤로 돌아보니까 편의점 간판이 어둠을 희미하게 밝히고 있다.

"담배 좀 사 와라."

"담배요?"

창세가 망원경에서 시선을 옮기지 않고 반문했다. 평소에는 담배 말이 떨어지기 전에 총알처럼 튀어 나갔을 것이다. 오늘은 너무 힘이 들어서 짜증이 났다. 서울에 있었으면 지금쯤 포장마차에서 우동에 소주 한 병 까고 나이트클럽으로 기분 좋게 향하고 있을 시간이다.

"왜?"

짱구가 핸드폰 날을 세워서 창세의 옆구리를 아프도록 팍! 찔렀다.

"아, 아닙니다."

창세가 당황한 얼굴로 망원경을 내리는데 짱구의 휴대폰이 울렸다. 짱구는 비스듬히 누워 휴대폰을 확인했다. 하익수의 이름이 화면에 떠 있는 것을 보고 얼른 자세를 바로잡았다.

"어떻게 됐어?"

하익수의 신경질적인 목소리가 대뜸 귀청을 후벼 팠다.

"네, 지금 막 대천해수욕장에 도착했습니다. 짭새들이 숙박업소를 이 잡듯이 뒤지고 있습니다."

"어떻게 될 거 같아?"

"뭐, 뭐가요?"

"오늘 저녁에 작업이 끝날 거 같아?"

"모, 모르겠습니다. 짭새들도 대천에서 보령경찰서로, 무창포로 다시 대천으로 헤매고 다닙니다."

"너 지금 뭐라고 했어?"

하익수의 목소리가 갑자기 날카로워졌다.

"짜, 짭새들 미행하고 있다고 했습니다."

"너 아까 내가 2017년식 하얀색 산타페 찾아보란 말할 때 어디 있었어."

"차, 차 안에 있었습니다."

"오른쪽 주먹을 쥔다. 실시."

"실시."

짱구는 하익수의 지시에 따라 휴대폰을 왼손으로 바꾸어 잡았다. 오른쪽 주먹을 쥐고 복창을 했다.

"아구통을 삼 회 깐다. 실시."

하익수의 말이 떨어지자마자 짱구는 주먹으로 자신의 오른쪽 볼을 강타했다. 느닷없이 날아온 주먹에 얼굴이 휙 돌아갔다. 얼른 자세를 바로잡고 두 번, 세 번을 강타하는 소리가 휴대폰으로 스며들어 갔다.

창세는 짱구가 자기 볼을 때리는 소리에 깜짝깜짝 놀랐다. 젠장, 나한테 화풀이할 거 아냐? 바짝 긴장한 얼굴로 짱구를 바라봤다. 짱구가 휴대폰을 드는 것을 보고 얼른 망원경을 눈앞에 갖다 댔다.

어! 짭새 차가 어디로 갔지?

망원경을 내리고 얼른 시동을 걸었다. 빠르게 앞으로 나가면서도 짱구의 눈치를 살폈다.

"내가 뭐라고 했어? 차종은 2017년식 하얀색 산타페, 렌터카 번호도 알려 줬잖아. 언제까지 꽁무니만 따라다닐 거야?"

"아, 알고 있지만 찾다가 짭새들하고 마주치기라도 하면……."

"아직 정신 못 차렸구먼."

"아, 아닙니다. 형님 지시대로 우리는 우리대로 찾아보겠습니다."

"실시간으로 보고하는 거 잊지 말고."

짱구는 하익수가 전화를 끊을 때까지 기다렸다. 전화를 끊었다는 신호음을 듣고 나서야 휴대폰을 껐다.

창세는 짱구 눈치를 볼 겨를이 없었다. 마술을 부리는 것도 아니다. 하늘로 솟았는지 땅으로 꺼졌는지 노중평의 차는 흔적도 보이지 않았다. 속도를 늦추고 부지런히 좌우를 두리번거리며 운전을 했다.

"뭐야?"

짱구가 뒤늦게 상황을 알아차리고 대시보드를 양손으로 잡았다. 앞 유리를 뚫고 나가기라도 할 것 같은 표정으로 물었다.

"저, 저기 있습니다."

창세는 안도의 한숨을 내쉬며 왼쪽을 가리켰다. 왼쪽으로 올림피아호텔이 보였다. 호텔 앞 주차장 쪽으로 노중평의 검은색 카니발이 천천히 가고 있었다.

"차 돌려?"

짱구는 뒤늦게 하익수의 지시가 생각났다.

"왜, 왜요?"

"이 새끼가 까라면 까지."

짱구가 손바닥으로 창세의 목덜미를 느닷없이 내려쳤다. 악! 창세의 이마가 빵! 소리가 나도록 클랙슨을 찍었다.

광표는 해물갈비탕에 소주를 마셨더니 혼란스러운 기분이 조금은 진정되는 것 같았다. 일어나서 카운터 앞으로 갔다. 계산을 하고 주인에게 화장실을 물었다. 화장실은 밖으로 나가서 식당 건물 옆에 붙어 있었다. 소주와 맥주를 섞어 마셨더니 오줌보가 터져 나갈 것 같은 요의가 밀려왔다.

뭐야?

검은색 승합차가 주차장에 멈췄다. 이어서 건장한 남자 두 명이 뛰어내렸다. 그들은 흰색 산타페 앞으로 곧장 걸어갔다. 한 명이 차량번호판 앞에 쪼그려 앉았다. 차량번호와 스마트폰을 번갈아 바라보며 일어섰다. 거의 동시에 다른 남자는 호텔 정문 쪽으로 뛰어갔다.

"왜?"

"저, 저기 호텔로 들어가는 남자 두 명이 우리 차 번호를 확인하더니 호텔로 들어가고 있는데?"

"뭐라구?"

캐리어를 끌고 나온 정식은 술이 확 깨는 것 같았다. 호텔 로비는 불빛이 밝아서 훤히 보였다. 호텔 안으로 들어간 남자 두 명은 곧바로 프런트데스크 앞으로 빠르게 걸어갔다. 이어서 프런트에게 핸드폰을 보여주었다.

"우리를 뒤쫓는 사람들 같은데."

"피하자."

정식은 광표의 말에 대꾸할 틈이 없었다. 캐리어를 끌고 갈 여유도 없었다. 캐리어를 불끈 들고 화장실 쪽으로 갔다. 화장실 옆으로는 작은 골목이다. 무작정 골목 안으로 들어갔다.

"자, 잠깐."

광표는 골목 안으로 들어가지 않았다. 모퉁이에 숨어서 호텔 로비를 바라봤다. 남자들이 다시 밖으로 빠르게 나왔다. 한 명은 검은색 승합차를 몰고 주차장 안으로 들어갔다. 다른 한 명은 호텔에서 빠져나오는 빛이 모이지 않는 어둠 속으로 몸을 숨겼다.

"튀자."

광표 뒤에서 노중평과 최성준의 동선을 살피고 있던 정식이 거친 숨을 내쉬며 돌아섰다. 광표는 조금 전까지만 해도 오줌보가 터질 것 같았는데 마렵지가 않았다. 정식을 따라서 골목 안으로 들어갔다.

골목 밖은 소나무가 서 있는 작은 공원이다. 그들은 좌우를 두리번 거리며 빠르게 소나무 숲을 통과했다. 구획정리가 된 도로가 나왔다. 차 한 대 다니지 않은 도로를 가로질러서 잡초가 우거져 있는 구획정 리지역 쪽으로 들어갔다. 백여 미터 쪽에 상가 불빛이 환하게 켜져 있 었다.

"자, 잠깐만."

올림피아 호텔에서 어느 정도 멀어졌다. 광표는 그때서야 참을 수 없는 요의가 밀려왔다. 망초꽃이 흐드러지게 핀 쪽을 향해 바지 지퍼 를 내렸다.

"뭔 오줌을 그리 오래 싸나?"

정식이 작은 목소리로 속삭이며 길을 재촉했다. 그것도 잠깐 긴장 이 풀어지면서 오줌이 마려웠다. 캐리어를 내려놓고 오줌을 갈기기 시작했다.

"경찰들이 분명하지?"

광표가 계속 오줌을 갈기며 정식을 바라봤다. 경비가 업무과장에 게 심부름센터를 안다는 말이 생각났다. 이내 마음속으로 고개를 흔 들었다. 심부름센터 직원들치고 너무 당당하게 움직이는 모습이 경찰 들로 보였다.

"민첩하게 움직이는 것을 보니 경찰이 분명해. 내 생각에는 옥천부터 우리를 추적한 것이 틀림없어. 요즘 전국에 씨씨카메라가 깔려 있으니까 형사들이 여기까지 추적하는 건 식은 죽 먹기겠지."

"우리가 옥천에 있는 걸 어떻게 알았지?"

"제수씨한테 찾아갔었겠지."

"그럼 우리가 돈 가방을 들고 있다는 걸 경찰들이 알아차렸다는 거네?"

광표가 정식이 옆으로 다가가서 빠르게 속삭였다. 귀신이 곡할 노릇이 따로 없다. 돈 가방을 갖고 집으로 올 때는 말 그대로 밤 쥐도 지켜보지 않았을 것이다. 아내도 신(神)이 아닌 이상 돈 가방을 들고 집을 나갔다는 걸 알 턱이 없었다. 그런데도 형사들이 뒤를 따르고 있다고 생각하니까 다리가 후들후들 떨릴 지경이다.

"어떻게 경찰이 알았는지는 모르겠어. 하지만 내가 볼 때 우리 뒤를 쫓는 것은 분명해. 그러니까 어서 가자."

"어…… 어디로 가는데?"

"택시를 타고 일단 청양까지 가는 거야. 청양에서 내려서 CC카메라가 없는 지점까지 걸어서 가는 거야. 거기서 택시를 타고 공주까지 가는 거야. 공주에서도 CC카메라가 없는 지점에서 택시를 불러 대전으로 가자."

"그러지 말고 차라리 경찰에 자수하자. 우리가 지금까지 쓴 돈은 물어내면 되잖아."

광표가 캐리어를 손잡이를 잡고 있는 정식의 앞을 가로막으며 말했다.

"미쳤어? 우린 이미 법을 위반했어. 그리고 그 사람들이 만약 경찰이 아니면? 그놈들이 돈 가방 주인이라면 우린 죽은 목숨이라는 거 몰라?"

정식이 다그치는 말에 광표는 할 말이 없었다. 올림피아 호텔 쪽을 바라봤다. 멀리서도 간판이 보였다. 호텔 앞 주차장에 경찰인지 깡패들인지 모를 남자들이 잠복하고 있을 것이다. 눈앞이 캄캄했다.

11

　새벽부터 비가 내리고 있었다. 빌라 베란다 밖으로 보이는 도시는 줄기차게 내리는 비에 납작 엎드려 있다. 가끔 바람이 불면 마당에 서 있는 젊은 은행나무들이 푸른 은행잎들을 떨어트리지 않으려 몸부림을 쳤다.

　광표 아내는 연이틀 잠을 설쳤던 까닭에 어젯밤은 누가 업혀 가도 모를 정도로 푹 잠을 잤다. 한껏 가벼워진 몸으로 평소처럼 화장실로 향했다. 간단하게 세면을 하고 아침을 짓기 시작했다. 쌀을 씻어 전기밥통에 안치고, 스위치를 눌렀다.

　된장찌개를 끓이기 위해 찬장에서 뚝배기를 꺼내 물을 재서 가스레인지 위에 올려놓았다. 된장을 적당히 풀고 냉장고에서 파와 풋고추, 마늘을 꺼냈다. 가스레인지 불을 점화하고 행주를 빨았다. 식탁을 닦으며 안방 문을 바라봤다. 이때쯤 광표가 나올 시간인데 인기척이 없다. 들어가서 깨워야겠다고 생각하며 행주를 내려놓았다.

　어머, 내 정신 좀 봐.

　물기가 있는 손을 마른 수건으로 닦으며 안방 문 앞으로 가서야 광표가 부재중이라는 걸 깨달았다. 근본을 알 수 없는 허전함이 안개처럼 가슴속에 내려앉는 것을 느끼며 싱크대 앞으로 갔다. 가스레인지 위에서 뚝배기가 끓고 있었다. 가슴이 들썩거리도록 한숨을 내쉬며 가스레인지의 불을 껐다. 된장찌개를 끓일 때만 해도 입안에서 군침이 돌았으나 갑자기 뭘 먹고 싶은 생각이 없었다.

소파 앞으로 가서 털썩 주저앉았다. 광표가 출근을 하면 텔레비전을 켜 놓고 설거지를 하거나 청소를 했었다. 아침을 먹기 전에 텔레비전을 켜는 것이 낯설게 느껴졌다. 아침 뉴스가 진행되고 있었다. 전국적으로 내리던 비는 점점 개여서 10시쯤이면 소강상태로 접어든다는 자막이 흘러나온다….

경기 둔화로 가계 대출이 사상 최고로 늘었다는 뉴스와 함께 오만 원권을 탑처럼 쌓아 놓은 사진이 나왔다. 가슴이 철렁 내려앉으면서 통장이 떠올랐다. 군자란 화분에 숨겨 두었던 통장은 안심이 안 됐다. 그래서 물이 들어가지 않도록 비닐로 감싸서 간장독 안에 숨겨 놓았다.

광표와 같이 근무를 한다는 유성기업 사람들은 다시 오지 않았다. 회사 사람들과 싸우던 깡패들도 문을 노크하지 않았다. 하지만 언제 그들이 올지 몰라서 가슴을 조이고 있느라 몸무게가 2kg나 빠졌다. 이럴 때 통장을 숨겨 놓은 광표라도 있었으면 살얼음판 위에 서 있는 것같은 초조와 두려움으로부터 조금이라도 벗어날 수 있었을 것이다.

막연한 기대감은 안고 휴대폰으로 광표의 전화번호를 눌렀다. 숨을 쉴 틈도 없이 통화를 할 수 없다는 메시지가 흘러나왔다. 힘없이 휴대폰을 끄고 베란다 밖으로 시선을 돌렸다. 10시쯤이면 비가 그친다고 했다. 빗줄기는 오늘 온종일 내려도 적성이 풀리지 않을 것처럼 유리창을 갈겨 버리고 있다.

똥고집을 부릴 때가 따로 있지…….

결혼이라는 것은 핏줄 하나 섞이지 않은 남녀가 한 우산을 쓰고 같은 길을 가는 것이다. 결혼식 때 주례 선생은 그걸 동행이라고 했다. 어느 한쪽이 비를 덜 맞으려고 우산대를 당기면 상대방은 비를 맞게 된다. 서로 꼭 껴안고 걸으면 둘 다 비를 맞지 않는다는 것이다. 비가 내리는 날은 마음이 차분해진다.

광표가 곁에 있을 때는 웬수덩어리처럼 느껴질 때가 많았다. 곰곰이 생각해 보니 광표만 한 남편감도 드물다. 재벌회사에 취직해서 철마다 해외여행이며 명품 가방을 사 주지는 않았다. 신혼 초 한 달에 이십만 원도 안 되는 돈을 받으면서도 묵묵히 가정을 지켜왔다. 소리 없이 베란다 유리를 적시는 비 때문일까? 언제부턴지 혼자만 비를 맞지 않으려고 우산대를 당겨서 걸었다는 생각이 들었다.

갑자기 바람이 요란하게 불었다. 오래된 집이라서 베란다문이 덜커덩거리는 소리가 거실을 울렸다. 광표의 아내는 깜짝 놀라며 밖을 바라봤다. 은행나무가 바람결 따라 휘청거리고 있다. 돌이켜 보면 광표는 가난한 집안의 장남으로, 내 집 한 칸 없는 월세방의 남편으로 단 한 번도 삶에 대해 휘청거려 본 적이 없이 무쏘처럼 혼자 걸었다.

전화라도 받지.

아무리 좋은 물건도 가지고 있으면 귀한 줄 모른다. 사랑하는 사람도 늘 곁에 있으면 그저 동반자로 보일 뿐이다. 광표 아내는 처음으로 광표에게 의지하며 살아왔다는 생각이 들었다. 광표는 나무처럼 묵묵히 서 있었다. 나무도 오늘처럼 비바람이 몰아치는 날은 추웠을 것이다. 그런데도 광표는 신혼 때부터 단 한 번도 회사에 지각해 본 적이 없었다. 어느 해인가 4월에 꽃눈이 내려서 시내 교통이 마비된 날도 컴컴한 새벽에 일어나 걸어서 출근을 했었다.

휴대폰이 요란하게 울었다.

광표 아내는 긴장이 되는 것을 느끼며 휴대폰을 들었다. 정식의 아내 전화번호가 찍혀 있다. 이 여자가 새벽부터 뭔 일이지? 가슴이 떨렸다. 가슴을 문지르며 전화를 받았다.

"미영이 아빠 들어왔어?"

정식이 아내가 대뜸 물었다. 광표 아내는 정식이 아내가 묻는 말에는 대답하지 않고 기준이 아빠는 들어왔냐? 라고 반문했다.

"집구석에 들어왔으면 새벽부터 전화하겠어?"

"안 들어왔어. 전화도 없구, 걱정돼서 죽겠어."

"어머, 언제는 혼자 살게 돼서 홀가분해 죽겠다고 말할 때는 언제고. 그새 마음이 바뀐 거야?"

"그때는 화가 나서 그런 말을 했지만, 멀쩡히 잘 있던 사람이 집 나간 지 나흘 동안 전화 한 통 없는데 걱정이 안 되겠어?"

"하여튼 그 인간은 사람 피 말리는 데 선수야. 글쎄 대출을 받으러 갔는데 요새는 법이 바뀌어서 본인 확인을 해야 한다는 거야. 커피점은 계약해 놨는데 대출은 안 나오고. 사람 미치겠어. 이러다 계약금 떼이는 거 아닌지 모르겠어?"

정식의 아내 목소리에는 정식에 대한 원망이 겹겹이 쌓여 있었다.

"계약금을 얼마나 걸었는데?"

"대학교 근처라 권리금하고 보증금 합해서 사억 오천만 원에 계약했어. 계약금으로 오 프로 걸었거든……."

"오…… 오 프로면 얼마야?"

광표의 아내는 간장독에 담가 둔 통장이 생각났다. 자신도 모르게 출입문 쪽을 바라보며 더듬거렸다.

"이천 이백 오십만 원이지. 참! 미영이네 돈 좀 있지? 미영이 아빠 회사에 다니시니까 저금해 놓은 돈 좀 있을 거잖아."

"우리도 미영이 결혼할 때 대출받은 것이 있어서 사는 것이 기준이네 하고 같아. 얼마나 필요한데?"

"그 인간 들어오면 갚을 테니까 사억만 빌려줘."

"사, 사억! 나한테 그만한 돈이 어딨어?"

광표 아내는 통장에 찍혀 있는 50억 원이 떠올랐다. 5만 원도 인출해 봤다. 4억 원이라고 인출하지 말라는 법은 없다. 하지만 광표가 들어오기 전에는 아직 내 돈이 아니라는 생각에 깜짝 놀랐다.

"사억이면 좀 무리지. 얼마나 갖고 있어?"

"글쎄, 이삼천만 원이면 모를까. 우리한테 그렇게 큰돈이 어디 있어? 미영이 아빠 매달 월급을 받기는 하지만 워낙 월급이 적어서 돈을 못 모아. 은행에 안 되면 저축은행 같은 데 물어봐. 우리 빌라에 사는 사람도 은행에 대출금이 있는데도 저축은행에서 또 대출받았다고 하는 말을 들었어."

"맞아. 그 생각을 못 했네. 하여튼 고마워. 개업하면 놀러 와. 내가 근사하게 한 턱 살 테니까."

"돈 못 빌려줘서 미안해."

광표 아내는 전화를 끊고 멍한 표정으로 베란다 밖을 바라봤다. 빗줄기가 한결 약해졌다. 전국적으로 비가 내린다고 했으니 광표도 어딘가에서 비를 바라보고 있을 것이다. 통장에 들어 있는 돈을 생각하고 있을까? 그건 아닌 것 같았다. 120억 원이나 되는 엄청난 돈을 회사에서 횡령한 돈이라면 그냥 나갔을 리는 없다.

도대체 어디에 있는 거야?

회사 사람들은 첫날 깡패들에게 얻어맞고 나서는 집으로 오지 않았다. 형사들로부터도 전화가 오지 않았다. 어쩌면 광표 찾는 것을 포기했을지도 모를 일이다. 만약 형사들이 광표를 찾았다면, 경찰서에서 전화가 왔을 것이다.

중앙병원 중환자실 앞에 몇몇 중년들이 벤치에 앉거나, 침울한 얼굴로 창문 밖을 바라보고 있었다. 유성기업 이사들이다. 그들은 회사에 출근만 하면 얼굴을 마주치는 사이이다.

회장 주제 회의실에서, 업무 관계로 그들의 사무실에서 만나 서로 협조를 하고 미래의 발전에 대해 논의를 했다. 유성기업의 명함을 지갑에 품고 다니는 한 같은 배를 탄 동료들이다. 하지만 오늘은 그렇지가 않았다. 사장 쪽 임원들은 어깨를 당당하게 세우고 있었다. 사장보다 회장하고 더 가까운 임원들은 침울한 얼굴로 창문을 바라보고 있거나, 괜히 화장실을 들락거렸다.

회장의 총애를 받고 있는 최 이사는 상무와 벤치에 앉아 있었다. 그들은 모두 회장 계열이다. 산소호흡기에 의지하고 있는 회장이 운명하면 파도치는 물결에 가랑잎 신세가 될 수도 있기도 하다.

"중국 공장에도 안 계시면 스위스로 가신 것이 틀림없어……."

굳게 닫혀 있는 중환자실을 바라보고 있던 상무가 입술을 달싹거렸다.

"사모님도 같이 가셨으니까 여행을 가신 것 같습니다."

최 이사는 괜히 손을 만지작거리며 상무를 바라봤다. 연이어 한숨을 내쉬는 모습이 안타깝도록 초라해 보인다. 회장은 이미 준사망선고를 받았다. 산소호흡기를 제거하면 곧장 지하에 있는 장례식장으로 이동하게 될 것이다. 겉으로는 회장의 안위를 걱정하는 표정을 짓고 있지만, 속으로는 퇴직금을 계산하고 있을지도 모를 일이다.

"앞길이 캄캄하군. 회장님이 안 계시면 아예 회사에서 손 떼겠다고 나오실 거잖아."

"전문경영인에게 회사를 맡길 수도 있으시다는 말씀이십니까?"

"그렇게만 된다면 비전이 있지……."

상무의 눈이 잠깐 반짝 빛났다. 임원들이며 부장급들은 사장이 회사경영에 관심이 없다는 사실을 알고 있다. 사장은 회장으로 물러나고 전문경영인을 영입한다면 사표를 내지 않을 수도 있을 것이다.

"제 생각에는 사장님 꿈이 요트로 세계일주 하시는 것 아닙니까? 요트에서도 인터넷으로 결재를 하실 수 있겠지만 쉽지는 않을 겁니다. 마음 편하게 회사는 사장에게 맡기실 확률이 높습니다."

"그렇게 된다면 전무님이 승진하시겠지……."

상무는 중환자실 문이 열리는 것을 보고 입을 다물었다. 전무가 긴장한 얼굴로 나왔다. 안경을 벗어서 손수건으로 닦으며 마른 입술을 혀로 축였다.

"전무님."

상무가 궁금하다는 얼굴로 일어서서 전무를 바라봤다.

"사장님한테는 연락이 닿았나?"

"지금 중국 공장에서 광저우 바이윈 공항에 가 있습니다. 출국명단에 사장님하고 사모님 이름이 있는지 확인하고 있습니다."

"장례준비는 어떻게 되어 가나?"

전무가 길게 한숨을 내쉬며 안경 안의 눈빛을 빛냈다.

"사장님만 오시면 산소호흡기를 분리해야 하는 상황입니까?"

전무 주변으로 임원들이 모여들었다. 최 이사가 긴장을 감추지 못한 얼굴로 물었다.

"마음의 준비를 하고 있어야 하네. 사장님이 만약 스위스 가셨다면 서울까지 몇 시간이나 걸리나?"

"스위스 취리히까지 직항은 일주일에 두 번밖에 없습니다. 빨리 오시려면 베이징으로 가셨다가 다시 인천으로 오셔야 합니다. 직항편이 거의 12시간 걸리니까 오늘 다행히 연락이 된다 해도 내일 저녁에야 오실 수 있습니다."

최 이사 옆에 서 있던 상무가 대답했다.

"알겠네. 장례 준비는 차질 없겠지?"

전무가 최 이사를 바라보며 물었다.

"네, 특실을 예약해 두었습니다."

"잠깐 나 좀 보세."

전무가 갑자기 무언가 생각났다는 얼굴로 최 이사를 데리고 비상계단 쪽으로 갔다.

"아직 회장님 장례를 치르지 않고 이런 말 하기는 뭐하지만 말일세. 회장님 비자금은 어떻게 됐나?"

중환자실이 있는 층의 비상계단이라 바깥 기온과 다르게 싸늘했다. 전무가 안경 너머로 최 이사를 응시하며 은밀하게 물었다.

"비자금은 회장님이 직접 관리하고 계시는 걸로 알고 있습니다."

최 이사는 전무가 조용히 보자고 할 때부터 대답을 준비하고 있었다. 전무의 질문이 떨어지기 무섭게 대답했다.

"그래? 회장님께서는 그런 말씀 안 하시던데?"

전무가 날카롭게 최 이사를 노려봤다. 손바닥으로 얼굴 가리고 야옹해도 어느 정도가 있다. 경리부 광표가 비자금을 관리하고 있는데 거짓말을 하고 있다. 세상에 믿을 놈이 없다고 하더니 회장이 관에 들어가지도 않았는데 눈 하나 깜짝하지 않고 능청을 떨고 있다.

"지난주까지만 해도 경리부 강 차장이 관리를 했습니다. 그런데 강 차장을 중국으로 발령내셨잖습니까? 비자금 문제를 매듭지으시고 발령낸 것으로 알고 있습니다."

"그래?"

전무는 최 이사의 말을 믿을 수도 믿지 않을 수도 없었다. 아래층으로 내려가는 계단을 물끄러미 바라보다 갑자기 고개를 돌렸다.

"강비서 말로는 회장님이 정 차장을 호출하고 나서 쓰러지셨다는데? 비자금에 문제가 생겨서 그런 건 아닌가?"

"강비서가 모르고 하는 말입니다. 회장님이 쓰러지실 때 저하고 유부장만 회장님실에 있었습니다."

최 이사는 유 부장하고 미리 짜두었던 시나리오대로 망설이지 않고 대답했다.

"정 차장은 왜 찾았나?"

"그동안 고생했다고 위로금을 준비하셨습니다. 정 차장이 휴가 중이라고 하니까 저한테 대신 전해주시라고 해서 제가 보관하고 있습니다."

"정 차장이 휴가 중이나?"

"회장님이 중국으로 부임할 때까지 쉬라고 지시를 하셨습니다."

"휴가중이지만 장례식장에는 오겠네?"

전무는 피가 마르는 것 같았지만 할 말이 생각나지 않았다. 회장실에 CC카메라가 설치된 것도 아니다. 심증은 가지만 물증이 없다. 길게 한숨을 내쉬며 건성으로 물었다.

"이런 말씀 드리기는 좀 뭐하지만 정 차장은 회장님한테 토사구팽당했다고 생각하고 있는 눈치입니다. 저녁 한번 먹자고 전화를 해도 대답을 안 하더군요."

전무의 눈치를 살피고 있던 상무가 결정타를 날렸다.

"그럴 수도 있겠네……."

전무는 팔짱을 꼈다. 턱을 문지르며 혼잣말로 중얼거렸다. 정광표가 은닉하고 있는 비자금이 최소한 1백억 원은 될 것이다. 그 많은 비자금을 관리하고 있었는데 보상도 없었다. 최 이사의 말대로라면 비자금을 회수하고 중국으로 날려 버렸다. 충분히 토사구팽당했다고 생각할 수도 있을 것 같았다.

배두철이 탄 차가 '대일도매주류' 창고 앞에서 멈췄다. 운전사가 재빠르게 뛰어 내려서 뒷문을 열었다. 노타이차림에 골프화를 신은 배두철이 창고 앞으로 갔다.

"자네는 차에서 기다리게."

운전사가 주류창고 문을 열었다. 배두철은 밝은 빛 아래서 어두운 창고 안을 바라보느라 몇 번 눈을 깜박거렸다.

"오셨습니까?"

창고 안에서 대기하고 있던 하익수가 큰소리로 외치며 뛰어왔다,

"내가 직접 이런 데를 와야겠나?"

배두철은 하익수를 바라보지도 않고 사무실 쪽으로 걸었다.

"죽을죄를 졌습니다. 하지만 오늘 내로 결정이 날 것 같습니다."

"애들 내보네."

하익수가 배두철을 앞질러 가서 사무실 문을 열었다. 배두철은 짤막하게 지시하고 사무실 안으로 들어갔다.

"야, 이 새꺄! 내가 밥상만 차려 주면 됐지, 숟가락으로 내 아가리에 먹여주기까지 해야 하는 거야?"

하익수가 눈짓을 보내자 부하들이 우르르 뛰어나갔다. 하익수가 문을 닫자마자 배두철이 째려봤다.

"죄송합니다."

"지금 의원님이 뭐라고 하시는 줄 알어?"

배두철은 목이 말랐다. 물을 찾아 두리번거렸다.

"무, 물 여기 있습니다."

"그 돈이 경찰한테 들어가면 네 놈하고 나는 다 죽은 목숨이라는 거야. 내가 이 나이에 학교 가서 썩어야 하나?"

배두철이 생수 몇 모금을 단숨에 들어 마시고 하익수를 노려봤다.

"그놈들은 지금 손바닥 안에 있습니다. 오늘 중으로 반가운 소식이 올 것입니다."

"믿었던 놈한테 발등이 찍혀도 어느 정도가 있지. 그 큰돈을 직접 보관해도 시원치 않을 텐데, 똘마니한테 맡겨?"

"마, 말씀드리지 않았습니까? 일이 꼬이려고 그랬던지 그날 가짜양 주 단속이 나온다고 해서 금고에 보관할 형편이 못 됐습니다."

"너, 또 그 개소리 지껄이면 아구통이 살아남지 않을 줄 알어. 돈 가방 숨길 때가 금고밖에 없었어?"

"죽을죄를 지었습니다."

하익수는 변명할 말이 많았다. 배두철도 그 자리에 있었으면 돈 가방을 밖으로 빼돌렸을 것이다. 그날 경찰들은 업소를 이 잡듯이 뒤졌다. 냉장고 안은 물론이고, 변기 물통까지 뒤졌다. 돈 가방을 업소 어디에 감춰 뒀더라면 악! 소리도 못 하고 압수당할 뻔했다. 하지만 배두철은 무식하다. 무식한 놈 앞에서는 무조건 꼬리를 내리는 것이 상수라고 생각했다. 뒤에서 바라보는 부하들도 없겠다. 알량한 자존심 앞세우는 것보다 착 무릎을 꿇고 무조건 고개를 조아렸다.

"잘 들어. 돈 가방 못 찾아오면 의원님 출국 못 하셔. 출국 못 해서 미국 국방차관하고 미팅이 틀어지면 우린 끝장이야. 내 말 무슨 뜻인지 알겠지?"

"명심하겠습니다. 애들도 짭새들 뒤를 미행해 가면서 언제든 덮칠 준비를 하고 있습니다."

"이래서 내가 미쳐. 머리 나쁜 놈은 꼭 숟가락을 손에 쥐어 주어야 한다니까. 짭새들하고 한판 뛰겠다는 거냐?"

"그, 그건 절대 아닙니다."

"그냥 조용히 미행만 해라. 알았어? 나머지는 내가 알아서 할 테니까."

배두철이 생수병으로 하익수의 머리를 툭툭 쳤다. 하익수는 배두철이 머리를 내려칠 때마다 고개를 바짝 세웠다. 고개를 숙였다가는 배두철 성격에 발로 가슴팍을 차올릴 것이다. 마음속으로는 똥개 훈련시키는 것도 아니고, 언제는 독자적으로 행동하라더니, 이젠 미행만 하라고 하냐며 이를 바득바득 갈았다.

대전역 근처에 있는 허름한 모텔이다. 알루미늄새시로 된 문이 삐거덕거리는 비명을 내며 열렸다. 유리창에는 빨간 글씨로 모텔이라는 글씨가 붙어 있다. 광표가 조심스럽게 밖으로 나왔다. 문을 열어 놓은 채 골목 밖을 확인했다. 골목 밖에는 작은 식당이며 한약방들이 늘어서 있다.

광표는 모텔 안쪽으로 시선을 돌렸다. 촉수 낮은 형광등이 붙어 있는 복도 양쪽으로 방문이 늘어서 있다. 정식이 자고 있을 구석방을 잠깐 바라보고 걷기 시작했다. 낡은 보도블록이 깔린 골목은 한낮인데도 조용하다. 담벼락 밑에는 까만 비닐봉지에 담긴 쓰레기며, 빈 소주병이나 막걸리병들이 어지럽게 널려 있었다.

골목 어귀에는 '중앙모텔'이라는 고딕체 글씨가 써져 있는 직사각형의 아크릴 입간판이 서 있었다. 아크릴 간판을 누군가 발로 차 버려서 아랫부분에는 작은 구멍이 나 있다. 구멍 안으로 형광등이 보인다.

광표는 눈을 비비며 CC카메라를 찾아 두리번거렸다. 어젯밤에도 살폈지만 어디에도 CC카메라는 보이지 않는다. 해장국집 앞 처마 밑에는 커다란 양은솥에서 김이 뿜어져 나오고 있다. 어제 밤늦게 족발에 소주를 마셨더니 얼큰한 해장국 생각에 군침이 돌았다.

차 한 대가 다닐 정도의 좁은 도로 양쪽으로 식당과 한약방이 섞여 있다. 어지럽게 깔려 있는 전깃줄을 매단 전봇대에 까만색의 CC카메라가 보인다. 어제저녁에 들어올 때는 어두워서 보지 못했었다. 길은 6차선 도로와 연결되어 있었다. 6차선 도로 건너편으로 우측에 대전역 광장이 보였다.

광표는 어제 공주에서 타고 온 택시에서 내린 지점을 바라봤다. 대전역에서 고속버스 터미널로 가는 쪽이다. 죄인처럼 좌우를 두리번거리며 천천히 걸었다. 다행이다. 택시가 멈췄던 지점에도 CC카메라가 설치되어 있지 않았다.

약국 앞에 공중전화 부스가 보였다. 대전까지 왔으니 레커차 운전사에게 폐차비를 받아야겠다는 생각이 들었다. 공중전화 부스 안으로 들어가서 레커차 운전사 명함을 보고 번호를 돌렸다. 레커차 운전사는 금방 전화를 받았다. 레커차 운전사는 무쏘는 폐차장에 갖다 놨다, 폐차를 시키면 백오십만 원을 받을 수 있다, 옥천으로 오면 돈을 찾아 주겠다고 말했다.

"은행으로 입금해 주시면 안 되겠습니까?"

"폐차비를 받으려면 주민등록증을 카피하고 서류에 직접 서명을 해야 합니다."

광표는 오늘 중으로 들리겠다는 대답을 하고 전화를 끊었다. 서울로 올라가기 전에 시간을 내서 옥천에 가서 레커차 운전사를 만나겠다고 생각하며 걸었다.

모텔로 돌아갈 때는 갈 때와 다른 길을 택해서 한 바퀴 돌아 골목 앞으로 갔다. 해장국집 문이 열려 있다. 노동자 풍의 남자 두 명이 막걸리에 순댓국을 먹고 있었다.

광표는 지쳐 보이는 노동자풍의 남자 등을 보고 연민이 샘물처럼 솟아올랐다. 그들이 뭘 먹을지 모르지만 원한다면 해장술을 사 주고 싶었다. 하지만 낯선 친절에 경계의 눈빛을 보낼 것 같아서 그냥 지나쳤다.

정식은 광표가 밖으로 나간 사이에 일어났다. 목욕을 하려고 뜨거운 물을 틀었으나 나오지 않았다. 순간온수기가 벽에 붙어 있었다. 온

도를 높였으나 물이 나오지 않았다. 문을 열고 큰 목소리로 주인을 불렀다.

주인은 대답이 없었다. 다시 팬티를 껴입고 러닝셔츠 차림으로 내실 앞으로 갔다. 창문을 열고 안을 들여다봤다. 주인부부는 잠을 자고 있었다. 뜨거운 물이 나오지 않는다고 재차 크게 말했다.

"그래요?"

주인남자가 눈을 비비며 일어났다. 정식보다 앞장서서 목욕탕으로 들어갔다. 순간온수기 뚜껑을 열고 감지기를 툭툭 두들겼다. 이어서 수도꼭지를 틀었다.

"잘 나올 겁니다."

정식은 주인의 말에 대꾸를 하지 않고 문을 닫으려고 하는데 광표가 모텔 안으로 들어왔다.

"어디 갔다 왔냐?"

"그냥……."

"씻었어?"

"응."

광표는 정식이 목욕탕 안으로 들어가는 모습을 지켜보며 텔레비전 리모컨을 들었다. 아침 뉴스가 방영되고 있었다. 강남 아파트 가격이 일제히 상승했다는 뉴스가 흘러나오고 있었지만, 귀에 들리지 않았다.

어제저녁에는 잠이 오지 않을 것 같아서 족발에 소주를 취하도록 마셨다. 그것도 밤 11시가 넘은 시간이다. 다른 날 같았으면 최소한 아침에 일어나는 시간인 6시까지 정신없이 잤을 것이다. 어젯밤에는 그렇지가 않았다. 두 시쯤 일어나서 오줌을 누고 다시 누웠다. 눈을 감아도 잠이 오지 않았다. 대천 호텔 앞에서 렌터카 번호를 확인하던 남자들은 형사들이 분명했다. 대천까지 따라 왔다면 서울에서부터 추적을 했을 것이다.

어떻게 알았지?

목욕탕에서 정식이 씻는 소리가 간간이 들려왔다. 텔레비전에서는 여전히 뉴스가 방영되고 있지만, 눈에 들어오지 않았다. 어제 정식이와 술을 마시면서 내내 '어떻게 알았지'라는 주제로 진지하게 토론하느라 소주를 많이 마셔도 취하지가 않았었다.

"중요한 것은 경찰이 쓰레기장에 버려져 있는 돈 가방을 네가 갖고 갔다는 점을 알고 있을 확률이 최소한 70%는 넘는다는 점이라구. 바꿔 말하면 우린 이미 범죄자라는 점이지."

"기본적으로 오십 프로가 넘다면 내가 돈 가방을 갖고 간 것을 알고 있다는 사실이네."

"어떻게 알았는지는 모르지만 그렇게 생각해서 나쁠 것은 없지."

"그렇다면 언젠가 붙잡히게 된다는 결론이네?"

정식이 입이 찢어져라 하품을 하고 남 이야기를 전해주는 목소리로 말했었다.

"심증은 가지만 물증은 없다는 말 들어봤어? 우리나라 법에 심증만으로 처벌을 할 수는 없어. 우리 둘이 입만 완벽하게 맞추면 그 돈은 모두 우리 돈이 되는 거야. 오팔년 개띠 인생 퇴직금이 되는 거라구."

"그래, 무쏘에 블랙박스가 있던 것도 아니잖아. 형사들은 우리가 귀촌리 너희 집에 들렀다는 걸 모를 거야. 귀촌리는 CC카메라가 없잖아."

정식의 말에 검은색 절망이 흰색으로 조금은 탈색되는 것을 느꼈다. 한편으로는 20억 원이 넘는 돈을 포기하기에는 양심의 강을 이미 건넜다는 생각도 들었었다.

"씻으면서 생각해 봤는데 말야. 조용해질 때까지 잠적해 있어야겠어."

정식이 목욕탕 문을 열어 놓고 말했다.

"대천까지 따라 왔잖아. 이 나라에 잠적해 있을 때가 있겠냐? 머리 깎고 행자승으로 절에 들어가서 나무패고 밥 짓는 것도 옛날 말이지. 어떤 절에서 우리 나이의 행자승을 받아들이겠냐?"

"그럼 외국으로 나가자."

정식이 목욕탕에서 나왔다. 거울 앞에서 수건으로 머리카락의 물기를 털어내며 광표를 바라봤다.

"외국 어디로?"

광표는 갑자기 입안의 침이 모두 말라버렸다. 목이 잔뜩 쉰 목소리로 반문했다.

"중국이나 베트남 같은 데 가서 몇 달 푹 쉬다 오자. 그러면 돈 가방 주인도 포기하겠지."

"그게 쉬울까?"

광표는 엄청난 죄를 저지른 범인이 되어 버린 것 같았다.

"여권만 있으면 가능할 거야?"

정식이 수건으로 머리카락을 닦다 말고 광표 앞에 쪼그려 앉았다.

광표 눈을 뚫어지게 응시하면서 속삭였다.

"만약 출국 금지를 해놨다면 공항에서 걸릴 거잖아."

광표는 점점 범죄의 구렁텅이로 빠져들어 가는 것 같아서 무서웠다. 방문을 흘끗 바라보고 두려운 눈빛으로 정식을 바라봤다.

"그럼 밀항을 하자. 목포에 가면 밀항선을 쉽게 구할 수 있다고 하더라. 돈은 얼마든지 있잖아."

"믿을 만한 브로커가 없으면 우리 같은 얼치기들이 밀항선을 탔다가 무인도에 내려놓고 간다더라."

"아! 목포에 부탁할 만한 사람이 있어. 잠깐 기다려 봐."

정식은 서둘러 옷을 입었다. 밖으로 나가서 내실로 향했다. 주인여자는 여전히 잠을 자고 있다. 텔레비전을 보고 있던 주인남자가 또 뜨거운 물이 안 나오냐고 물었다.

"시외 전화 한 통 합시다."

"요새도 시외전화하는 사람이 있나? 핸드폰만 있으면 미국에도 통화할 수 있는데?"

주인이 마땅치 않다는 표정으로 정식의 얼굴을 자세히 살폈다.

"핸드폰을 물에 빠트렸지 뭡니까?"

정식은 지갑에서 만 원짜리 한 장을 꺼내 내밀었다.

"전화 요금이 나오면 얼마나 나온다구……."

주인은 말과 다르게 헤벌쭉 웃으면서 얼른 만 원짜리부터 챙겼다. 전화기를 들어서 카운터 위로 올려놨다.

정식은 114로 전화를 걸어서 목포서부항운노동조합을 찾았다.

114로 안내 받은 번호로 전화를 걸어서 김택근을 찾았다. 노동조합 사무직원인 김택근은 금방 전화를 받았다.

정식으로부터 밀항선을 알아봐 달라는 김택근은 어렵지 않게 대답을 했다. 비용은 요즘 감시가 심해서 한 두 당 이천만 원을 요구했다. 그것도 정식에게 신세 진 일이 있어서 특별히 싸게 소개해 주는 것이라는 말을 덧붙였다.

"알겠습니다. 그럼 언제 가능합니까?"

정식이 주인의 눈치를 살피며 속삭였다. 김택근은 은행에서 빌린 2천만 원을 갚지 못해 신용불량자가 됐다. 정식은 5백만 원만 받는 걸로 하고 채권을 말소시켜주겠다고 제시했다. 김택근이 사정사정하는 통에 3백만 원으로 채권을 소멸시켜줬더니 고맙다면서 10kg짜리 방어를 선물로 보내 왔었다.

"과장님 핸드폰 번호로 전화하겠습니다. 저도 선장을 알아봐야 하니까요."

"아닙니다. 제가 저녁에 전화 드리죠."

정식은 전화를 끊으며 주인을 바라봤다. 주인이 얼른 시선을 돌리며 텔레비전을 보는 척 한다.

정식은 말을 안 하고 방바닥에 퍼질러 앉았다. 회심의 미소를 지으며 광표에게 밀항이 가능하다고 말했다.

"일단 마누라하고 미영이한테는 전화를 해야겠지?"

광표는 아내와 미영의 얼굴이 번뜻 떠올랐다. 마른침을 삼키며 속삭였다.

"너 다 된 밥에 코 빠트릴래?"

정식이 어이없다는 얼굴로 바라봤다.

"왜?"

"대천서 안 봤어? 전화하면 금방 꼬리를 밟힌다구."

"공중전화로 전화만 하고 대전을 뜨면 괜찮을 거야?"

광표는 막상 밀항선을 타야 한다고 생각하니까 아내가 미치도록 그리웠다.

"일단 목포에 가서 밀항선을 타기 한 시간 전쯤 전화를 하자. 전화를 하고 바로 밀항선을 타면 형사들도 우릴 뒤쫓지 못해."

"그럴까?"

"현재로서는 다른 방법이 없어. 몇 개월 동안 푹 쉬다 들어오면 감나무 밑에 있는 돈은 완전히 우리 돈이 되는 거야?"

"감나무 밑에 파묻은 돈은 왠지 불안해. 우리가 언제 다시 들어오게 될지도 모르잖아. 이왕 여기를 뜰 거라면 돈을 갖고 가는 게 어때? 솔직히 좀 불안하지 않냐?"

"그게 좋겠다. 어서 출발하자."

정식은 고개를 끄덕이며 일어섰다. 아내 얼굴이 떠올랐다. 아파트를 담보 잡히든지, 팔든지 마음대로 하라는 전화를 해줘야겠다고 생각했다.

"무쏘 폐차비도 받아야 되잖아. 아까 전화해 봤는데 서류를 꾸며 내면 백오십 만 원을 준다."

광표가 뒤늦게 생각났다는 얼굴로 말했다.

"백오십만 원이 적은 돈은 아니지. 어차피 옥천에 가야 하니까 폐차장에 들려서 돈부터 받자."

정식이 광표의 어깨를 툭 치고 일어섰다, 거울 앞으로 가서 머리카락을 빗으며 당연하다는 표정으로 말했다.

"형사들도 우리가 대전에 있는 거 모르겠지?"

광표가 캐리어를 끌고 복도를 걸어가다 걸음을 멈췄다. 내실 쪽을 바라보며 정식에게 속삭였다.

"전국에 CC카메라가 거미줄처럼 깔렸다고 하더라도 죄다 추적할 수는 없겠지. 아침부터 먹자. 속 쓰려 죽겠다."

정식이 작은 목소리로 속삭이다 내실 앞에서 멈췄다. 주인이 정식을 기다리고 있었던 것 같은 얼굴로 계산대 위로 상체를 내밀었다.

"뭐 할 말 있습니까?"

주인이 정식을 핥듯이 바라봤다. 정식이 아침부터 기분 나쁘다는 얼굴로 물었다. 주인이 고개를 빠르게 흔들고 주저앉는다. 정식이 느낌이 좋지 않았다. 걸음을 멈추고 기분이 안 좋은 이유를 생각해 봤다.

"왜 그래?"

광표가 문을 열다 뒤돌아서서 정식을 바라봤다.

"아무것도 아냐."

정식은 맥없이 웃으며 걸음을 옮겼다. 밖은 한낮처럼 환하다. 몇 걸음 걷다가 손이 허전해서 깜짝 놀라 돌아섰다. 광표가 캐리어를 끄는 것을 보고 안심했다는 얼굴로 걸었다.

해장국집에서 오십 대 남자 두 명이 이쑤시개로 이를 쑤시면서 나왔다. 슬쩍 보이는 식당 안으로 소주병을 세워 두고 해장국을 먹는 손님들이 보였다. 정식이 말없이 광표를 바라봤다. 광표가 고개를 끄덕이며 해장국집 쪽으로 돌아섰다.

시외전화 한 통 걸고 돈을 너무 많이 줬나?

정식은 해장국집으로 들어가려다 누군가 보고 있는 것 같아서 시선을 돌렸다. 여관주인이 바라보고 있다. 시선이 마주치는 순간 움찔 놀라더니 이내 헤헤 웃으며 손을 흔든다.

식탁에 네 개밖에 안 되는 좁은 홀이다. 아침때가 지났는데도 빈자리가 없었다.

"금방 자리가 날 거유."

여주인이 주방에서 파를 다듬으며 표정 없는 얼굴로 정식을 바라봤다. 정식이 어떡할까? 하는 얼굴로 광표에게 시선을 돌렸다. 광표는 말없이 두 평 남짓한 온돌방 앞으로 갔다. 주인이 낮잠을 자는 용도로 만든 것 같은 온돌방은 방문이 없이 턱이 진 곳이다.

광표는 캐리어를 온돌방 위에 올려놓고 걸터앉았다. 해장국을 먹고 있는 손님들 모두 오륙십 대 남자들이다. 옷차림이 남루한 것으로 보아 근처에서 노동을 하는 사람들처럼 보였다. 머리를 감지 않았는지 까치집에 해장술에 얼굴이 시뻘겋게 달아오른 남자도 있다. 노숙자처럼은 보이지 않는다. 근처 성인오락실에서 밤을 새운 사람처럼 보였다.

과장 때만 해도 하루가 다르게 회사 매출이 올랐다. 공장의 현장직원들은 거의 한 달에 한 번씩 모집공고를 냈으나 사무직은 증원을 시켜주지 않았다. 월말에는 사무실 소파에서 쪽잠을 자고 근처 식당에서 아침을 먹는 날이 많았다. 그래도 고생을 한다는 생각을 해 본 적 없었다. 회사의 주인은 엄연히 따로 있는데도 남의 회사라고 생각해 본 적도 없었다. 매출이 오르면 내 주머니가 두둑해진 것처럼 내 돈으로 직원들을 회식시켜 주면서도 기분이 좋았다.

헛지랄했지 뭐.

내 돈으로 부하직원들 회식을 시켜 줬다고 회사에서 포상을 하거나 고가점수에 반영을 해 주는 것도 아니다. 그런데도 신명 나서 일을 한 것은 회사를 떠난 바깥세상은 생각조차 안 했다. 오로지 회사밖에 없었다. 술을 마시면서도 회사를 생각했고, 휴가를 가서도, 일요일 텔레비전을 시청하면서도, 심지어는 꿈도 회사 안에서 일어나는 일들이었다. 그래서 회장의 비자금을 관리하면서도 단 한 번도 음모를 꿈꾸지 않았다. 이제 돌이켜보니 혼자 사업을 하면서 회사에서만큼 일을 했으면 벌써 부자가 됐을 것이라는 생각이 들면서 헛웃음이 나왔다.

"왜?"

소주 반주 삼아 해장국을 마시던 까치머리가 일어섰다. 까치머리를 바라보고 있던 정식이 광표에게 시선을 돌렸다.

"아무것도 아냐."

광표는 비자금 생각을 하니까 또 머리가 지끈거렸다. 업무과장의 말투로 봐서 회장은 지금쯤 장례를 치르고 있는지도 모른다. 돈 문제에 대해서는 자식도 필요 없는 회장이다. 당연히 사장도 비자금에 대해서는 모를 것이다. 최 이사나 전무며 여 부장 정도는 자신이 비자금을 관리하고 있다는 걸 알고 있겠지만 정확한 금액은 모른다. 회장의 장례를 치르고 사장한테 보고를 한다고 해도, 사장 역시 금액을 모른다. 120억 원 중에 아내 명의로 된 50억 원 제외한 70억 원을 내밀어도 고맙다며 몇천만 원 정도 보너스를 줄지도 모른다. 아니 중국 발령을 취소할지도 모른다.

50억 원이라…….

광표는 50억 원이라는 돈이 실체가 없는 허상처럼 느껴져서 실없이 웃으며 일어섰다.

텔레비전에서 10시 뉴스가 흘러나왔다. 정식은 군침을 삼키며 해장국 먹는 사람들을 바라보다 시선을 돌렸다. 요즘 들어 텔레비전을 볼 때마다 돈 가방에 대한 뉴스가 나올 것 같아 신경을 곤두세우는 버릇이 생겼다.

어젯밤에는 동네 사람들이 감나무 밑에서 파낸 돈뭉치를 나누어 갖는 꿈을 꾸었다. 깜짝 놀라서 이 돈은 내 돈이라고 달려들었으나 동네 사람들은 실실 웃으며 자기 집으로 갔다. 광표를 찾아서 두리번거렸다. 광표가 마을회관에서 달러를 오만 원짜리로 환전을 해 주고 있었다. 광표 뒤에는 오만 원짜리 돈뭉치가 쌀가마니처럼 쌓여 있었다. 깜짝 놀라 깨어났더니 광표는 정신없이 자고 있었다.

귀신이 아니고서야, 감나무 밑에 파묻어 둔 돈을 알 턱이 있나.

밤이 늦도록 술을 마신 날은 오줌을 누고 다시 누우면 금방 잠에 빠져든다. 하지만 어젯밤에는 오줌을 누고 나서도 한 시간여 동안이나 돈뭉치는 잘 있는지, 아내는 아파트를 담보로 대출을 받았는지, 기준이는 애비가 소식을 감추어도 커피점을 하겠다고 설치고 있는지, 이런저런 생각을 하느라 잠을 이루지 못했다.

광표는 군침을 삼키며 해장국에 다진 양념을 듬뿍 넣었다. 국물을 시뻘겋게 만들어 한 수저 먹어봤다. 맵기는 한데 뭔가 빠진 것 같다. 후춧가루를 뿌리고 맛을 봤다. 얼큰하고 시원한 맛이 해장으로 소주 한잔했으면 딱 좋을 것 같았다. 밥을 말았다. 한 수저 떠서 먹으려고 하는데 정복을 입은 경찰 두 명이 들어왔다.

"죄송합니다. 신분증 좀 봅시다."

경장 계급장을 단 경찰이 정식에게 거수경례를 했다. 놀란 얼굴로 바라보는 정식에게 공손하게 말했다.

"왜요?"

정식이도 막 한 수저를 입에 넣던 참이다. 놀란 나머지 뜨거운 시래기를 꿀꺽 삼키고 말았다. 앗 뜨거! 속이 타는 것 같아서 벌떡 일어나서 눈물을 글썽이며 가슴을 두들겼다.

"친구분도 주민등록증 좀 봅시다."

경장이 광표에게도 손을 내밀었다.

"왜 그러십니까?"

광표는 긴장한 얼굴로 밖을 내다봤다. 경찰차 지붕 위에 경광등이 빙글빙글 돌아가고 있다.

"신고가 들어왔습니다."

경장이 건조한 목소리로 말했다. 경장의 말에 주인이 호기심 찬 눈빛으로 광표와 정식을 번갈아 봤다. 해장국을 절반 정도 먹던 50대는 뭔가 켕기는 것이 있는지 해장국값을 식탁에 올려놓고 슬그머니 뒷걸음쳐 나간다.

"무슨 신고가?"

정식이 물 한 컵을 단숨에 마시고 나서 물었다.

"주민등록증만 확인하면 됩니다."

경장이 말에 광표가 정식의 눈치를 살피며 지갑에서 주민등록증을 꺼냈다.

경장은 광표의 지갑에 두둑하게 들어 있는 5만 원짜리를 눈여겨보며 주민등록증을 받았다. 사진과 얼굴을 대조해 보고 순경에게 주민등록증을 내밀었다.

순경은 휴대용 단말기로 광표의 주민등록번호를 조회했다. 전과가 없다는 걸 확인하고 정식의 운전면허증도 조회했으나 이상이 없다. 주민등록증과 운전면허증을 돌려주며 경장에게 이상 없다는 표정을 지었다.

"캐리어 어디 있습니까? 저겁니까?"

경장이 광표에게 물으며 온돌방에 있는 캐리어를 손짓했다.

"우, 우린 아무 잘못 없습니다. 뭣 때문에 그럽니까?"

캐리어 안에는 5만 원권 다발 뭉치가 두 개나 들어 있다. 긴장한 얼굴로 서 있던 정식이 경장의 앞을 가로막았다.

"캐리어 안에 이상한 물건 안 들어 있죠?"

"그, 그럼요."

경장은 정식이 더듬거리는 목소리에 순경을 보고 눈짓을 보냈다.

순경이 캐리어를 눕혀서 지퍼를 열었다.

"이 돈 뭡니까?"

순경이 캐리어에서 5만 원권 다발 뭉치를 꺼내 들었다. 경장이 이럴 줄 알았다는 얼굴로 날카롭게 물었다.

"내, 내 돈이지 뭐유?"

"우리나라에서는 돈 갖고 다니는 것도 죄가 됩니까?"

광표는 경찰들이 왜 들이닥쳤는지 이해를 할 수 없었다. 하지만 지금은 그걸 따질 때가 아니다. 경찰서에 끌려갔다가는 좋은 일이 없을 거라는 생각에 용기를 내서 따졌다.

"왜 밀항하려고 했습니까? 잠깐 서까지 가시죠."

"미, 밀항이라니? 생사람 잡지 마슈. 우리가 왜 밀항을 합니까?"

"자세한 거는 서에 가서 설명해 주시면 됩니다."

경장이 정식의 말을 무시해 버리고 순경에게 눈짓을 보냈다. 순경이 돈뭉치를 캐리어에 담고 지퍼를 채웠다.

12

노중평은 수사과장이 건 전화를 끊었다. 휴대폰이 부서질 정도로 꽉 움켜쥔 손을 부르르 떨렸다. 팔에 경련이 일어났다. 부릅뜬 눈으로 자동차 앞 유리를 깨트려 버릴 것처럼 노려봤다.

최성준은 노중평이 주먹을 부들부들 떨 정도로 화내는 모습은 처음 봤다. 마른 침을 꿀꺽 소리가 나도록 삼키며 숨을 죽였다. 노중평의 눈에서 눈물이 주르르 흘렀다.

누가 돌아가셨나?

그럴 리가 없다. 만약 노중평의 가족이나 친지 중 누가 돌아가셨다면 수사과장이 먼저 전화를 해야 한다. 아니, 가족들이 전화를 했을 것이다. 노중평이 먼저 전화를 한 것은 신탄진쯤 갔을 때이다. 옥천 레커차 운전사한테 전화가 왔다. 정광표가 오늘 무쏘를 폐차시키러 온다는 것이다. 그래서 급하게 남청주 IC로 빠져나갔다가 다시 대전으로 내려가는 중에 수사과장에게 보고차 전화를 했다.

"저…… 과장님이 뭐라고 하십니까?"

노중평은 최성준이 조심스럽게 묻는 말에 대꾸를 하지 않았다. 습관처럼 주머니를 뒤져 담배를 찾았다. 바지 주머니며 재킷 주머니를 뒤지다 10년 전에 담배를 끊었다는 걸 알았다.

"담배 찾아요?"

"너도 안 피우잖아?"

"종만이가 피우던 담배 다시 방에 있을 겁니다."

노중평은 대시보드를 열었다. 몇 개비가 남은 담뱃갑이 보였다. 담배를 꺼냈지만 라이터가 없다. 최성준이 컵꽂이 안에 들어 있던 라이터를 내밀었다.

"담배 찾으시는 것 보니 뚜껑이 열리셨나 보다."

회덕분기점까지 4km 남았다는 이정표가 쏜살같이 뒤로 밀려갔다. 최성준이 120km에서 속도를 늦추지 않으며 노중평을 곁눈으로 바라봤다.

노중평은 담배를 입술에 물고 이를 악물었다. 불을 붙였다. 10년 만에 입안으로 들어간 담배 연기가 매웠다. 기침을 하며 분노의 눈물을 닦았다.

"철수해. 지금 당장 올라오라구."

수사과장의 목소리가 머릿속에서 뱅뱅 돌았다. 옥천에 가서 레커차 운전사 뒤에 숨어만 있으면 정광표를 만날 수 있다. 정광표를 만나면 돈 가방을 찾을 수 있다. 돈 가방 안에 들어 있는 달러를 확인해야 하익수를 뒷조사해서 돈 주인을 찾아낼 수 있다. 하익수 뒤에는 거물이 있을 것이다. 거물이 있다는 점만 확인이 되면 무조건 일 계급 특진이다. 검찰에서 사건을 무마시켜도 승진을 시켜 줄 것이고, 거물을 잡아들여도 특진이 된다. 이런 경우를 다 된 밥에 코를 빠트렸다고 해야 하는지, 죽 쒀서 개 준다고 해야 하는지 너무 화가 나다 못해 혼란스러웠다.

"정광표 수사건 접으시랍니까?"

최성준이 복숭아 먹다 벌레 씹은 얼굴로 물었다.

"그렇단다……."

"왜요? 정광표 잡으려고 며칠째 집에도 못 들어가고 개고생했는데 뭣 때문에 접으라는 겁니까?"

"그걸 내가 아냐? 과장님한테 물어 봐. 너 핸드폰 있잖아."

"그래서? 코앞이 옥천인데 도로 올라갈랍니까?"

옥천 2km 남았다는 이정표를 지나쳤다. 이삼 분이면 옥천 IC로 접어들 수 있다. 최성준이 속도를 더 올려 135km로 달리며 물었다.

"너 같으면 그냥 올라가겠냐?"

"미쳤습니까?"

"야, 씨발아! 왜 나한테 성질 내냐?"

"나도 몰라요. 차가 저 혼자 옥천으로 들어가니까 내 책임 아닙니다."

최성준은 갓길로 들어가서 옥천으로 진입했다. 속도를 줄이지 않고 톨게이트까지 달렸다. 하이패스 게이트를 통과하고 나서야 속도를 줄였다.

"전화 왔다……."

노중평의 휴대폰이 울렸다. 스마트폰 화면에 수사과장 이름이 떴다. 노중평은 소리를 죽인 휴대폰을 뒷좌석으로 던졌다.

"옥천 폐차장으로 가겠습니다."

최성준은 로터리 신호등 앞에서 멈췄다. 내비게이션에서 직진하라는 안내 음성이 흘러나왔다.

"당연하지."

노중평은 담배꽁초를 눌러 껐다. 창문 유리를 내리고 팔짱을 꼈다. 수사과장이 왜 갑자기 돈 가방을 포기했는지 분석하기 시작했다. 서향미에게 돈 가방의 실체를 전해 듣고 바로 수사과장에게 보고를 했었다.

"냄새가 난다. 가방 찾아올 때까지 출근 처리해 줄 테니까 당장 시작해."

보고를 받은 수사과장은 손가락으로 딱 소리를 내며 의자에서 일어섰다. 회심의 미소를 지으며 반드시 돈 가방을 찾아오라고, 돈 가방을 찾아오면 일 계급 특진은 책임지겠다고 장담했다.

수사과장이 일 계급 특진을 책임진다는 말을 하지 않았어도, 가방 안에 천 달러짜리가 백팔십만 달러가 있다는 말을 듣는 순간 촉이 왔었다. 가방 안의 달러는 90% 검은돈일 것이다. 오랜만에 굵직한 건이 들어왔다는 생각에 힘든 줄 모르고 정광태 뒤를 추적했었다.

최성준이 멀리 옥천 폐차장이 야산을 배경으로 보였다. 폐차장으로 가는 길 양쪽으로 비닐하우스와 묘목을 심은 밭이다. 폐차장으로 가는 길로 들어가지 않고 4차선 도로변의 갓길에서 브레이크를 밟았다. 보도블록을 사이에 두고 올뱅이국을 파는 식당이며, 철물점, 커피 전문점 등이 있었다.

"레커차 운전사한테 전화해 볼까요?"

노중평은 팔짱을 낀 자세로 고개만 끄덕거렸다. 돈 가방 수사는 수사과장도 원하던 건이었다. 눈앞에 돈 가방을 두고 철수하라고 지시를 할 만큼 절박한 그 무엇이 있을 것 같았다.

서장님이 지시하셨나?

서장의 얼굴이 떠올랐다. 경찰대학 출신으로 청와대 행정관으로 근무를 한 배경 때문에 초고속 승진을 했다. 수사과장보다 나이도 어린 데다 경찰대학 졸업기수도 늦은 후배다. 무리한 부탁을 할 처지가 못 된다. 더구나 서장에게 보고조차 안 했을 확률이 크다.

검찰청에서 전화가 왔나?

돈 가방의 임자가 검사에게 청탁을 했을 가능성도 배제할 수가 없다. 서장보다 승진이 늦은 수사과장으로선 승진을 미끼로 걸면 충분히 스톱을 시킬 수도 있다. 100% 검은돈이라는 확신도 없는 데다 승진 미끼는 거절할 수 없는 떡밥이란 생각이 들었다.

대전역 앞의 택시 정류장에는 몇 대의 택시가 줄지어 차례를 기다리고 있다. 그 가운데 검은색 에쿠스가 주차되어 있었다. 택시들은 앞차가 빠져나가면 앞으로 이동을 해야 한다. 검은색 에쿠스 때문에 2차선으로 나가야 한다.

회사택시를 몰고 있는 30대 운전사가 꽁무니에 달라붙었다. 부산행 KTX가 도착한 시간이다. 게이트를 빠져나온 승객 일부가 택시정류장 쪽으로 오고 있다. 조금 있으면 썰물처럼 앞차가 빠져나갈 것이다. 그런데 움직이지 않는다.

"뭐야!"

다혈질의 30대는 반사되는 햇볕을 은가루처럼 튀겨 내고 있는 검은색 에쿠스를 발견했다. 에쿠스 때문에 신호등이 바뀌기를 기다려 2차선으로 나갔다가 다시 택시 선으로 들어오는 통에 진행이 늦어지고 있다. 열이 뻗치는 것을 느끼며 택시에서 내렸다.

에쿠스가 있는 쪽으로 성큼성큼 걸었다. 운전석 옆으로 가서 점잖게 노크를 했다. 창문 유리가 스르르 미끄러져 내려갔다. 20대 후반으로 보이는 남자가 실실 웃고 있다.

"볼 일 있나?"

짱구가 장딴지에서 30cm 크기 나이프를 꺼냈다. 손바닥을 툭툭 치며 운전사를 차갑게 노려봤다.

"아, 아닙니다."

운전사는 금방 새파랗게 질린 얼굴로 얼른 자리를 떴다. 잔소리하는 시어머니보다 말리는 시누이가 밉다. 에쿠스 뒤에 있는 택시운전사가 소리 없이 실실 웃는다. 한강에서 뺨맞고 종로에서 분풀이한다고 택시의 타이어를 힘껏 차 버렸다.

"형님, 저기 서 있네요."

창세가 유리를 올리며 앞을 손가락질했다. KTX를 타고 내려온 두더지와 도끼가 보였다. 다른 사람들은 순서를 기다리며 줄을 지어 서 있는데 두더지와 도끼는 차례를 무시하고 맨 앞으로 걸어오고 있었다.

"저희들 왔습니다."

두더지가 에쿠스 뒷좌석 문을 열었다. 짱구를 향해 구십도 각도로 인사를 했다. 짱구는 반응을 보이지 않고 안쪽으로 자리를 옮겼다.

"KTX 겁나게 빠르네요. 서울역에서 한 시간밖에 안 걸립니다요."

창세 옆자리에 앉은 도끼가 룸미러로 짱구를 바라봤다.

"서울에는 별일 없냐?"

창세가 유턴 지역이 아닌데도 재빠르게 차를 돌렸다. 옥천 방향으로 달리기 시작했다. 짱구가 창세를 잠깐 노려보다 혼잣말로 중얼거렸다.

"요새 큰형님이 계속 저기압이라 살얼음입니다요."

두더지가 목덜미를 문지르면서 조심스럽게 말했다.

짱구는 두더지 얼굴을 바라보지 않았다. 피를 말리고 있을 하익수 모습이 눈에 선하게 떠오른다. 오늘 저녁에는 서울로 올라가겠지…… 하익수 말에 의하면 정광태는 오늘 옥천 폐차장으로 올 예정이다. 형사들은 철수를 시켰으니 돈 가방은 그냥 줍는 것이나 마찬가지일 것이다.

오랜만에 똘똘이 목욕 좀 하게 생겼군.

돈 가방을 찾아 들고 서울로 금의환향할 것을 생각하니 룸살롱 호스티스들이 떠올랐다. 뽀송뽀송한 신참 한 명 데리고 뜨겁게 밤을 새울 것을 생각하니 아랫도리가 뻐근하다.

정식은 머리카락 나고 경찰서에 처음 왔다. 동료 직원들 중에는 직업이 직업인만큼 협박이나, 사기, 명예훼손 등으로 잊을 만하면 한

번씩 경찰서에서 보낸 '출두통지서'를 받는 직원들이 많다. 정식은
나름대로 철학이 있어서 채권자를 도망갈 구멍도 없는 구석으로까지
몰지는 않았다, 그 덕분에 경찰서는커녕, 유치장에 면회를 가본 적도
없었다.

"전화 추적해 보면 다 나옵니다. 밀항선을 알아봐 달라는 전화를
왜 했습니까?"

경장이 모처럼 한 건 올릴 수 있는 기회를 놓치지 않겠다는 얼굴로
물었다.

"글쎄 전화를 해 보시라구요. 그냥 안부 전화를 했을 뿐입니다."

"그럼 캐리어 안에 들어 있는 돈은 왜 갖고 다니는 겁니까?"

"몇 번이나 말해야 합니까? 정년퇴직도 얼마 안 남았고 해서 여생
을 보낼 땅을 보러 다니는 중이라고……."

"전화해 보세요. 전화해 보시면 무슨 통화를 했는지 알 거 아닙니
까?"

정식은 배 째라는 식으로 말을 하고 시선을 돌렸다. 오전이라 지구
대는 한가했다. 지구대 대장으로 보이는 경감은 어제 늦도록 술을 마
셨는지 졸고 있다. 창구에 앉아 있는 순경들은 고개를 숙이고 바쁘게
서류정리를 하고 있다. 이제 막 순찰에서 돌아온 경찰들은 커피 믹스
를 마시며 무슨 이야기를 하고 있다.

"목포로 전화를 했더군요."

경장과 함께 한 팀인 순경이 전화번호가 적인 메모지를 내밀었다.

"수고했어."

경장은 메모지를 집어 들며 회심의 미소를 지었다. 창구 쪽으로 가서 전화기를 들었다.

"어떡하냐?"

등을 보이고 전화를 하는 경장을 바라보던 광표가 겁에 질린 얼굴로 정식에게 속삭였다.

"걱정하지 마."

정식이 침을 꿀꺽 삼키며 광표의 손을 꽉 잡았다 놨다. 지구대에 처음 발을 들여놨을 때부터 간이 콩알만 해졌었다. 현금 뭉치를 어디서 났느냐고 다그쳤을 때, 내가 모은 돈이라고 계속 받아쳤더니 경장은 더 이상 추궁하지 않았다. 밀항 문제도 그렇다. 밀항은 엄연한 불법이다. 목포서부항운노동조합의 김택근이 바보가 아닌 이상 딱 잡아뗄 것이다.

"돌아가셔도 됩니다. 하지만 다시 부를 수도 있을 겁니다."

"엄한 사람 몇 시간이나 붙들어 둔 거 사과라도 해야 하는 거 아뇨?"

정식은 숨기고 있던 긴장이 와르르 무너지는 것을 느꼈다. 긴장이 와해하면서 은근히 화가 났다. 눈앞에 여관주인이 있었으면 따귀라도 올려붙이고 싶었다. 그럴 수가 없어 퉁퉁 부은 얼굴로 경장을 바라봤다.

"저는 법대로 했을 뿐입니다."

"대한민국 경찰은 죄도 없는 시민을 몇 시간 동안이나 붙잡아 둘 권리가 있는 겁니까?"

광표도 한마디 하지 않을 수 없었다. 땅바닥에 앉았다 일어선 것처럼 엉덩이를 털며 말했다.

"경찰관직무집행법 제 3조 2항과 3항에 따라 집행을 했을 뿐입니다."

경의는 그렇지 않아도 몇 시간 동안 헛일한 걸 생각하면 화가 났다. 무뚝뚝한 얼굴로 정식의 캐리어를 신경질적으로 밀었다.

지구대 앞은 8차선 도로다. 광표는 몇 년 동안이나 수감생활을 한 수인처럼 햇빛을 마음껏 받아들이려고 하늘을 바라봤다. 눈이 아플 정도로 햇볕이 강하다.

"핸드폰이 없으니까 불편한 게 한두 가지가 아니네."

캐리어 손잡이를 잡고 서 있는 정식의 모습은 지방으로 일자리 찾아다니는 중국교포 같았다. 광표가 마른 입맛을 다시며 혼잣말로 중얼거렸다.

"핸드폰만 있어도 이 고생은 안 했을 거야."

"이삼일 동안이라도 사용할 핸드폰을 하나 살까?"

"그럴 것이 아니라. 핸드폰을 한 대씩 사자. 대포폰인가, 그거 있잖아."

"기분이 좀 안 좋기는 하지만 하나씩 있어야겠다. 중국 가서 사용해도 되잖아."

광표는 대포폰을 사야겠다는 생각이 들면서 기분이 묘해졌다. 대포폰을 사용하는 사람들은 대부분 음성적인 통화가 필요한 사람들일 것이다. 난생 처음으로 경찰차를 타보지 않았나? 대포폰을 살 필요가 생기지 않나. 불과 일주일 도 안 되는 사이에 엄청난 변화를 겪고 있다는 것이 실감 나지 않았다.

광표와 정식은 역전 지하상가로 내려갔다. 지하상가에는 한 집 건너 휴대폰 가게다. 어느 집이나 공짜폰, 신불자 환영, 최신폰 할부 판매를 알리는 글들이 경쟁적으로 붙어 있었다.

정식은 주인이 비교적 착해 보이는 가게로 들어갔다. 주인이 스마트폰으로 뭔가 검색을 하고 있다가 반갑게 인사를 했다.

"저…… 대포폰 좀 살려고 왔는데……."

광표의 말에 주인은 대꾸를 하지 않았다. 수상쩍다는 얼굴로 정식을 바라봤다. 낡은 캐리어를 끌고 들어온 정식은 중국교포처럼 보였다. 보이스피싱용 대포폰을 찾는 것 같았다. 이제 막 입국을 해서 한국 물정을 모르는 놈들이니까 대놓고 대포폰을 찾을 것이다.

"여기는 회사하고 정식으로 대리점 계약을 맺은 회삽니다."

주인 옆에 서 있던 남자 직원이 웃는 얼굴로 말했다.

"그럼, 말 좀 물어봅시다. 대포폰은 어디서 살 수 있는 거유?"

정식은 아침도 못 먹은 데다 경찰서에서 시달렸더니 기운이 없었다. 의자에 앉아 캐리어 손잡이를 양손으로 잡고 주인을 바라봤다.

"대포폰은 왜 찾습니까?"

주인이 광표의 얼굴을 바라보며 물었다. 대포폰을 사용하는 사람들은 거의 백 프로 정당하지 않다. 그래서 양지에서 팔지 않는다. 인터넷 등을 통해 은밀히 거래한다. 그러한 상식도 모르고 대포폰을 찾는 광표의 얼굴을 뜯어봤다. 눈을 보니 조금 피곤해 보이기는 하지만 바보는 아니다.

"필요해서 살려고 합니다."

광표가 우물쭈물하다 적당한 대답이 생각나지 않아 정식을 바라봤다. 정식이 의자에서 일어서서 진열장 앞으로 가며 대답했다.

"대포폰은 법으로 거래를 못 하게 되어 있습니다. 그리고 대포폰을 찾는 손님들은 경찰에 신고하게 되어 있습니다."

"정식아, 가자."

광표가 개똥 밟은 얼굴로 정식의 재킷을 잡아당겼다.

"나쁜 일에 사용하려고 그러는 건 아닙니다. 사채업자 때문에 집에 전화를 할 수 없어서 그럽니다."

"그럼 새로 개통을 하시죠. 새로 개통하면 폰 번호가 다르니까 누군지 모르잖아요."

"답답하시네. 통신사에서 내 주민등록번호를 치면 내가 개통한 번호가 나올 거잖유."

"그렇군요. 김 군아. 가서 대포폰 하나 가져와라."

주인이 정식의 말이 이해된다는 얼굴로 직원을 바라봤다. 정식이 모르게 직원에게 눈을 찡긋거렸다. 경찰에 신고하라는 신호다.

"두 대를 살 거유."

정식이 손가락 두 개를 펼쳐 보일 때다. 주인이 직원에게 수상한 눈빛을 보내는 걸 눈치챈 광표가 캐리어 손잡이를 잡고 밖으로 나갔다.

"왜 그러냐?"

정식이 따라 나와서 이해할 수 없다는 표정으로 물었다.

"잔말 말고 빨리 따라와."

광표는 빠르게 걸으며 뒤를 흘끔 바라봤다. 다행이다. 직원이 따라

나오지 않는다. 그래도 안심할 수가 없다. 무조건 계단을 오르기 시작했다.

"왜 그래?"

광표는 캐리어가 덜거덕거려서 계단을 빠르게 오를 수가 없었다. 불끈 들어서 어깨에 메고 계단을 올라갔다.

광표가 도망치듯 계단을 오르니까 정식은 괜히 불안했다. 광표가 계단을 빠르게 올라갈 수 있도록 뒤에서 캐리어를 받쳐 주었다.

지하상가의 전등 불빛이 화려했다면 지상의 햇빛은 찬란했다. 지하상가 입구에는 빈 택시 몇 대가 서 있었다. 광표는 뒤를 흘끔거리며 무조건 택시 뒷문을 열고 캐리어부터 실었다.

"옥천으로 갑시다."

"옥천 가려면 버스 타고 가도 되잖아. 왜 공돈을 버리냐? 옥천가는 버스정류소 앞에 세워 주세요."

정식은 캐리어를 사이에 두고 뒷좌석에 앉았다. 광표의 말을 막아 버리고 숨부터 가다듬었다.

"알겠습니다."

옥천가는 버스를 타는 정류소는 불과 20여 미터 거리에 있다. 택시기사는 대전 지리를 모르는 중국교포들이 분명하다. 손님도 없는데 잘됐다고 생각하며 친절하게 대답했다.

"도대체 왜 그래?"

"이따 말해 줄게."

광표는 이제 아무도 믿을 수 없었다. 여관주인이며 휴대폰 가게 주인도 경찰정보원들이다. 택시기사가 정보원이 아니라고 단정할 수 없었다. 눈짓으로 택시기사를 가리키며 짤막하게 대답했다.

광표와 정식은 경찰서에서 하마터면 유치장에 갇힐 뻔했던 충격에 말이 나오지 않았다. 한 시간 동안이나 말없이 택시기사 뒤통수만 바라봤다. 택시기사가 미터기가 착착 올라가는 것도 눈에 보이지 않았다.

택시기사가 신흥동 버스정류소 앞에서 멈췄다. 대전역 앞 지하상가에서 출발했으면 4천 원이 안 나올 거리다. 미터기에는 2만 5천 원이 찍혀 있다. 점심때 오랜만에 삼계탕을 포식해야겠다는 생각에 빙긋 웃음이 나온다.

"핸드폰 가게 주인 놈이 직원에게 수상쩍은 눈치를 보내드라. 내 생각에는 경찰에 신고하라는 신호처럼 보였어."

택시에서 내린 정식이 지하상가에서 왜 그랬냐는 얼굴로 정식을 바라봤다. 정식은 긴장이 풀리지 않은 얼굴로 작게 말했다.

"그랬냐?"

정식은 할 말이 없었다. 대포폰을 사용하는 것 자체가 불법이다. 휴대폰 가게 주인 놈도 눈빛이 예사롭지 않았다. 광표가 까딱하면 두 번씩이나 경찰차를 탈 뻔했다는 걸 생각하니까 허탈하기도 하면서 간담이 서늘했다.

"오늘 느낌이 안 좋다. 옥천은 내일 가고, 어디 가서 한잔하고 푹 쉬자."

"일단 목포부터 전화를 해 보자. 목포에서 경찰 전화 받고 밀항선 알아보는 거 포기했는지 모르잖아."

버스표를 파는 슈퍼 옆에 공중전화 부스가 있었다. 정식은 캐리어를 끌고 공중전화 부스 앞으로 갔다.

광표는 슈퍼 안으로 들어갔다. 슈퍼 안에는 카운터에서 버스표를 팔고 있었다. 벽 쪽으로 벤치도 몇 개 있었다. 몇몇 손님이 벤치에 앉았거나, 서서 밖을 바라보고 있었다. 하나같이 나이가 들어 보인다. 옥천 시내에 살지 않고 어느 촌에 사는 사람들처럼 얼굴도 햇볕에 구리색으로 그을렸다. 평생 일을 손에서 놓지 않던 아버지 얼굴이 떠올랐다.

광표는 8천 원짜리 음료수 박스를 사람 수 대로 샀다. 한 개씩 나누어 주자 하나 같이 당황한 얼굴로 손사래를 쳤다.

"저도 옥천 사람유. 돌아가신 아버지 생각이 나서 드리는 거유."

"아이고…… 이런."

"이렇게 착할 수가……."

사람들은 광표가 뒷머리를 긁으며 민망해하는 표정을 지을 때에야 음료수 박스를 받았다.

광표는 덤으로 받은 캔 사이다 한 개를 들고 밖으로 나갔다.

"전화해 봤더니, 계속 알아보고 있는 중이랴. 늦어도 모레면 될 것 같다고 오늘이라도 내려오라고 하더라."

"경찰한테는 뭐라고 대답했다냐?"

"한마디 들어 보니까 정확한 물증 없이 떠보는 말 같다고 하더라. 그래서 딱 잡아뗐다는 겨. 밀항에 밀 자도 들어보지 못했다고 말여."

"그랬으니까 우리를 보내 줬겠지. 그럼 렌터카부터 빌려야 되는 거 아니냐?"

"지금 생각해 보니까 벌건 대낮에 들어갈 수는 없잖아."

"핸드폰 파는 놈들 때문에 생각 없이 집에 들어갈 뻔했잖아."

광표가 뒤늦게 간담이 서늘하다는 얼굴로 속삭였다.

"일단 뭣 좀 먹자."

정식이 광표가 들고 있는 캔 사이다를 받아 한 모금 마시고 주변을 두리번거렸다. 근처에 있는 중화요리 식당 앞에 걸려 있는 홍등을 바라보며 말했다.

미영은 반쯤 정신이 나간 얼굴로 통장의 금액을 확인했다. 벌써 열 번이나 확인했다. 잔액이 ₩4,999,950,000이 분명하다. 광표의 연봉은 30년 넘게 근무를 했지만 7천만 원 수준이다. 스마트폰으로 계산기를 두들겼다. 7천만 원 연봉을 1원도 쓰지 않고 꼬박 모아도 72년이 필요하다.

눈을 비비고 봐도 잔액이 5만 원 부족한 50억 원이다. 지난 일요일 집을 나간 광표에 대한 걱정이 빠르게 뒷걸음쳤다. 그 대신 통장에 찍혀 있는 금액이 충격적으로 와닿았다.

사람은 감당할 수 없는 충격을 받으면 공황상태가 된다. 극도의 두려움과 불안이 걷잡을 수 없이 밀려와서 가슴이 심하게 뛰기 시작한다. 미영은 공황상태가 어떠한 증세인지 처음으로 알 것 같았다. 가슴이 답답하고 어지럽기까지 해서 천장이 빙빙 도는 것 같았다.

"괘, 괜찮냐?"

광표가 지난 일요일 집을 나가서 지금까지 전화 한 통 없어서 너무 걱정된다는 말에도 '엄마, 아빠하고 삼십 년을 넘게 살았는데도 아직 아빠 몰라? 아빠 중국 발령 문제 때문에 잠시 혼자서 휴식을 취하는 거야.'라며 침착성을 잃지 않던 미영이다. 미영의 얼굴이 거의 순식간에 노랗게 변하는 것을 본 광표 아내가 손을 잡고 물었다.

미영은 광표 아내에게 물을 달라고 했다. 광표 아내가 얼른 물 한 컵을 가져왔다. 미영은 물 몇 모금을 단숨에 마셨다. 컵을 바닥에 내려놓고 광표 아내 이름으로 된 통장을 들었다. 통장에 찍혀 있는 글씨를 손가락으로 문질러 봤다. 손가락에 잉크가 묻었는지 확인을 했다. 잉크가 묻지 않는다. 정교하게 쓴 글씨는 아니다.

가짜 통장일 거야, 맞아, 가짜 통장야. 그래 이 통장은 가짜야. 이미테이션이라고.

요즈음은 로또 1등에 당첨이 된다 해도 50억 원은 만져볼 수가 없다. 게다가 광표의 통장 금액과 더하면 120억 원이다. 백이십억 원! 요즘 다단계 사건이 터졌다 하면 많게는 몇 조, 최소한 몇천억 원이다. 하지만 그건 그들만의 리그이다. 남편 월급 한 달에 5백만 원 정도다. 아파트 대출금 갚고, 차 운영비다, 세금이다, 경조사비 같은 걸 지출하고 나면 1백만 원을 저축할 수 있을까 말까다.

"너도, 그, 뭐, 뭐냐? 니덜이 하는 말로 메, 멘붕이 오지?"

노랗던 미영이 얼굴이 조금씩 피가 돌기 시작한다. 미영을 지켜보고 있던 광표 아내가 속삭였다.

"엄마가 진짜 현금지급기에서 오만 원을 인출해 봤단 말이지?"

"몇 번이나 말해야 알아듣겠냐? 요기, 요 날짜 좀 봐. 내가 돈 뺀 날짜잖아."

"못 믿겠어. 내가 직접 인출을 해 봐야겠어."

미영이는 벌떡 일어섰다. 충격이 가시지 않은 탓일까. 다리에 힘이 풀렸다. 비틀거리다 주저앉았다.

"그럼 이 통장은 모두 감추어 두고 카드만 갖고 나가자."

광표 아내는 미영의 말을 듣고 나니 직접 5만 원을 인출했던 것이 꿈처럼 여겨졌다. 통장을 비닐봉지에 집어넣어서 완전히 밀봉했다. 간장이 들어가지 않게 여러 겹으로 싸서 들고 일어섰다.

미영은 다리가 후들거려서 은행까지 갈 수가 없었다. 광표 아내의 팔짱을 끼고 현금지급기가 있는 편의점으로 향했다. 머릿속은 텅 빈 것처럼 아무것도 생각나지 않았다.

"삼십만 원 뽑아 볼까?"

현금지급기는 편의점 밖에 설치되어 있었다. 미영은 현금지급기 앞으로 갔다. 백 미터 단거리 선수가 출발선에 섰을 때처럼 길게 심호흡을 하고 광표 아내를 바라봤다.

"나, 나중에 걸리면?"

"이미 오만 원을 뺐다며."

미영은 눈을 감았다 떴다. 카드를 투입구에 조심스럽게 밀어 넣었다. 암호를 찍고 인출금액 30만 원을 터치했다.

"진짜지? 응? 진짜지? 진짜 통장이잖아."

현금을 꺼내는 미영의 손이 눈에 보이도록 바들바들 떨렸다. 광표 아내가 주변을 두리번거리고 빠르게 속삭였다.

미영은 얼른 CC카메라를 바라봤다. 자신도 모르게 얼굴을 감싸며 뒤로 돌아섰다. 편의점 앞을 빠르게 떠나서 걸음을 멈췄다.

지, 진짜 돈이네.

손에 쥐고 왔던 30만 원을 부챗살처럼 펼쳤다. 손가락에 닿는 매끈매끈하면서도 질긴, 질긴 것 같으면서도 부드럽게 접히는 지폐의 감촉이 가슴을 울렸다.

"엄마, 우리 어디 가서 술 한잔할래?"

"그, 그러자구나. 나도 내 정신이 아니다. 한잔 마셔야 정신이 돌아올 것 같다."

광표 아내가 미영의 손을 꼭 움켜잡고 돌아섰다. 호프집이 눈에 띈다. 미영을 바라보며 턱으로 호프집을 가리켰다.

"우린 이미 배를 탔어. 돌아갈 수 없는 배를 탄 거야. 엄마."

미영은 광표 아내 손을 잡고 걸었다. 120억 원이라는 거금이 왜 아빠와 엄마 통장에 입금되어 있는지는 모른다. 중요한 것은 120억 원이 입금되어 있는 통장을 가지고 있다는 것이다. 그것도 전액 인출이 가능하다는 사실이 꿈같았다.

"무슨 배를 탔는데?"

"남의 돈은 단 일 원이라도 건들면 안 된다는 거 몰라?"

미영은 빌라 쪽으로 가지 않았다. 지금 기분으로 빌라에 들어가면 더 답답하고 혼란스러운 것 같았다. 시내 쪽으로 걸으면서 광표 아내를 바라봤다.

"그, 그야 당연하지. 그걸 누가 몰라?"

"엄마는 통장에 있는 돈이 아빠가 월급타서 모은 돈이라고 생각해?"

"내가 바보냐?"

"나도 바보가 아냐. 아빠가 어떻게 만든 돈인지 모르지만 정상적으로 모은 돈이 아니라는 것은 분명하지?"

"그, 그럴 거야. 아마?"

"그럴 거야, 아마가 아니고. 로또에 당첨돼도 상금이 백이십억 원은 안 된다구. 만약 로또에 당첨된 돈이라면 아빠가 사진 액자 뒤에 숨겨 뒀겠어?"

"너는 아직도 아빠를 모르니?"

"나하고 똑같은 질문을 하네. 엄마하고 나는 아빠가 숨겨둔 돈을 삼십오만 원이나 인출했어. 이미 아빠하고 같은 공범이 된 거라고?"

"공범이라니? 무섭다 얘. 아빠가 나쁜 짓을 할 사람은 아니잖아."

"회사 사람들이나 깡패들도 이제는 안 오잖아. 내 생각에 돈을 포기한 거 같아. 아니면 아빠가 돈을 갖고 있던 걸로 착각을 했던지."

"그럼?"

광표 아내는 한 걸음 뒤로 물러서서 미영을 바라봤다. 젊은 나이라 통이 크다. 얼굴 표정이 돈을 가로채자고 하는 것 같다. 일이천만 원도 아니고 백이십억 원이라는 어마어마한 돈을 눈 하나 깜짝하지 않고 말하는 얼굴이 무서웠다.

"왜 그런 표정을 지어. 엄마도 생각해 봐. 아빠, 그 회사에서 뼈가 빠지도록 일을 해도 겨우 차장밖에 못 됐잖아. 백이십억 원 전부는 아니더라도 오십억 원 정도는 퇴직금으로 가질 수 있다고 생각해.”

“무섭다. 어떻게 그런 말이 짜장면 시켜 먹자는 말처럼 술술 나오냐?”

“아빠가 어떻게 백이십억 원을 숨겼다고 생각해?”

미영이 시내 쪽으로 걸으면서 물었다.

“그걸 알았다면 너한테 전화를 했겠냐?”

“아빠는 직급은 낮았지만 회장님한테 그 정도 신임을 받고 계셨던 거야. 내 생각이 틀리지 않는다면 그 돈은 회장 비자금일 거야. 그리고 중요한 것이 뭔지 알어?”

“뭐, 뭔데?”

“회장님이 돌아가셨다는 거야. 돈 주인이 저기로 올라갔다는 거지.”

미영이 손가락으로 하늘을 가리키며 광표 아내 귀에 속삭였다.

“난 통 무슨 말인 줄 모르겠다.”

“낮술 한잔 해. 그럼 생각날 거야.”

“족발 먹을래? 족발에 소주 한잔 하자.”

“엄마 나도, 애 엄마야. 애 엄마가 대낮부터 소주 냄새 풍기는 건 이미지가 안 좋아. 우리 돈 있잖아. 와인에 바닷가재 먹자.”

“그거 비싸잖아?”

“아무리 비싸도 삼십만 원은 안 하겠지?”

“그, 그 돈을 쓸려고?”

“우린 이미 아빠하고 공범이라고 했잖아. 가족은 뭉쳐야 행복해질 수 있는 거야. 좋은 일이든, 나쁜 일이든.”

광표 아내는 똑 부러지게 말하는 미영의 말에 할 말을 잃었다. 원님 덕에 나팔 분다고 미영이 덕분에 그 비싸다는 바닷가재를 먹게 됐다는 생각에 군침을 삼켰다.

13

노을은 옥천 폐차장 뒷산 허리에서 잠시 숨고르기를 하고 있었다. 기중기가 흰색 승용차를 집게로 집어 올리는 장면이 함석울타리 밖에서 보였다. 흰색승용차를 움켜쥔 집게발은 180도 회전을 했다. 기중기 팔이 굽어지는가 했더니 흰색 승용차를 떨어뜨렸다.

"폐차장 직원들 퇴근 시간 안 됐나?"

노중평이 컵라면 뚜껑을 열면서 혼잣말로 중얼거렸다.

"글쎄요. 요즘은 자동차 공업사도 여섯 시면 칼퇴근하니까 퇴근들 하겠죠."

최성준이 편의점에서 사 온 단무지통에 붙은 비닐을 벗기며 폐차장을 바라봤다. 기중기가 1톤 트럭을 들어 올리고 있다.

"오늘 안 오는 거 아냐?"

"여섯 시가 넘으면 폐차장도 문을 닫을 거 아닙니까?"

"문 닫을 때까지 기다려 보자구."

노중평은 점심도 차 안에서 보름달 빵과 우유로 때웠다. 잠복근무를 할 때마다 질리도록 먹는 컵라면 냄새가 오늘따라 역겹다. 하지만 억지라도 입에 퍼 넣을 수밖에 없다. 젓가락으로 면을 건지고 있는데 휴대폰이 울린다….

"아! 좋은 소식입니까?"

레커차 운전사 전화번호가 떴다. 컵라면을 한 손으로 들고 작은 목소리로 빠르게 물었다.

"정광표 그 사람 대전에 있습니다. 오늘 늦었다고 내일 오라고 할까요?"

"늦어도 되니까 지금 당장 내려오라고 하세요."

노중평은 정광표가 대전 있다는 말을 듣는 순간 컵라면을 먹지도 않았는데 딸꾹질이 나왔다. 딸꾹질을 하면서 긴장한 목소리로 말했다.

"알겠습니다. 전화 다시 하기로 했으니까, 전화 받고 다시 전화드리겠습니다."

"감사합니다. 사례는 할 테니까 어떡하든 오늘 내려오라고 유인해 보세요."

노중평이 전화를 하는 동안 가만히 듣고 있던 최성준은 회심의 미소를 지으며 컵라면 뚜껑을 열었다.

"오늘 저녁에는 서울 올라갈 수 있겠는데?"

몇 날 며칠 동안 잠복을 하다 범인을 검거했을 때의 기분은 대어를 낚았을 때와 같다. 그보다 더 짜릿한 것은 범인과 시간차를 다툴 때는 낚시와 비교하면 손맛과 같다. 노중평은 갑자기 배가 고프지 않았다. 딸꾹질이 또 나왔다. 숨을 쉬지 않고 컵라면 국물을 마셨다. 컵라면을 대시보드 위에 올려놓으며 멀리 폐차장을 노려봤다.

"과장님한테는 뭐라고 보고 드릴 생각입니까?"

"설마 짜르기야 하겠나?"

노중평은 자연스럽게 담배를 입에 물었다. 담뱃불을 붙이기 전에 창문 유리를 조금 내렸다.

"울릉도나 강원도 속초 같은 데로 전출을 보낼 수는 있잖아요."

"나…… 낚시나 실컨 하지 뭐. 일부러 시간 내서 울릉도로 낚시 갈 수는 없잖아."

노중평은 딸꾹질이 또 나왔다. 컵라면 국물을 먹을까 하다, 생수병을 들었다. 생수병 뚜껑을 열면서 폐차장에서 시선을 옮기지 않았다. 사각형으로 압축을 한 고물 덩어리는 중국으로 대부분 수출을 한다. 수출 선적 날짜가 다가왔는지 기중기가 계속 압축기에 넣을 차량들을 집어 올리고 있다.

"저는 형님만 믿습니다."

최성준은 국물까지 비워 버린 컵라면 용기를 내려놨다. 노중평이 대시보드에 올려놓은 컵라면을 자연스럽게 가져왔다.

"나는 과장만 믿는다."

노중평은 과장 얼굴을 떠올렸다. 과장은 출세욕이 강하다. 더구나 후배 밑에서 근무한다는 것이 여간 어렵지 않을 것이다. 누군가의 압력으로 수사를 중단시켰을 것이다. 정광표 신병을 인수해서 돈 가방을 찾아내고, 돈 가방의 주인인 거물을 찾아내면 과장도 타협점을 제시하며 고마워할 것이다.

검은색 카니발에서 불과 30여 미터밖에 떨어지지 않은 거리다. 포도밭과 붙어 있는 농사창고 옆에 숨어 있어서 카니발에서는 보이지 않는다. 폐차장을 중심으로 최성준의 차가 정면을 바라보고 있다면, 에쿠우스는 측면에서 길목을 지키고 있는 셈이다.

에쿠스 안에는 치킨 냄새며 피자 냄새가 고여 있었다. 운전을 책임지고 있는 창세도 캔맥주에 치킨을 먹었다. 짱구며 두더지와 도끼는 소주와 맥주를 섞은 컵을 들고 있었다.

"병태 그놈도 잠수를 탔단 말이냐?"

"예, 어제 제가 병원에 갔더니 퇴원했답니다. 퇴원을 했으면 당연히 큰형님께 용서를 빌러 와야 되는 거 아닙니까?"

두더지가 치킨 조각을 맛있게 먹으며 대답했다.

"당근이지, 그놈 집이 있잖아. 전세금이 꽤 될 텐데?"

피자 조각이 한 조각만 남았다. 짱구가 집으려고 하는데 도끼가 재빠르게 낚아챈다. 입에 막 넣으려고 하는데 짱구가 노려봤다. 두더지가 얼른 도끼의 옆구리를 손가락으로 찍었다.

"죄송합니다. 형님."

도끼가 죽을죄를 졌다는 얼굴로 피자를 내려놨다. 짱구가 계속 노려보자 두 손으로 짱구에게 바쳤다.

"병원에 입원한 그 날 빌라를 내놨던 모양입니다. 전세금을 받자마자 병원을 나간 것 같습니다."

"이 새끼가 죽으려고 아주 빽을 쓰는구나. 빽을 써. 제까짓 놈이 숨어 봤자 부처님 손바닥 안이지."

"전세금이 일억이랍니다. 일억."

도끼가 엄지손가락을 흔들어 보이며 부럽다는 표정을 지었다.

전세금이 1억이라는 말에 짱구는 술이 확 깨는 것 같았다. 두 눈을 동그랗게 뜨고 창세를 바라봤다. 운전석에서 뒤를 돌아보며 치킨을 먹던 창세도 놀란 얼굴이다.

"아니, 그 새끼가 언제 그 많은 돈을 모았데?"

창세가 침을 꿀꺽 삼키며 도끼를 바라봤다.

"형님 눈빛이 햇가닥한 뉴슨데요."

두더지가 은밀한 목소리로 말을 하며 입술을 혀로 핥고 다시 입을 열었다.

"큰형님한테 칠천만 원을 빌렸데요. 이자로 한 달에 삼부씩 주기로 하고."

"진짜! 대박!"

짱구는 믿을 수 없다는 표정을 지었다. 그것도 잠깐 터져 나오는 웃음을 참으려고 창문 쪽으로 고개를 돌렸다. 하익수가 미쳐 날뛰는 모습이 눈에 선했다. 혼자 미친개처럼 지랄하다 죄 없는 똘마니들이 줄초상이 날 정도로 얻어맞았을 것이다. 그 자리에 있었다면 최소한 얼굴에 멍이 들지 않을 정도로 얻어터졌을 것을 생각하니 자꾸 웃음이 나왔다.

"너 왜 웃어?"

창세도 짱구가 웃는 모습을 보니까 저절로 웃음이 터져 나왔다. 짱구가 억지로 웃음을 참는 얼굴로 창세를 바라봤다.

"그냥요."

딴 놈도 아니다. 밑에 놈이 전세 얻겠다는 돈 이자를 3부씩이나 챙기던 하익수가 놀라 자빠졌을 것을 생각하니까 창세는 가슴이 후련했다.

"그래, 나도 그냥 웃는다."

짱구는 창세가 웃음을 터트리자 계속 참을 수가 없었다. 배를 붙잡고 웃어 재꼈다.

"네, 네 놈들도 죽살나게 얻어터졌겠구나?"

"그날 우리 둘 다 죽는 줄 알았습니다."

"오늘은 좀 조용하냐?"

"웬걸요. 아직도 저기압입니다. 이번 주 내로 병태 못 잡아 오면 또 한 따까리 하겠습니다."

"젠장, 돈 가방 찾아서 올라가면 좀 쉴 줄 알았는데……."

짱구는 마냥 웃고 있을 때가 아니라고 생각하며 폐차장 앞을 바라봤다. 문이 아직 닫히지 않은 걸 보니 정광표를 기다리고 있는 것 같았다. 돈 가방을 들고 날라 버려? 필리핀이나 베트남 같은 곳으로 날라버리면 익수 그놈도…… 돈 가방 안에는 최소 20억 원의 현금이 들어 있다. 달러만 해도 180만 달러다. 그 돈만 있으면 필리핀의 대저택에서 경호원을 두고 평생 놀고먹을 수 있다.

젠장, 이놈들을 어떻게 따돌리고…… 아니지. 네 명이 같이 비행기를 타면 되잖아…….

짱구는 휴지로 입술을 닦고 있는 창세를 바라봤다. 놈은 돈 가방을 들고 튀자고 하면 만세를 부를 놈이다. 두더지도 설득을 하면 넘어갈

놈이다. 문제는 도끼다. 놈은 도끼라는 별명답게 똘기가 있다. 친하게
지내지 않아서 하익수를 어떻게 생각하고 있는지 알 도리가 없다.

"제 얼굴에 뭐 묻었습니까?"

짱구가 도끼를 지그시 바라봤다. 도끼가 자신의 얼굴을 문지르며
물었다.

"넌 병태 그놈이 안 부럽냐?"

"무슨 말씀이십니까?"

"일억 원이 우리나라에서는 빌라 전세나 얻을 돈이지만 필리핀 같
은 데서는 얼마나 많은 돈인 줄 아냐?"

"글쎄요?"

"평생 먹고살 돈이다."

"에이, 겨우 일억 갖고 어떻게 평생 먹고 살아요. 너도 그렇게 생각
하냐?"

도끼가 믿어지지 않는다는 얼굴로 두더지를 바라봤다.

"필리핀이 우리나라보다 물가가 싸다는…… 그럼 병태가 필리핀으
로 날랐다는 말입니까?"

두더지가 혼잣말로 중얼거리다 눈을 반짝이며 짱구에게 물었다.

"그걸 내가 어떻게 알아 씨발아! 필리핀에서는 밥 한 끼에 오백 원
이면 먹는다는 말 들어봤지?"

짱구가 창세에게 물었다.

"싸…… 싸다는 말은 들어봤어요."

창세는 맥주만 마시니까 싱거웠다. 소맥 딱 한 잔만 먹었으면 좋겠

다는 생각을 하고 있다가 얼떨결에 대답했다.

"이억 원을 갖고 들어가면 시민권을 준다고 하더라. 그럼 정원이 있는 집 한 채 사고 가정부에, 경비원, 운전사 두고 매일 골프나 치러 다니는 거야. 도끼 너 낚시 좋아하지? 필리핀 가면 낚시는 질리도록 할 수 있어."

"씨발, 어디서 한탕 해서 필리핀으로 떠?"

도끼가 괜히 고개를 빙빙 돌리며 뚝뚝거리는 소리가 나도록 손목 관절을 꺾었다.

"이 형님만 믿어. 내가 멋있게 한탕 할 테니까."

짱구는 소리 없이 웃으며 도끼의 등을 툭툭 쳐줬다. 달러 뭉치를 코앞에 내밀고 필리핀으로 튀자면 따라올 것 같았다.

"혀, 형님, 드디어 왔습니다. 그놈들 차 같습니다."

창세가 담배를 피우려고 창문 유리를 내리다 멈췄다. 긴장한 얼굴로 폐차장으로 들어가는 길목을 가리켰다.

"내려, 필리핀 가자."

짱구가 날카롭고 짧게 외쳤다.

"작업도구 가지고 갈까요?"

두더지가 뛰어 내리며 물었다.

"도끼 너만 도구 챙겨."

짱구는 심호흡을 하며 차에서 내렸다. 재킷의 깃을 바로 잡으며 검은색 승용차가 들어간 폐차장을 지켜봤다.

"뛰어!"

짱구의 말에 쇠파이프를 든 도끼가 앞장서서 뛰었다. 그 뒤를 두더지와 창세가 따랐다. 짱구도 바람이 부드럽게 얼굴을 쓰다듬는 걸 느끼며 뛰었다.

같은 시간에 카니발이 폐차장을 향해 달려갔다. 최성준이 폐차장 앞에서 급하게 브레이크를 잡으며 짱구 일행을 노려봤다.

"저놈들은 뭐야?"

노중평이 차에서 내려 폐차장으로 뛰어가며 말했다.

"조폭들 같은데요?"

최성준은 뒷좌석에서 야구배트를 꺼냈다. 손바닥에 침을 뱉어서 야구배트를 단단히 쥐고 폐차장 안으로 들어갔다.

"뭐야!"

"짭새들 아냐?"

창세가 놀라 외치는 말에 짱구가 인상을 쓰며 돌아섰다.

"너희들 뭐하는 놈들이야?"

노중평이 짱구에게 다가가서 여차하면 짱구의 멱살을 잡아 엎어치기를 할 자세를 취했다. 어딘가 낯이 익다. 고개를 갸웃거리며 기억을 뒤지기 시작했다.

"형님들 여긴 우리가 볼일 볼 테니까 점잖게 서울로 올라가슈."

짱구는 선택의 여지가 없었다. 정광표가 사는 빌라와 대천에서 본 형사들이다. 형사들에게 돈을 뺏기면 신병태처럼 잠수를 타야 한다. 돈 가방을 차지하면 필리핀행 비행기를 탈 수 있다는 생각에 노중평을 노려봤다.

"김상구. 너 서울 있어야 할 놈이 여기 왜 왔어?"

노중평보다 야구배트를 들고 있는 최성준이 먼저 알아봤다.

"씨팔, 여기서 향우회 하자는 거여 머여. 우리 막사는 놈들잉께 얼른 돌아가셔."

도끼가 야구배트를 손바닥으로 문지르며 앞에 나섰다. 하익수로부터 돈 가방을 들고 올라오지 못할 것 같으면 미리 금강물에 빠져 죽는 것이 났다는 지시를 받았다. 이래 죽나 저래 죽나 마찬가지라는 생각에 눈을 희번득하게 떴다.

"비켜, 안 비키면 모조리 엮어간다."

4대 2다. 노중평은 두렵지가 않았다. 과장이 왜 수사를 그만두라고 하는 이유를 알 것 같았다. 하익수? 하익수 레벨은 아닐 것이다. 하익수보다 훨씬 중량급이 최소한 검사장을 움직였을 것이다.

허! 참치를 잡은 줄 알았더니 상어를 낚은 건가?

검사장급이 뒤에 서 있다면 돈 가방의 임자는 재계 거물이거나, 거물 정치인일 가능성이 90%다. 돈 가방만 확보한다면 일 계급 특진은 차려 놓은 밥상과 같다고 생각하며 짱구를 노려봤다.

"도끼야, 필리핀 비행기 타자. 내 말 무슨 뜻인지 알겠지?"

"필리핀!"

도끼는 필리핀이라는 말에 감전된 듯 부르르 떨었다. 쇠파이프를 치켜들고 최성준을 향해 달려들었다.

검은색 승용차에서 내린 폐차장 주인은 난데없이 몰려온 깡패들을 피해 사무실로 피했다.

"저, 저놈들은 뭐야?"

"글쎄요. 저 두 명은 저하고 전화 통화한 형사들인 것 같습니다. 나머지 네 명은 깡패들 같은데요?"

레커차 운전사는 유리창 앞으로 바짝 다가갔다. 손바닥으로 유리창을 문질렀다. 대치하고 있는 깡패들과 형사들의 모습이 선명하게 다가왔다.

기중기 운전사는 1997년산으로 보이는 포텐샤를 막 들어 올리고 있던 참이었다. 기중기 집게로 포텐샤를 들어 올려놓고 창문을 향해 돌아앉았다.

창세가 부서지고 찌그러지고 반 동강이 난 폐차들 틈에서 쇠파이프를 찾아 들었다. 짱구는 바짓가랑이에서 단검을 빼 들고 자세를 잡았다.

"너희들 진짜 달려가고 싶어?"

노중평은 단검을 들고 있는 짱구의 자세가 보통은 아니라고 판단했다. 발 앞에 깨진 백미러가 보인다. 차갑게 웃으면서 짱구를 향해 백미러를 차 버렸다.

짱구는 단검을 앞으로 내밀고 다른 손은 가볍게 주먹을 쥔 자세로 노중평을 노려보고 있었다. 느닷없이 날아오는 검은 물체에 자신도 모르게 옆으로 몸을 돌렸다. 거의 동시에 노중평이 달려들었다. 짱구의 멱살을 움켜쥐자마자 어깨 뒤로 돌려 바닥에 눕혔다. 벌렁 나자빠진 짱구는 칼을 놓치지 않았다. 칼을 들고 있는 손목을 운동화발로 콱! 밟아 버렸다.

"악!"

짱구는 손목이 부러지는 것 같았다. 칼을 놓쳐 버리며 밟힌 팔목을 잡고 옆으로 돌아누웠다. 노중평이 기다렸다는 얼굴로 아랫배를 퍽! 소리가 나도록 차 버렸다.

"새끼!"

창세가 쇠파이프를 양손으로 움켜잡았다. 야구볼을 쳐내듯 노중평의 옆구리를 후려갈겼다. 노중평은 갈비뼈가 부러진 것 같은 통증에 비명을 지를 틈도 없이 주저앉았다. 창세의 쇠파이프가 다시 허공을 갈랐다. 밑으로 하강을 하는 순간 최성준이 달려들어서 쇠파이프를 쳐냈다.

"죽여!"

짱구가 뿔뿔 기어서 뒤로 도망을 가면서도 악을 썼다. 도끼가 쇠파이프를 마구잡이로 흔들며 최성준을 향해 달려들었다. 두더지는 뒤늦게 무기가 될 만한 것을 찾아 두리번거렸다. 기름때가 시커멓게 절은 각목을 집어 드는 순간 최성준이 엉덩이를 야구배트로 갈겨 버렸다.

"피해!"

최성준이 막 뒤로 돌아서는 순간 도끼의 쇠파이프가 정수리를 향해 날아들었다. 얼굴을 재빠르게 돌리는 데 성공을 했지만 야구배트가 어깨를 비스듬하게 스쳐갔다.

"그래! 갈 데까지 가보자 이거지!"

노중평이 이를 악물며 폐차무더기 앞쪽으로 달려갔다. 손에 잡히는 것이 없다. 차에서 떨어져 나간 범퍼를 휘두르며 도끼에게 다가갔다. 도끼가 도망을 치면서도 야구배트를 휘둘렀다. 두더지의 얼굴을 향해 범퍼를 휘갈겼다. 두더지의 목이 홱 돌아가는가 했더니 이내 콧잔등이 피범벅으로 변했다.

"개새끼!"

짱구가 게걸음으로 칼 앞으로 다가갔다. 일어서면서 최성준의 등을 향해 깊숙이 찔렀다.

"겨, 경찰에 신고해. 보통 싸움이 아니잖아."

싸움구경을 하고 있던 폐차장 사장이 휴대폰을 들었다. 한 명이 등에 칼을 맞고 쓰러지는가 했더니, 칼을 든 남자가 범퍼에 맞고 그대로 엎어졌다. 범퍼를 든 남자는 미친개처럼 날뛰기 시작했다. 다른 세 명이 원을 그리며 범퍼든 남자에게 달려들었다. 한 명이 범퍼에 맞고 비틀거렸다. 그 사이 야구배트가 범퍼를 든 남자의 옆구리를 다시 갈겼다.

자동차 폐차장으로 들어가는 길목에서 9인용 경찰승합차가 급하게 우회전을 했다. 그 뒤를 119구급차가 따르고 있다.

"뭐야? 형사들 일개 분대는 되겠는데?"

정식은 가변차선에 렌트한 차를 세웠다. 경찰승합차가 번쩍번쩍 빛을 발하는 경광등을 돌리며 폐차장 앞에서 급정거를 한다. 이어서 형사들로 보이는 사내들이 우르르 뛰어내렸다. 그들은 망설이지 않고 폐차장 안으로 뛰어 들어갔다.

"우리가 경찰을 따라다니는 거냐? 경찰이 우리를 따라 다니는 거냐? 오나가나 경찰과 마주치네."

"폐차비는 나중에 받기로 하고 그만 집으로 가는 것이 좋겠지?"

정식이 브레이크를 밟고 있던 발을 떼고 부드럽게 차를 돌려서 출발을 했다.

"예감이 안 좋아."

광표는 폐차장 안을 바라봤다. 불빛 아래로 형사들로 보이는 사람들이 피투성이 남자를 부축하는가 하면, 다른 남자들의 팔을 비틀어 수갑을 채우고 있었다.

"원래 좋은 일에는 마가 끼는 법야."

정식이도 느낌이 안 좋았다. 무슨 일인가 엄청난 그 어떤 일이 생길 것 같은 불안이 밀려와서 속도를 90km에서 70km로 줄였다.

광표는 마른 침을 삼키며 어둠을 가르고 있는 라이트 불빛을 바라봤다. 생각해 보면 어렸을 때부터 가난이라는 어둡고 긴 터널을 벗어나려고 무진 애를 쓰며 살았다.

정식이는 운전을 하면서 자신도 모르게 잘될 거야, 물론 잘되겠지, 라며 한동안 잊고 있었던 주문을 외웠다.

고등학교 진학을 앞두고 아버지는 송아지를 팔아야 하나 말아야 하나 갈등하기 시작했다.

"송아지야 돈 벌어서 또 살 수 있지만, 정식이 학교는 늦으면 안 돼유."

"왜, 안 돼. 내가 알기로는 한두 해 늦게 고등학교 들어간 아들이 한두 명은 아닌 걸로 알고 있는데……."

"공부, 공부를 잘하잖아유. 일 년 쉬다 공부를 하면 시방처럼 공부를 하겠슈."

"이놈의 여편네가 내가 말할 때는 변소 갔다 왔나? 아! 시방 내가 그것 땜시 고민하는 거 아녀?"

아버지의 화난 목소리가 바람벽을 타고 아프게 들려왔다. 동생은 중학교에 가게 된 것 때문에, 한 해에 중학교와 고등학교를 동시에 보내야 하는 부담 때문에 아버지가 화를 낸다고 생각하는지 숨죽여 울고 있었다.

잘 될 거야, 울지 마.

아버지는 송아지를 키워서 암소가 되면, 또 송아지를 사고, 그렇게 몇 배 불려서 장남만큼은 대학에 보내겠다는 꿈을 꾸고 계셨다. 하지만 대학을 가려면 고등학교를 졸업해야 한다는 점은 간과하고 계셨다. 숨죽여 우는 동생의 등을 쓰다듬으며 속삭였지만, 입 밖으로 말이 나오지 않았다.

송아지를 팔아서 고등학교에 입학은 한 후로 아버지는 자식들의 학비를 대느라 더는 송아지를 구입하지 못했다. 다행히 고등학교를 졸업하고 은행에 취직을 하는 통에 동생은 대학을 졸업했다.

기준이를 낳을 때 아내 자궁이 뒤틀려 정상적인 출산이 힘들었다. 그때도 잘될 거야, 라고 주문을 했다. 은행주택조합에 가입을 해서 싼 가격에 아파트를 특별 분양받기 위해 추첨을 했었다. 추첨하기 전에 잘될 거야, 라고 주문을 외웠다. 잘될 거야, 라고 주문을 한 덕분에 당첨이 됐다.

잘될 거야는 거기까지다. 퇴직금을 몽땅 치킨프렌차이즈에 배팅할 때도 잘될 거야는 통하지 않았다. 그 후로 부터는 자기 최면을 걸지 않았다. 아니 잘 될 거야, 라고 염원해야 할 일조차 생기지 않았다.

오늘은 다르다.

집에 가서 어머니 모르게 돈을 가져오는 일이 잘 되어야 한다. 그 래야 남은 인생을 바닷가에서 낚시나 하면서 여유작작 살아갈 수가 있다.

"무슨 생각 하냐?"

정식이 어머니가 사는 동네로 가는 도로로 접어들었다. 시내처럼 차가 많지 않았다. 가끔 한 대씩 나타난 라이트 불빛이 어둠을 환하게 밝히고 사라질 뿐이다. 광표가 피곤한 얼굴로 물었다.

"잘 되겠지?"

"뭐가?"

"감나무 밑에서 돈 가져오는 일."

"잘 안 될 건 뭐가 있냐? 네가 어머니하고 대화하는 동안 내가 뒤안 에 가서 캐오면 되는 건데……."

광표는 정식이 긴장한 얼굴로 물으니까 자신도 모르게 얼굴이 굳 어졌다.

정식은 말없이 귀촌리로 들어가는 길목으로 좌회전을 했다. 오늘 따라 동네가 다른 날보다 환하다. 동네에 초상집이라도 생겼는지 집 마다 불이 켜져 있다. 느티나무 밑에는 아직 밤마실을 나올 때가 아닌 데도 몇몇이 서 있다.

"동네에 무슨 일이 생긴 거 같은데?"

광표도 느낌이 이상했다. 대시보드를 잡고 상체를 앞으로 숙였다. 정식이 속도를 늦췄다. 집이란 집은 모두 불을 밝히고 있어서 하늘이 환하다. 이 시간에는 늘 쥐죽은 듯 고요한 어둠에 싸여 있던 동네가 환하니까 괜히 긴장이 됐다.

"글쎄……."

정식은 집에 전화를 해 보면 알 것 같다는 생각에 주머니를 뒤졌다. 휴대폰을 바다에 번졌다는 것이 뒤늦게 생각나서 괜히 바지를 문지르며 천천히 앞으로 나갔다. 정자나무 앞으로 느리게 운전해 갔다. 나무 밑에 서 있던 몇몇 노인들이 차 옆으로 왔다.

"안녕하세요."

정식은 창문 유리를 내렸다. 창수 아버지와 이장에게 웃는 얼굴로 인사를 했다.

"어짠 일여?"

창수 아버지가 고개를 끄덕이며 물었다.

"집에 볼일이 있어서 왔습니다."

정식은 일단 차에서 내렸다. 모두 아는 얼굴들이다. 다시 한 번 건성으로 돌아보며 인사를 했다. 창수 아버지 앞으로 가까이 가서 작은 목소리로 말했다.

"자네, 육촌 형수 아까까지 여기 있었는데."

동네 사람 대부분 노인들이라 이장도 나이가 칠순이 가깝다. 창수 아버지 옆에 서 있던 이장이 두리번거리며 중얼거렸다.

"맞아! 조카가 은행에 다녔잖은가?"

창수 아버지가 갑자기 생각났다는 얼굴로 창수를 바라봤다.

"그렇습니다만……."

"그람, 이기 미국 돈이 맞는가 좀 봐 줄란가?"

창수 아버지 말에 다른 사람들도 궁금하다는 얼굴로 창수를 에워쌌다. 창수 아버지가 바지 주머니에서 천 달러짜리 뭉치를 꺼냈다. 그 중 한 장을 꺼내서 내밀었다.

차 안에서 밖을 바라보고 있던 광표가 깜짝 놀라 뛰쳐나갔다. 가로등 불빛에 정식의 얼굴이 창백하게 빛났다. 마른 침을 계속 삼키며 동네 사람들을 바라봤다. 햇볕에 그을리고 주름살이 깊은 얼굴들이 하나같이 눈만 반짝반짝 거린다.

"이 돈 어디, 어디서 났습니까?"

창수 아버지가 내민 돈은 1천 달러짜리 지폐다. 정식이 새파랗게 질린 얼굴로 더듬거렸다.

"돈 아니지? 내 팔십 평생 살아도 백 달러짜리 미국 돈이 있다는 말은 들어 봤어도. 천 달러짜리가 있다는 말은 금시초문일세."

"미, 미국 돈이 맞는데요."

창수는 거짓말을 할 수가 없었다. 집 있는 쪽을 바라보며 떨리는 목소리로 중얼거렸다.

"오메! 이기 참말로 미국 돈이란 말여?"

"미국 돈을 왜 개들이 물고 다녔을까?"

"개가 달러를 물고 다녀요?"

정식은 마음이 급했다. 개가 천 달러짜리를 물고 다녔다면 복돌이 짓이다. 복돌이가 감나무 밑에 파묻어 놓은 달러 뭉치를 파내서 물고 다녔을 것이다. 다리가 후들거려서 서 있을 수가 없었다. 광표의 팔을 잡았다.

"저, 저기도 있잖여."

누군가 정지나무 옆에 있는 고구마밭을 가리켰다. 가로등 불빛을 받고 있는 고구마밭에 천 달러짜리 지폐로 보이는 것 몇 장이 널려 있었다.

"가만있어 봐, 저, 저기 진짜 돈이란 말이지?"

이장이 놀란 목소리로 하는 말에 사람들이 달러를 줍기 위해 이 골목 저길 안으로 뛰어가기 시작했다.

"가만있어 봐. 우리 포도밭에도 개가 씹어 놓은 돈뭉치가 있었던데."

창수 아버지가 자기 포도밭이 있는 쪽으로 허우적거리며 걸어갔다. 정식은 비틀거리며 렌터카 문을 열려고 손잡이를 당겼다. 온몸의 기운이 빠져 버려서 문이 열리지 않았다.

"어떡하냐?"

"내 잘못이야. 돼지 피가 묻은 비닐로 돈을 싸서 개가 냄새를 맡았나 봐. 세퍼트잖아……."

"지금 그게 문제가 아니잖아. 우린 이제 죽었다."

"어떡하지?"

렌터카 안에서 영혼이 없는 목소리들이 두런두런거리고 있지만, 바깥은 때아닌 밤중에 돈 잔치가 벌어졌다.

"아여! 시방 드라마 볼 때가 아녀? 거름밭에 널린 것이 돈이랴. 돈."

"아여! 영순네 꼬추 밭에도 돈 천지여. 그리로 가보세."

"천 달라면 우리 돈으로 얼매여?"

"미국이 잘 사는 나랑께, 천 원은 넘겄지."

"오늘 저녁에 막걸릿값은 벌겄구먼."

"천 원씩만 치워도 막걸리가 문제여? 옥천 장날마다 오는 족발 좀 뜯겄구먼."

동네 사람들만 죄다 거리로 나와서 이 밭에서 저 밭으로, 저 나무 밑에서 이 나무 그늘로 옮겨 다니며 달러를 줍는 것이 아니다. 주인들이 밖에서 오랜만에 줄에서 풀려난 개처럼 이리 갔다 저리 갔다 팔짝팔짝 뛰어다니고 있으니까 개들도 신이 났다. 이집 저집 개 할 거 없이 달도 없는데 우렁차게 짖어댔다.

삼십 분이나 지났을까.

갑자기 정자나무 가지에 걸려 있는 앰프에서 삐! 거리는 소리가 온 동네에 울려 퍼졌다. 주운 달러의 흙을 털고 있거나, 몇 장이나 주웠는지 헤아려 보고 있거나, 내가 먼저 봤니, 네가 먼저 봤니 달러 다발을 두고 다투고 있던 사람들은 일제히 하던 일을 멈췄다. 이 밤중에 앰프가 울릴 때는 안 좋은 소식인 경우가 많다. 누가 갑자기 죽었든지, 병원에 실려 갔다든지, 하는 방송이다.

"이장유, 큰일 났슈. 시방 미국 돈 주슨 사람들은 얼릉 주슨 돈을 태워 버려야 한데유. 김천댁 큰아들 정식이 조카가 하는 말이, 그 미국 돈에는 나쁜 병균이 묻어 있다는 거유. 그랑께 시방 빨리 돈을 불질러 버리고 손을 비누로 깨끗이 씻어야 한다능규. 여기 있는 이장처럼 미국 돈을 봉창에 넣어뒀던 양반들은 그 옷도 빨아야 나쁜 병에 안 걸린다능규. 그랑께 이 방송을 듣는 주민 여러분들은 제 명대로 살고 싶으면 빨리 미국 돈을 태워 버리고 손을 뽀득뽀득 소리가 날 때까지 씻으래유."

이장의 목소리가 뚝 끊어졌다. 괴이한 침묵이 동네를 감쌌다. 돈다발을 가운데 두고 다투던 사람들은 뒤로 멈칫 물러났다.

"아! 미국 돈이 동네에 돌아 댕기면 또 개들이 물고 다닐 수 있응께 가급적이면, 한 장도 빠짐없이 찝게나 장갑을 낀 손으로 주워서 태워 버리길 바랍니다. 그라고 김천댁 큰아들 정식이 조카가 이따 족발에 막걸리를 대접한다고 했응께 마을회관으로 한 명도 불참하지 말고 오셔. 여기까지가 이장의 말이었습니다."

앰프 소리가 다시 끊어졌다. 조용하던 동네 여기저기서 불을 피우는지 연기가 모락모락 피어오르기 시작했다. 정식과 광표는 금방이라도 울음을 터트릴 것 같은 얼굴로 서로를 바라봤다. 광표의 얼굴이 묘하게 일그러졌다. 정식의 입꼬리가 치켜 올라갔다. 광표가 맥없이 웃었다. 정식은 터져 나오려는 웃음을 참으며 안개처럼 피어오르는 연기들을 바라봤다.

작가의 말

늘, 새벽에…

요즘 사람들은 대부분이 새벽 6시면 잠에서 깨어난다. 새벽 6시에
일어나서 밤 10시에 잠을 잔다면, 하루 24시간 중의 8시간은 잠을 자
고, 그 두 배의 시간은 활동을 한다는 결론이다.

예전 직장에 다녔을 때는 6시에 일어나 세면을 하고 아침을 먹는
둥 마는 둥 출근을 했다. 새벽 시간은 교통이 원활하다. 7시면 광화문
에 있는 직장에 도착해서 8시까지 한 시간 동안 소설을 썼다. 그런 세
월을 7년 정도 보냈다.

전업 작가가 되고 나서는 새벽 6시에 일어나 세면을 하고 책상 앞에
앉아 글을 썼다. 7시까지 글을 쓰고 아침을 먹는다. 회사원들이 업무를
시작하는 9시쯤부터 12시까지 글을 쓴다. 오후에는 3시부터 글을 쓰
기 시작해서 잠을 잘 때까지 이어진다. 어느 통계를 보면 전업 작가들
이 하루 글을 쓰는 시간이 평균 2시간이라고 한다. 나는 30년이 넘은
세월 동안 그 다섯 배가 넘는 시간을 글쓰기에 할애하고 있다.

지지난해부터 올 9월까지 책을 출간하지 않았다. 완성된 원고가 없어서는 아니다. 거의 3년 동안 장편소설 5권 분량을 썼다. 소설만 쓴 것이 아니다. 지난해 초부터 '한국문예창작진흥원'을 운영하고 있다. 문예창작원에서는 '문예창작실기 지도사' 자격증 검정 업무를 하고 있다. 낚시를 하는 것처럼 홈페이지만 만들어 놓고 자격증을 원하는 사람만 기다리고 있을 수는 없다.

카페 회원들에게 지속적으로 정보도 줘야 하고, 창작지도사들의 교재도 계속 만들어야 한다. 장편을 출간하려면 퇴고 과정이 최소 한 달은 필요하다. 그동안 내게 그 한 달의 여유가 없었다. 책을 출간하지 않은 작은 변명이 그것이다….

어떤 사람들은 그런다.

일부러 고생을 사서 한다. 그것도 돈 들여 가면서 고생을 한다. 애정이 어린 충고라는 점을 잘 알고 있다. 하지만 나는 이 땅의 문예강의 방법이 바뀌어야 한다고 생각한다. 현재는 문학수업을 하고 있다. 시를 쓰고 소설을 쓰고, 희곡을 쓰는 것은 문학이 아니고, 문예이다.

대학의 글 배우는 학과 이름은 '문예창작학과'이면서 문학 수업을 하고 있다. 문학 수업은 작법을 전수 받는 곳이고, 문예 수업은 창작하는 법을 배운다. 문예가 예술의 하위 장르라고 볼 때 예술의 순기능은 창조이다. 따라서 작법을 전수하는 것이 아니고, 창작하는 법을 지도해야 한다는 것이 내 지론이다.

본론으로 들어가서 요즘 하루 몇 가지 일을 동시에 하고 있다. 소설을 쓰고, 소설을 지도하고, 문예창작원을 운영하고, 교재를 만들고,

창작법을 연구하고, 몸이 열 개라도 모자랄 지경이지만 힘들다는 생각을 해본 적은 없다.

소설만 쓸 때처럼 가까운 지인들을 만나 한담(閑談)을 나누는 기회는 분명 줄어들었지만, 바쁘게 시간을 보낼수록 엔돌핀은 팍팍 솟는다. 왜? 모두 내가 좋아서 하는 일이니까.

일생의 목표를 가족의 건강과 행복에 두고 있는 아내가 있기에 가능한 일임을 나는 잘 알고 있다. 그래서 이 지면을 통해 다시 한번 감사드린다.

한국문예창작진흥원에서 씀

한만수

충북 영동에서 태어났다. 은행과 보험회사를 17년 동안 다니는 틈틈이 습작을 하다 1990년부터 무작정 전업 작가의 길로 나섰다. 월간 『한국시』에 시 「억새풀」이 당선되어 등단하였으며 베스트셀러 시집 『너』를 비롯하여 『백수 블루스』 등 5권의 시집을 출간했다. 실천문학에 장편소설 『하루』가 당선된 이후로 장편소설 『파두』, 『천득이』 등 120여 권의 소설과 소설 창작의 길잡이 책인 『소설 작법의 정석』을 출간하기도 했다.
2014년 12월에는 12년 6개월 동안 집필한 대하장편소설 『금강』(전15권)을 완간했다. 『금강』은 우리나라 최초로 일제강점기부터 2000년도까지를 시대적 배경으로 하였으며, 동시대의 정치, 경제, 문화, 사회 그리고 물가 등을 사실적으로 재현했다는 점에서 주목을 받고 있는 소설이다. 늦깎이 공부를 시작해 경희사이버대학교를 졸업하고, 고려대학교 대학원에서 문학 석사 학위를 받고 박사과정을 수학하다 중단했다. 현재 〈한국문예창작진흥원〉을 운영하며 활발하게 창작 활동 중이다.

58년 개띠들의 가출
돈을 갖고 튀어라

초판 1쇄 인쇄 2020년 12월 23일
초판 1쇄 발행 2020년 12월 31일

글쓴이 한만수
펴낸이 최종숙
펴낸곳 글누림출판사

편집 이태곤 권분옥 문선희 임애정 강윤경 김선예
디자인 안혜진 최선주 | 홍보 박태훈 안현진

주소 서울시 서초구 동광로46길 6-6(반포4동 577-25) 문창빌딩 2층 (우-06589)
전화 02-3409-2055(대표), 2058(영업), 2060(편집)
팩스 02-3409-2059 | 전자우편 nurim3888@hanmail.net
홈페이지 www.geulnurim.co.kr
블로그 blog.naver.com/geulnurim
북트레블러 post.naver.com/geulnurim
등록번호 제303-2005-000038호(2005.10.5.)

정가는 뒤표지에 있습니다.
ISBN 978-89-6327-633-5 03810

* 이 도서의 국립중앙도서관 출판예정도서목록(CIP)은 서지정보유통지원시스템 홈페이지(http://seoji.nl.go.kr)와 국가자료종합목록 구축시스템(http://kolis-net.nl.go.kr)에서 이용하실 수 있습니다. (CIP제어번호 : CIP2020053694)